樂 府

·

心里滿了，就从口中溢出

登山物语

Ri vdzek rnam thar

郭净 ▲ 著

北京联合出版公司
Beijing United Publishing Co.,Ltd.

སྨན་བཙུན་མོ།
缅茨姆/王妃

རྒྱལ་བ་རིགས་ལྔ།
甲瓦仁阿/五佛冠

འཕགས་པ།
帕巴乃顶

雨崩

西当-荣中

澜　沧　江

ཁ་བ་དཀར་པོ།
卡瓦格博

ཉེན་བཅུ་དྲུག
十六尊者

བུ་ཆུང་སངས་རྒྱས་དབང་ཕྱུག
布琼桑杰吾学/太子

དམག་དཔོན་སྲག་འདུལ་དབང་ཕྱུག
玛兵占堆吾学/降魔将军

之拉

明永

斯农

卡瓦格博主要神山图 郭净制图 感谢仁钦多吉、覃中云、扎西尼玛、斯朗伦布、此里卓玛、大扎西、木梭的指教！

《卡瓦格博主要神山图》，郭净、西绕桑波、扎西尼玛制图

CONTENTS

目录

自序：在混乱的时代远游

三十年以前，在云南、西藏交界的卡瓦格博雪山（ཁ་བ་དཀར་པོ），发生了一场震惊中国与日本的"梅里山难"，导致中日联合登山队的十七名队员殒命冰峰。时隔三十年后，我们策划出版一套纪念文丛，本书是其中的一部。

正当笔者撰稿之际，新冠疫情暴发，仿佛一场雪崩迅速扫荡全球，数十万生灵转瞬消逝。

相比较而言，1991 年 1 月 3 日那场小灾难，和眼前这场大灾难不可同日而语，但它们都发出了同一个疑问：人类与其赖以生存的自然环境应该如何相处？

新冠危机还带来了另一个出乎意料的后果：曾经日臻繁荣的自由

旅行时代，似乎戛然而止，多少航线被切断，多少游客被困在海岛、游轮、山区和航站楼；即使人在旅途，其踪迹也无可遁形。我们一度认为，人类的历史，就是一部逐渐开拓视野，冲破地域阻隔，相互连通的伟大进程。可一个小小病毒掀起的波澜，仿佛就要把互联网的今天，打回到互不联网的过去。曾几何时，大航海时代开启的探险之旅，曾演化为二十一世纪朝发夕至的旅游。但如今，地域之间、族群之间围墙高筑，战火蔓延，远行之路再次变得危机重重，自由通行的重启尚难以预期。

在这个充满疑惑和不确定性的时刻，我想通过对一场山难的研究，来探寻人与自然、文化与文化之间冲突和沟通的秘密，追问自由旅行的意义和它带来的后果。并借此努力，去撞击阻碍人们相互理解的顽石；以尊重事实的叙述，告慰那些被雪山收留的生命。怀着这样的愿望，我将此前《雪山之书》中梅里山难的故事摘出来加以改写，纠正了原作的诸多错谬，增加了大量资料，对事件的来龙去脉，也有了更加深入的分析。

前些天在知网搜寻文献，忽然见到一个醒目的标题："混乱时代的远游"。作者和耀华以简洁的文字，讲述了徐霞客在风雨飘摇的明朝末年，横跨千里国土，前往丽江旅行的故事。这让人回想起2003年，就在非典肆虐、伊拉克战火纷飞的时候，我亲眼见证了十余万朝圣者外转卡瓦格博的场景。黑夜里，当绵延数里的篝火在澜沧江畔燃起时，没有人怀疑，格萨尔艺人和荷马吟唱的历史正在眼前上演。回首东西方古老的史诗，不都是梦想者面对惊涛骇浪的世道，以远行的方式所做的回应吗?混乱的 2020 年和 2021 年,似乎要逼迫我们去重新审视三十年前的那场悲剧,唯有如此,新的时代才可能到来。

记得马骅说过:在未老之前远去。而笔者已老,十年前的转山路,也已面目全非。唯一的心愿,便是按照德钦一位老人的叮嘱,将自己在新村、桑耶寺和卡瓦格博牛场的足迹一一收回。期待到了七十岁,能从容自在地从往日的脚印上空飞过。

本书的写作,得到原中日联合登山队段建新、小林尚礼的启迪和指教,以及王建华烈士的妻子翁彩琼、儿子王衍给予的帮助,在此深表感激!还要特别感谢德钦县原县委副书记王德强,明永村村长(村委会主任,以下统称村长)大扎西一家和明永、雨崩、西当、荣中、布村、九龙顶、红坡等村村民,原卡瓦格博文化社扎西尼玛、此里卓玛、斯朗伦布、钟华、肖马、马彩花,云南省社科院何耀华研究员、西饶桑波(章忠云)、和建华,云南省民委格桑顿珠、马泽,原日本京都大学登山队栗田靖之、牛田一成、中村真,日本梅里家族,日本国立民族学博物馆横山廣子、伊藤悟,云南林科院马建忠,还有黄菊、乌尼尔、彩云指南、谢春波、申佳、崔静雯、周晴和许多年轻朋友的帮助和鼓励。还要特别感谢审阅本书文稿,并纠正其中错误的宋明蔚老师。乐府文化的涂涂和编辑范亚男对本书的出版贡献尤多,在此特表诚挚的谢意!

郭净

2020 年 12 月

引子

明永村牧人桑才在讲述发现遗体的经过，郭净
纪录片《卡瓦格博传奇：登山物语》截图

　　1999 年 8 月 3 日，云南省德钦县明永村。站在 214 国道隔着澜沧江遥望，明永冰川从五千米的高处倾泻而下，前端却被墨绿的核桃树林阻挡。湍急的河流把村舍分隔两岸，恍若冰雪冲落的碎石，散布在山谷里。

　　我坐在一张长条椅上，打开摄像机开关。屋里有些暗，但现场没有采用任何补光措施。

　　这座老旧的平顶藏房高三层，地板下面是底层的牲口圈，牛马在里头吃草。隔着顶板是三层的佛堂和晒粮食的平台。我们所在的中层"主屋"（ཁྱིམ་ཤ），也是藏文化三界宇宙的中层，凡人与"念"（གཉན）、悉达（གཤིན་བདག）、域拉（ཡུལ་ལྷ）、赞（བཙན）等生灵共居的世界；屋子中央有根粗人的中柱（བར་ཀ），连接着底层和三层，也连接着天神"拉"（ལྷ）居住的上界和地祇"鲁"（ཀླུ）居住的下界。右边有一扇梯形的窗户，镶嵌在干打垒的土墙上，散射的光线透进来，勾出男主人桑才（བསམ་ཚེ）右脸颊的轮廓。他穿一件白衬衣，坐在我对面，背靠神龛，讲起当时发生的事：

嗯，在明永冰川右侧莲花寺顶上，靠近甲勒容巴垭口的地方，我们有个牛场，叫乃农。我们村每家有两三头耕牛，每年割了麦子就放到山上大约三个月，让它们自己在那里吃草，人呢，过半个月去看一次。一般是早上上山，到乃农时吃了茶（吃饭），再往上走，就到了垭口，看到牦牛好好的，（顺便）在那里住了一晚。

（1998年）7月18日，达娃、桂生、我三个人从牛场经甲勒容巴返回村子，差不多在下午两三点钟，中午饭吃过后，到达叫扎盖的冰川处，坐在大石头底下休息。我们从高处往下看，见冰川上面有一点儿红的颜色，然后，又看见花花绿绿的一片。我们赶忙下去，只见冰面上到处是衣服和睡袋，还有人的尸体，有的在睡袋里面，有的在睡袋外面。三四个尸体全身还在，其他的或者没有头，或者没有脚。有不少骨头，手的，脚的。我们只站在旁边看，因为藏族人很忌讳靠近死人的。

晚上 6 点过后，我们赶回村子，告诉村长，村长报告县里，县里又向州、省上报告。第二天他们下来，和村里的民兵十七八个人一起去看。我们没有去。五六天以后，省体委的和日本人来，收了三天尸体，抬下来。就是这样的。

桑才等三个牧人在冰川发现的遗体，是七年前梅里雪山[1]山难中丧生的登山队员。这次登山事件，成为我在当地开展田野调查的切入点。我找了桑才，又找到村长大扎西，据大扎西说，上山放牛的路从前是猎人走的，要从冰川横穿到对面。附近山里有很多动物，如雪羊、獐子、岩羊、山羊、黑熊、野鸡之类，沿途还能找到贝母、虫草、胡黄连等药材。三个牧人走这条小路回村，在冰川边挖贝母的时候，发现了登山队的遗物和尸体，他们带了几件样品（绳子、海拔表、望远镜）回村报告：

他们马上跑回来村里报信，晚上才报的信。那时通信很难，电话也打不出去。我马上组织民兵连夜到县政府汇报，他们又

---

1 "梅里雪山"是一个因登山活动影响以及大众媒介误导而形成的错误称谓，这座雪山藏名叫"卡瓦格博"，详细的讨论参见郭净《雪山之书》第 10 章，云南人民出版社，2012。在本书中，凡是涉及登山活动的内容，均用"梅里雪山"；涉及神山信仰的内容，用"卡瓦格博"。

往上汇报，并派政府、体委和公安来考察。县公安局的尼玛甲称副局长带了两个警察和一个医生，看了遗体和冰川现场，确认是遇难（者）的尸体，立刻与日本联系。过后他们派人来清理，得到村民的协助。去年9月又在冰川出现遗物，没有尸体，日方派人来，他们（把遗物）都干干净净地捡走了。今年3月，挖药材的村民又发现两具尸体，汇报后，日方代表、省县体委都下来，把遗体、遗物全部处理完了。

消息上报后，中日双方很快组织了十九人的调查队赶赴明永，其中有中国登山协会（简称中登协）成员罗申、京都府立大学农学部的老师牛田一成、曾任1991年中日联合登山队中方联络官的张俊，以及原京都大学环境工学部的学生小林尚礼。8月3日，调查队前往明永冰川：

11点40分，由中方队员罗申带领的第一组首先到达了海拔3750米的冰川中间，从这里已然能够清楚地看到散落在冰川上的五颜六色的遗物了。中国队员袁洪波走近遗物，看到的是破损的帐篷碎片、小刀、砸坏了的录音机、相机和笔记本等。他顺手拾起了一个笔记本，打开一看才知道这是当年牺牲时年仅21岁的京都大学学生工藤俊二的日记本，上边记载着他们打扑克时的比分，还有他喜欢的歌词以及每天的活动记录等。[1]

这次调查一共发现了十具遇难者的遗骸，遗物共十一份，遗骸和遗物分别装入十五个袋子中，总重量 80 公斤。从遗物上能辨认出身份的有五人：中方的宋志义、孙维琦，日方的米谷佳晃、近藤裕史、儿玉裕介。[2]

1　周正：《梅里雪山遇难者的发现》，《中国西藏（中文版）》，1999 年第 1 期。

2　[日] 小林尚礼：《梅里雪山 —— 寻找十七位友人》，乌尼尔译，北京联合出版公司，2021，第 355 页；周正说辨认出的是孙维琦、宋志义、林文生、工藤俊二和米谷佳晃，有误。

第一章

登山者说

1.
京都之行

我第一次到京都时，完全没有留意周围的景致。事后回想，除了一所大学的楼房，竟然对这座名城毫无印象。

1999年8月5日，我跟随明永村村长大扎西、日本登山队员小林尚礼爬上冰川，找到三具遇难队员遗体。这次经历，让我获得了对梅里山难的感性认识，从此心里多了一个念想，希望更深入地调查这次山难的经过。当一个思绪非常强烈地盘踞在心里，往往会被出乎意料地兑现。次年10月，也即梅里山难的十年后，我意外接到邀请，同来自北京大学和中山大学的两位学者到大阪国立民族学博物馆参加学术会议。会后，筹划这次活动的横山廣子教授亲自陪同我乘东海道新干线，前往京都。她1984年开始到大理做白族研究，是第一个在云南少数民族地区从事田野调查的日本学者，和云南学者感情很深，听说我想寻访原梅里雪山登山队的成员，便特地安排了这趟旅行。

旅行的目的地不是当地的名胜，而是京都府立大学。进入该校农学部的会议室，早有三人等候，一位是 59 岁的栗田靖之教授，他是国立民族博物馆的助理研究员，曾负责日本梅里登山队对华协调工作，并担任科考队领队；第二位是京都府立大学农学部的老师牛田一成，44 岁，他曾参加过 1991 年的救援队，并于 1998 年到明永接收被发现的遗体遗物；第三位是 30 岁的研究生中村真，他和小林尚礼参加过 1996 年第三次梅里登山活动。

我、担任翻译的横山廣子教授与三位登山者隔着长条会议桌相对而坐，我架好摄像机，开始提问。首先由栗田靖之教授讲述登山之前的前期调查以及跟中方沟通的情况。

访谈开始不久，他的一番话就引起了我的注意，他介绍说，

栗田靖之先生在讲述他的经历，郭净纪
录片《卡瓦格博传奇：登山物语》截图

15

1989 年 5 月到 7 月，他带领"日中联合梅里雪山学术登山队科学队"到滇西北考察，这个队伍的组成，日方有京都大学、神户大学、同志社大学、北海道大学工学、农学、自然科学、文学院的师生，大阪红十字会医院的神经科医师，以及六位记者；中方有三位民族学者。其行程是沿怒江河谷上行，途经六库、福贡到贡山，沿途考察地质和民族文化状况。他们原本打算由此北上进入西藏，探寻从察瓦龙攀登的可能性，并经察隅前往考察雅鲁藏布江（在印度称布拉马普特拉河，Brahmaputra River）大拐弯地带，因未得到中方的许可而作罢。[1]

透过栗田先生的寥寥数语，我似乎触摸到了那条隐约浮现，潜藏在时间岩层深处的历史脉络。沿着时光回溯，我来到 1854 年 3 月。彼时，日本德川幕府在美国黑船炮口威胁下签定《日美神奈川条约》，从此向西方敞开国门。十九世纪后半叶，掌握大政的明治政府推动改革，社会风气日益西化。然而，当举国臣民隔海眺望代表着人类文明新时代的西洋之际，有极少数特异之人，将探险的目光回望，投向依然对异域探险者紧闭大门的中国西藏。他们之所以有此远见，除了怀抱秉承朝圣传统的志向而外，也深受西洋探险之风的熏染。二十世纪初年，荣赫鹏率英军占领拉萨，前往世界屋脊的探险热潮骤然升温。嗅觉灵敏的日本人探知这一变化，即刻跟进，先

1　此行的详细经过，参见云南省体委体科所制作的纪录片《雪谊》，1989 年。

第一章　登山者说

后有河口慧海、能海宽、寺本婉雅、成田安辉、矢岛保治郎、青木文教、多田等观七人踏上西行的旅途，远赴藏地。其中除了成田安辉、矢岛保治郎以外，其余均为僧人。这些僧侣主要的动机并非出于登山和收集情报，而是到西藏学习佛法。第一个开启进藏之行的河口慧海（1866 — 1945）在《西藏秘行》一书中讲述了他执意远赴西藏的目的[1]：

> 大乘佛教的佛典，在佛教的发祥地已经失传了，据说在尼泊尔或中国的西藏还有。为了得到原版佛典，必须去尼泊尔或中国的西藏。据欧美的东方学者说，藏语翻译的经文，无论从文法上还是意义上，都比汉译本要准确；这个说法被欧美学者所确认。如果藏语翻译的经文是准确的，那么即使梵语经文已经失传，利用藏语翻译的经文也能进行研究，而且将汉译的和藏译的经典进行比较研究，这是非常有趣的，也是非常有价值的事情。因此，为了进行这种研究，必须到西藏去学习藏语。

有中国学者评价河口慧海的西藏之行，认为"与同时期进藏的日本人不同的是，河口慧海既非受官方派遣，亦非宗教寺院派遣，而

1　[日]河口慧海：《西藏秘行》，新疆人民出版社，1998，第 2 页。

能海宽（左）、
河口慧海（右），
网络资料

是根据个人的意愿进入西藏，这使他的入藏活动具有某种灵活性和
自由度"。[1]也正是这种如玄奘一般决绝的远行，使河口慧海成了日本
赴西藏朝圣的先驱者。

　　在人类文明的古典时代，伟大的探险家往往都是僧侣，穿越丝
绸之路来到大唐的景教（Nestorianism，基督教聂斯托里派）传教士阿
罗本，西行天竺的玄奘和法显，东渡日本的鉴真和尚，从天竺赴藏

---

[1]　李丽、秦永章：《河口慧海的入藏活动及其对日本藏学的贡献》，《西藏大学学报
　　（汉文版）》，2004 年第 2 期。

传播佛教的莲花生和阿底峡，云游在西藏、云南和青海果洛之间的十世噶玛巴，十七至二十世纪进入西藏和横断山地的意大利、法国和瑞士天主教传教士，都留下了远行求法与传法的足迹。到十九世纪后期至二十世纪初期，日本受欧风美雨熏陶，传统的行旅方式逐渐向西方的探险模式转型。与河口慧海同时期远眺西藏的大谷派僧侣能海宽（1868 — 1901），首次提出"西藏探险"的概念。他以一种现代性的视野，超越了地理和宗派的限制，开启了将朝圣与探险合为一体的先河。而在中国汉地，还要晚至民国年间，进藏求法的风气才逐渐形成。[1]

　　能海宽不仅在《世界上的佛教徒》一书中讨论他的新构想，且身体力行地将其付诸实施。与取道印度的河口慧海不同，能海宽选择了风险更大的中国西部线路。1898 年至 1901 年，他三次由川、青、滇徒步进藏，最后一次在云南德钦境内失踪，成为第一个殒命滇西北的日本人。[2]这位僧侣的悲剧，不但没有骇阻后来者的脚步，反而成为一种魅惑，召唤着日本社会的异类，去青藏高原践行生命中的"一期一会"。我在查阅京都大学学士山岳会（简称 AACK）报告的时候，发现帝塚山大学的酒井敏明教授为阐明梅里登山的意义，将其精神

1　参见 [美] 滕华睿：《建构现代中国的藏传佛教》，陈波译，香港大学出版社，2012。
2　关于能海宽进藏的行迹，参见何大勇：《日僧能海宽入滇进藏求法研究》，《中国藏学》，2004 年第 2 期。

渊源直接追索到了能海宽的行迹。[1]这一点拨使我恍然明白，当今日本人对青藏高原登山活动如此执着，绝非一时冲动；他们的前方，既有二十世纪前期的珠峰攀登史做铺垫，也有九十年前能海宽等先贤魂魄的召唤。

世界屋脊的登山运动是由英国人率先发动的。1600 年，不列颠东印度公司成立，获得英国皇家给予的 21 年东印度贸易垄断权。1608 年，东印度公司在印度海岸建立贸易站，随之展开了在南亚次大陆的迅速扩张。到十九世纪中叶东印度公司的管理和财产权收归英国政府时，印度已经沦为大英帝国的殖民地。十九世纪初，英国人的势力伸展至喜马拉雅山区，这座横亘在北方的巨大山脉成了殖民者觊觎的对象。头脑清晰而具有科学精神的英国人，首先派出作为第一梯队的测量员和"班智达"，对喜马拉雅山地进行大地测量，确定了世界最高山峰珠穆朗玛峰的高度；随后，分别于 1888 年和 1903 年派出作为第二梯队的军事武装，两次入侵西藏，随之占领拉萨。

1760 年，米歇尔－加贝尔·帕卡德（Michel-Gabriel Paccard）和雅克·巴尔马特（Jacques Balmat）首次登顶阿尔卑斯山的顶峰勃朗峰，揭开了世界登山运动的序幕。整个十九世纪，是"阿尔卑斯"登山运

---

1 ［日］酒井敏明：《秘境——云南西北部和京都大学学士山岳会》，京都大学学士山岳会《日中联合梅里雪山，学术登山队学术调查中间报告》，京都大学学士山岳会梅里雪山委员会，1990，第 2 页。

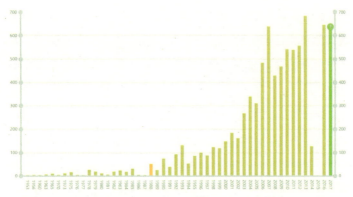

1953 — 2017 年珠峰登顶人数，Paul Devaney 制图

动的黄金、白银和铁器时代。随着英国势力向世界屋脊的扩张，从十九世纪末到二十世纪初，登山探险的黄金地点逐渐转移到了喜马拉雅山地。1893 年、1904 年、1913 年，英国军队三次组织攀登珠峰，均因当地藏族人民的反对而未能真正展开。[1]1921 年，英国人首次试图从西藏境内的北坡攀登珠峰，未果。之后，中国进入长期战乱和革命的年代，外国人的探险旅行完全中止，攀登喜马拉雅各大高峰的前进基地转到了尼泊尔。从 1953 年到 1975 年，共有来自英国、瑞士、美国、印度、日本、意大利、联邦德国、法国的十多支

1　左灿:《攀登珠穆朗玛峰的安全管理研究》，成都体育学院硕士论文，2015 年，第
　　1 页。

登山队从南坡登上珠穆朗玛的顶峰，其中以日本队居多。

1960 年和 1975 年，中国国家登山队特立独行，两次从西藏境内的北坡登顶珠峰。

1988 年，攀登珠峰的人数开始大幅攀升，此时，也正是梅里登山的高峰期。

二十世纪五十年代后期以降，日本逐渐从战争创伤中恢复，至二十世纪六七十年代，国力渐强，其登山界对青藏高原的好奇心随之重新点燃。在 1953 — 1978 年 13 次登顶珠穆朗玛峰的记录中，有 3 次是日本队创造的，即 1970 年 5 月 11 日、12 日，日本队先后分两个梯组共四人从南坡传统路线登顶，登顶队员是松浦辉夫、植村直已、平林克敏和尼泊尔籍的搬运工人乔塔里；1973 年 10 月 26 日，水野祥太郎率领的队伍登顶珠峰，登顶队员是石黑久和加藤保男，这是珠峰攀登史上首次在秋天登顶成功；1975 年 5 月 16 日，久野英子率领的日本女子登山队登上珠峰，登顶队员是田部井淳子和尼泊尔向导安则林。

从 1956 年至 1978 年，共有 20 多个国家的组织和个人近百次提出要求来华登山，其中，美国先后提出 7 次，奥地利提出 11 次，日本是要求最强烈的国家，先后提出 40 多次。[1]

1　赵彧：《中国登山队 60 年大事记》，载中国登山协会《山野》2016 年 6 月刊。

1976 年，中国终于打开了长期对外关闭的国门，转而实行改革开放的政策。1979 年 9 月，国务院批准了国家体委的报告，从 1980 年起，对外开放西藏、四川、青海和新疆的珠穆朗玛峰（海拔 8844.43 米，西藏自治区定日县与尼泊尔交界处）、慕士塔格峰（海拔 7509 米，新疆阿克陶县）、公格尔峰（海拔 7649 米，新疆阿克陶县）、公格尔九别峰（海拔 7530 米，新疆阿克陶县）、博格达峰（海拔 5445 米，新疆阜康市境内）、希夏邦马峰（海拔 8027 米，西藏日喀则市聂拉木县）、贡嘎山（海拔 7556 米，四川省康定市）和阿尼玛卿山（主峰玛卿岗日海拔 6282 米，青海省果洛州）共八座山峰，接待自费来华的外国登山队和登山旅游者。

就在中国打开山门的当年 9 月至 10 月，日本登山队便在中国登山协会的协助下考察珠穆朗玛峰北壁及东北山脊路线。之后，从 1981 年到 1992 年，日本人开始了连续攀登藏地雪山的行动。

1981 — 1992 年，日本人攀登青藏高原雪山行动记录表

山峰	海拔（米）	登顶日期	登山队
青海玛卿岗日	6282	1981 年	日本新潟上越登山队
四川幺妹峰	6250	1981 年	日本同志社大学登山队
青海阿尼玛卿二峰	6268	1984 年	中国地质大学武汉登山队 - 日本长野县山岳会
青海格拉丹东	6621	1985 年	日本京都大学学术登山队
西藏纳木那尼峰	7694	1985 年	中国登山协会 - 京都大学 - 同志社大学联合登山队
青海念青唐古拉主峰	7162	1986 年	日本东北大学登山队

山峰	海拔（米）	登顶日期	登山队
四川雪宝顶	5588	1986 年	日本喜马拉雅登山协会 - 四川登山协会
西藏章子峰	7543	1986 年	中日联合登山队
西藏库拉岗日	7538	1986 年	日本神户大学登山队
西藏念青唐古拉桑丹康桑	6590	1987 年	日本京都大学登山队 - 西藏登山队
西藏拉布吉康峰	7367	1987 年	中日联合登山队
四川格聂神山	6204	1988 年	日本登山队
四川雀儿山	6168	1988 年	中国地质大学 - 日本神户大学联合登山队
西藏珠穆朗玛峰	8844	1988 年	中日尼联合登山队
西藏姜桑拉姆峰	6325[1]	1988 年	中日联合登山队
青海年保玉则	5369	1989 年	日本登山队
西藏珠穆朗玛峰	8844	1990 年	日中苏美和平登山队
西藏希夏邦马峰	8027	1990 年	日本登山队
西藏藏色岗日峰	6460	1990 年	西藏登山队 - 日本长野山岳会
青海新青峰	6860	1992 年	日本喜马拉雅登山队
西藏南迦巴瓦	7782	1992 年	中日联合登山队
西藏念青唐古拉桑丹康桑	6590	1992 年	日本川上登山队

资料来源：舒小简：《日本人首登 14 座中国山峰 8 批遇难死亡人数超 30》，腾讯体育，2017 年 12 月 14 日；国家体育文史委员会编：《中国登山运动史》，武汉出版社，1993；[日] 中村保：《喜马拉雅以东·山岳地图册》（*East of the Himalaya Mountain Peak Map*），日本石竹株式会社，2016。据小林尚礼提供的信息，日本登山队在青藏高原的攀登活动远远超出这个统计。

1　这座山峰的高度众说不一，此处采用王昀加《厦大登山队抵达西藏将攀登姜桑拉姆峰》一文的数据，新华网，2013 年 7 月 31 日。

与青藏高原众多的山峰相比，身材矮小的梅里雪山并不显眼，然而在日本探险家的心目中，攀登梅里的价值并不在于它的海拔高度，而在于这一行动将为进入"喜马拉雅以东"（或称"东喜马拉雅"）的冰雪世界打开山门，栗田靖之企图率队从怒江进入察瓦龙以及雅鲁藏布江大转弯处的南迦巴瓦地区，就出于这个念想。1991 年梅里山难发生的两个月后，57 岁的日本 IHI 香港分公司董事经理中村保（Tamotsu Nakamura）到滇西北沿怒江河谷旅行。第二年，他到德钦考察了梅里雪山。这两次行程，为他展开了一幅壮丽的山地图卷。此后，他花费 30 多年，利用中国的考察资料，对"喜马拉雅以东"雪山群进行了实地勘察，成为国际知名的喜马拉雅山地专家。他在其著作《喜马拉雅以东·山岳地图册》中，对这片雪域做了如下描述[1]：

> 只要放眼亚洲地图，你就会发现西藏高原东端的雅鲁藏布江在大弯曲点变成世界最大的峡谷，以环抱喜马拉雅东端的南迦巴瓦峰（7782 米）之势转向为南。其北侧和东侧的地势因被藏东、云南、四川挤压而扭曲变形，数条大河向南奔流，山脉以东西横向或南北纵向延伸，连绵起伏。这就是被称为西藏东部的念青唐古拉山东段和岗日嘎布山群以及横断山脉的广阔地

1　[日]中村保：《喜马拉雅以东·山岳地图册》，日本石竹株式会社，2016，第 65 页。

域，把它称之为"西藏的阿尔卑斯"再恰当不过……

中村保把这片险峻的山地划分为七个地带[1]：

从察隅河、伊洛瓦底江发源地到三江并流地带（西藏、云南、缅北）；

伯舒拉岭－高黎贡山（云南）；

怒江－玉曲分水岭（西藏）；

他念他翁山（西藏）；

怒山－梅里雪山山群（云南、西藏）；

芒康山－云岭－白马雪山（西藏、云南）；

玉龙雪山－中甸高原（云南）。

这七个区域的数百座雪山，绵延成壮阔的"东喜马拉雅"山地。而中国学者通常把上述区域的大部称作"横断山脉"或"横断山系"。1901 年，邹代钧为京师大学堂撰写《京师大学堂中国地理讲义》，其第一卷"亚细亚总论"有一段话[2]：

阿尔泰山系与希马剌亚山系间之高原……有大沙积石山，迤南为岷山，为雪岭，为云岭，皆成自北而南之山脉，是谓横

1　［日］中村保：《喜马拉雅以东·山岳地图册》，日本石竹株式会社，2016，第 78 页。
2　陈富斌：《"横断山脉"一词的由来》，《山地研究》，1984 年第 1 期。

断山脉，蜿蜒中国本部之西，自此以东，则属东部之亚细亚。

  经二十世纪五十年代以降多次青藏高原科学考察，横断山系的面貌逐渐清晰，它与东喜马拉雅紧密连接，从南迦巴瓦向东绵延，覆盖川、藏、滇、青、甘 50 多万平方公里。在喜马拉雅造山运动板块的碰撞挤压作用下，从青藏高原由西向东延伸的巨大山脉急剧转折为南北走向，在地壳强烈抬升的同时，挟持在山峦之间的河谷急剧下切，形成七列纵贯北南的山脉〔从西往东为伯舒拉岭 - 高黎贡山、他念他翁山 - 怒山、芒康山 - 云岭、沙鲁里山 (雀儿山、玉龙雪山等)、大雪山、邛崃山、岷山〕与五条大河 (怒江、澜沧江、金沙江、雅砻江、大渡河) 并排往南延展的壮观景象。[1]藏族历史上把横断山系覆盖的区域称为"四水六岗" (ཆུ་བཞི་སྒང་དྲུག)，四水是怒江 (རྒྱལ་མོ་རྔུལ་ཆུ)、澜沧江 (ཟླ་ཆུ)、金沙江 (འབྲི་ཆུ)、雅砻江 (ཉག་ཆུ) 或黄河 (རྨ་ཆུ)，六岗是察瓦岗 (怒山，ཚ་བ་སྒང)、芒康岗 (云岭，སྨར་ཁམས་སྒང)、朋波岗 (沙鲁里山，སྤོ་འབོར་སྒང)、马扎岗 (折多山，དམར་རྫ་སྒང)、木雅热岗 (大雪山，མི་ཉག་རབ་སྒང)、色莫岗 (巴颜喀拉山，ཟལ་མོ་སྒང)。

  横断山系的地势西北高、东南低，有学者将其自然环境巧妙地概括为"时空折叠"：

1 李炳元：《横断山区地貌区划》，《山地研究》，1989 年第 1 期。

一是高山峡谷并列，将原来较为平坦的二维空间挤压折叠成立体化的三维空间；

二是在南北相距 900 公里的范围内，容纳了高寒山区、中温带、南温带、北亚热带、中亚热带、南亚热带和北热带七个气候带，为生物多样性和文化多样性创造了条件[1]，加上印度洋和太平洋两大季风的影响，使横断山区成为世界自然资源最丰富的生物多样性热点地区之一。

在二十世纪八十年代以前，深藏在横断山系之中的卡瓦格博并不为公众所知。卡瓦格博的藏文原意是"白色的雪"，有关它的记载，最早出现在一千多年以前的藏文典籍中。苯教经典《神烟》记载"蕃域"（ བོད་ཡུལ །，藏人对雪域高原的称呼）各地方保护神，管辖"察瓦绒"的是卡瓦格博。[2]公元八世纪，密教大师莲花生从尼泊尔入藏，以神通降伏了蕃域山神和其他土著神，将他们纳入佛教护法神的体系中，并造作祭祀神灵的祈祷文《大广净神祭供》（ རྒྱགས་བརྔན་སྙུ་བསང་ཆེན་མོ །），但凡青藏高原上、中、下三界鬼神，均受邀请接受供养，其中包括卡瓦格博。

从公元八世纪至今，藏文献对这座雪山的记载持续不断，而

---

1 耿华军：《时空折叠下的奇观！》，中科院格致论道讲坛，2020 年 6 月 15 日。
2 ［奥］内贝斯基·沃杰科维茨：《西藏的神灵与鬼怪（上）》，谢继胜译，西藏人民出版社，1993，第 267 页。

汉文的记载到二十世纪前期才出现，在二十世纪三十年代以来的汉文地图和记载中，卡瓦格博被称为"白浪雪山""白雪神山""白山娘""雪山太子""太子雪山""白雪山""白色雪山"，[1]这些名称，均为当地藏语称谓的意译："白雪神山"直接来自卡瓦格博名称的

卡瓦格博主峰及澜沧江河谷，下面的村庄是西当和荣中，郭净摄

1　李式金：《云南阿墩子——一个汉藏贸易要地》，《德钦文史资料》第一辑，2003。

含义；又因卡瓦格博几个主要的山峰，有一个是他的妃子，所以有
"雪山娘"这个汉名。[1]原云南省民委藏族干部马泽经研究认为，"太
子雪山"是民国时为申明滇藏边地的主权而取的汉名，其含义系来
自莲花生大师曾为乌仗那国（今巴基斯坦境内）太子的典故。而现
在广为人知的"梅里雪山"这一名称，是二十世纪五十年代的错误
标注，又因 1990 — 1996 年中日联合攀登此山以及旅游所造成的影
响，才逐渐流行开的。[2]

　　有关卡瓦格博的科学探索至二十世纪后期才起步，因缺乏大比
例尺地形图，连地质专家都错把海拔 5596 米的玉龙雪山主峰扇子
陡当作云南省最高峰。直到 1980 年，云南省林业勘察大队才公布
了该雪山的基本资料，确立了"梅里雪山"作为云南省最高峰的地
位。[3] 1991 年梅里山难和随之而来的旅游开发，提高了这座雪山在公
众中的关注度，也促进了相关的科学研究。

　　现在有关卡瓦格博的普及文章大多采用"梅里雪山"的概念，在
界定该雪山研究范围的时候造成很多混乱，故有必要在此予以澄清。
在当地藏族的观念中，卡瓦格博是由 200 多座大小神山组成的雪山

1　黄举安：《云南德钦设置局社会调查报告》，1948（民国37）年，德钦县档案馆藏。
2　详情参见马建忠、扎西尼玛：《雪山之眼：卡瓦格博神山文化地图》，云南民族出版
　　社，2010，第 6 页；郭净：《雪山之书》，云南人民出版社，2012，217 — 223 页。
3　吕培炎：《云南第一高峯 —— 梅里雪山》，《云南林业调查规划》，1980 年第 4 期；
　　陈永森：《云南第一峰 —— 梅里雪山简介》，《昆明师范学院学报（哲学社会科学
　　版）》，1980 年第 2 期。

群，同属怒山山脉的梅里雪山在其北边，与之相连。"梅里"一词为德钦藏语"སྨན་རི།"的汉译，意为"药山"。[1]若以藏族传统的南北外转经路线划分，卡瓦格博神山的大致范围是：北起佛山乡的梅里水村和说拉山口，此为外转经必经的北部要道；南至云岭乡与燕门乡毗邻处的永支村和多克拉山口，此为卡瓦格博的南部要道，其地理坐标

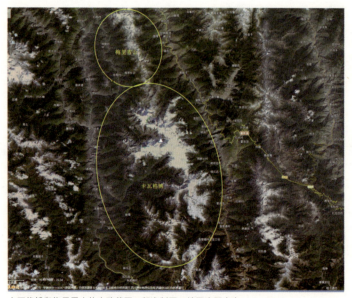

卡瓦格博和梅里雪山的大致范围，郭净制图。地图底图来自
天地图，GS（2021）1487 号 - 甲测资字 1100471

1　德钦县人民政府编：《德钦县地名志》，德钦县地名办，1986，第 49 页。

为东经98°60′，北纬28°40′。[1]以行政区划来看，卡瓦格博雪山主要分布在云岭乡的境内，梅里雪山则分布在佛山乡的境内。主峰卡瓦格博位于整座雪山群的中央，是怒山山脉的最高点。

　　卡瓦格博所处的怒山山脉是怒江和澜沧江的分水岭，该山群所处地域在地质上为纵向岭谷地貌，最险峻的地段是云岭乡境内长达100公里的大峡谷，澜沧江被挟持在卡瓦格博与白马雪山之间，从海拔2000米左右的澜沧江河谷到6740米的卡瓦格博顶峰，垂直高差在4500米以上，为世界上最深的大峡谷之一。[2]这种独特的岭谷地貌与季风、降雨、温度等多重因素综合作用，造就了随海拔高度变化的垂直气候带和生态系统，从海拔2000米左右的干热河谷到6000米以上的冰雪区域，共有六个气候带：亚热带、暖温带、温带、寒温带、亚寒带、寒带，以及九个植物分布带：干热河谷灌丛、常绿阔叶林、针阔混交林、暖性针叶林、温性针叶林、高山灌丛、高山草甸、流石滩、冰雪带。[3]据研究，该地区植物物种的丰富度，在海拔

1　马建忠、扎西尼玛：《雪山之眼：卡瓦格博神山文化地图》，云南民族出版社，2010，第6页。该经纬度数据是作者为TNC做该雪山生物多样性调查得到的。云南省林业勘察大队公布的数据与之略有差异，是98°41′，28°26′，参见吕培炎：《云南第一高峯——梅里雪山》，《云南林业调查规划》，1980年第4期。
2　明庆忠：《纵向岭谷北部三江并流区河谷地貌发育及其环境效应研究》，兰州大学博士论文，2006年。
3　参见欧晓昆等：《梅里雪山植被研究》，科学出版社，2006。

3000 — 4000 米的范围内达到最高。[1] 与之相应，在当地藏族的观念中，其人-地景观也分为人工创造的外部世界、野生动植物占据的自然世界，和神灵统辖的内部世界。

这片地貌复杂、雪峰林立的冰寒之境，因地理与政治的阻隔最难进入，一直是国际探险界的盲区。日本人作为探险运动的后来者，对这最后的秘境极为用心，从二十世纪八十年代起，他们便锲而不舍地前往这一地区考察和登山，乃至为此付出了高昂的代价。据不完全统计，从 1981 年到 1992 年的十年间，日本队在西藏、四川和云南藏区的登山活动中有 29 人罹难，其中大部分殒命在横断山地[2]：

1981 年，四川省康定市贡嘎山，8 人；

1982 年，贡嘎山，2 人；西藏定日县珠穆朗玛峰，1 人；

1984 年，贡嘎山，4 人；

1991 年，云南省德钦县卡瓦格博（梅里），11 人；西藏聂拉木县希夏邦马峰，2 人；

1992 年，西藏米林县南迦巴瓦峰，1 人。

1　冯欣：《梅里雪山沿海拔梯度植物物种丰富度研究及 Rapoport 法则的检验》，云南大学硕士论文，2013 年。
2　资料来源：舒小简：《日本人首登 14 座中国山峰 8 批遇难死亡人数超 30》，腾讯体育，2017 年 12 月 14 日。

上面的统计显示，遇难的 29 位日本队员，有 25 位是在卡瓦格博和贡嘎这两座雪山丧生的。而 1991 年的梅里山难，则是日本青藏高原登山史上最大的一次挫折，这不仅是因为死亡人数最多，也因为日本人在其国力鼎盛的时代，面对一座海拔不到 7000 米的山峰，历经多年奋斗，耗费巨万，却落得铩羽而归的结局，对其心理的打击委实沉重。这个事件，与日本二十世纪九十年代初期经济盛极而衰的大趋势恰相吻合，在今天来看，似乎成了国运转变的征兆。而对中国人来说，在二十世纪八九十年代开放山门，借助海外合作促进登山运动的专业化发展，这一进步，却是以惨痛的牺牲为代价的。

2.

对手

梅里登山的起点是 1980 年。得知中国开放了西部八座山峰后，京都大学学士山岳会（AACK）便开始构想青藏高原的登山计划，首先考虑的是西藏的纳木那尼峰，以及昆仑山和梅里雪山。这几座山峰，都超出了开放目录的范围，可见当时中国登山协会急于同外资合作，以致放宽审查尺度的心情。1984 年 2 月 26 日，由京都大学探险部的部长高谷好一和队员广濑显联名，向中国登山协会提出攀登梅里雪山的申请。1985 年，京都大学学士山岳会跟同志社大学合作，与中登协组成联合登山队，登顶纳木那尼峰，此成功之举，为攀登梅里雪山做了铺垫。[1]

在日本，各登山机构为首登梅里展开了竞争。1987 年 8 月至 9

1　[日] 酒井敏明：《秘境 —— 云南西北部和京都大学学士山岳会》，京都大学学士山岳会《日中联合梅里雪山学术登山队学术调查中间报告》，京都大学学士山岳会梅里雪山委员会，1990 年 6 月 30 日，第 4 页。

月，日本上越山岳协会率先获得进入云南藏区的许可，企图从明永村一线攀登梅里雪山，到海拔 5100 米处知难而返。1988 年 3 月，明治学院大学[1] 也从中国国际体育旅游公司得到攀登梅里雪山的许可。[2] 而京都大学与中国方面的沟通却颇费周折。栗田靖之先生讲起这段交涉经历，记忆十分清晰[3]：

> 我是 1989 年开始同卡瓦格博地区发生接触的，那年 1 月我先到北京，从中国登山协会那里得到进入云南的许可。然后我到昆明，跟云南省政府打交道。他们说不允许你们来，北京和昆明完全不同。我们在昆明跟政府交涉了三个星期。当时我们有几辆载电视设备的越野车，所以他们想要日本送五辆越野。我们要到中国登山，需有人居间协调，我们的协调者是日本名人，国际交流协会的吉田舆和先生，他尤其擅长登山活动的协调。他说那好，我们就从日本带东西，作为礼物送给当地政府和人民，于是由他决定，我们带来他们要的五辆汽车、两辆小汽车，还有三辆越野车，你见识过这样的交易吗？

1　明治学院大学（Meiji Gakuin University），创办于 1863 年，是日本著名的基督教私立大学。

2　[日] 京都大学学士山岳会：《梅里雪山事故调查报告书》，1992 年 1 月 24 日，6 — 7 页。

3　笔者 1999 年 10 月对栗田靖之的访谈。

送了这些东西，我们的申请最终被批准了。我们同云南地方政府签定了协议，你可以走这条路，但不许越界，即使越过5公里也不行。我们的活动由日本电视公司提供赞助，他们给京都大学资助，还要拿钱给地方政府。为此这个项目花费甚多。

经过最后三个星期的谈判，日方和云南省体委达成共识。1989年3月22日，日本京都大学与中国登山协会、云南登山协会正式签定日中合作登山的备忘录，拟组建"日中联合梅里雪山学术登山队"。为此，日本关西电视台提供了大约2000万日元的赞助，包括支付给中方的有关费用。从外部条件来看，梅里雪山的攀登时机尚好，二十世纪九十年代前期，日本经济虽出现下滑的征兆，但众多企业仍有投资的实力，AACK三次实施卡瓦格博登山行动，曾得到100多家公司的赞助，其中不乏大企业（川崎重工、住友化学、住友重机械工业、三洋电机、日清食品、三井、三菱、日立等）、大财团（野村证券、日本生命保险、松下财团、三和银行、住友银行）和重要媒体（读卖新闻、每日新闻、关西电视台等）。[1]

云南省社科院藏族学者章忠云说，当时德钦属于未开放地区，但凡擅自进入的外国人，一律要被当地公安部门押送到大理，所以

1　参见［日］京都大学学士山岳会：《日中友好梅里雪山峰合同学术登山队1996年记录》，载《AACK时报》No.13，1998年。

日本登山队能到德钦登山，是得到特许的。当年中日关系正处于上升期，对登山合同的达成起了促进作用。参加过1989年考察的尹绍亭教授回忆说，他那时担任云南省民族博物馆副馆长，因懂日语，被委派参与谈判，并参加"日中联合梅里雪山学术登山队科学队"，于1989年5月8日至7月5日陪同日本学者和登山队员到怒江和澜沧江沿线考察。此次日方出动了两辆丰田越野，一辆中巴，一辆载运物资的卡车。考察期间，日方电视记者跟随拍摄，记录了怒族、独龙族、藏族的生活状况，他们也沿途受到热情接待。

即使在那个年代，日本登山运动已具备多学科协作的理念，无论前期探路还是正式攀登，其人员都来自探险、植物、地质、气象、人类学、新闻、医学等多个专业，沿途收集标本，做人体测量，调查经济社会状况，并全程摄制纪录片。[1]在漫长的谈判过程中，AACK仿佛一个潜伏许久的忍者，并未消极等待，在正式得到许可证之前的1988年10月，便和中登协联合组织了一次攀登路线的调查，日本方面有三人，队长为横山宏太郎；中国方面有六人，队长为中登协的王振华。10月13日至11月16日，先遣队在德钦县考察了两条登山路线：一条线是斯农村的斯农冰川（日方文件称为森层堡冰川）方向；另一条线是西当村方向。在这次调查的基础上，拟定了登山

1　参见1989年日方拍摄的怒江、澜沧江考察纪录片，和云南省体科所1989年12月制作的纪录片《雪谊》，王衍提供。

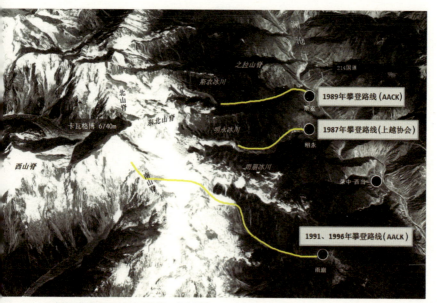

之拉山脊

斯农冰川

214国道

北山脊

东北山脊

1989年攀登路线（AACK）

斯农

卡瓦格博 6740m

明永冰川

1987年攀登路线（上越协会）

明永

雨崩冰川

西山脊

柰中·西当

1991、1996年攀登路线（AACK）

雨崩

日本队四次攀登梅里雪山示意图，郭净制图

行动计划。

　　从 1989 年到 1991 年年初，日中联合梅里雪山学术登山队曾两次攀登梅里雪山。据刘文彪的著作所言 [1]，为了寻找攀登路线，登山队曾在 1988 年（具体日期不详）组织了一次斯农的探察活动。到了

1　对这次行动，日方报告没有记载，有关叙述参见刘文彪：《雪崩：中国登山史上最悲惨的一页》，中国书籍出版社，1994，第 8 — 10 页。

1号营地（C1），三名藏族向导再也不肯往上走，转而离去。[1]据我们调查，卡瓦格博地区的所有藏族村庄都设立有封山线"日告"（ རི་འགལ ）的习俗，这条线以上是属于神灵栖息的"内部空间"（ ནང་ཁུལ་གྱི་བར་སྟོང ），不能冒犯。C1 的位置估计已越过斯农村的封山线，三名藏族向导是因惧怕山神报复才离开的。

这次探察确定了斯农村附近的斯农冰川线路。正式攀登，刘文彪说是在 1989 年 1 月，日方报告却说是在 9 月 4 日至 11 月 30 日，本书遵从后者。这次攀登[2]，日方有 14 名成员，分别来自京都大学、筑波大学、帝冢山大学和几家医疗机构及报社，总队长是京都大学化学研究所的左右健次教授，登攀队长是横山宏太郎；中方有 9 名成员，分别来自中国登山协会、云南省体育运动委员会和昆明医学院，总队长是云南体委的杨必育，登攀队长为中登协的著名登山家王振华。

1989 年 9 月 30 日，登山队到达斯农村，经过短暂修整，于 10 月 4 日在海拔 3850 米建成大本营（BC）。此后连日雨雪，难以开展行动，直到 10 月 27 日，才在海拔 4660 米处建成 C1。以此为基地，中日队员横山宏太郎、中山茂树、工藤俊二、广濑显、米谷佳晃、

1　刘文彪：《雪崩：中国登山史上最悲惨的一页》，中国书籍出版社，1994，第 9 页。
2　以下攀登斯农冰川的叙述，参考纪录片《雪谊》；［日］京都大学学士山岳会编：《梅里雪山事故调查报告书》，1992；部分细节参考刘文彪：《雪崩：中国登山史上最悲惨的一页》，中国书籍出版社，1994。

1989 年 11 月 23 日，王建华在大理宾馆教日本队员打太极拳，王衍供图

1989 年 11 月 15 日，中日队员在斯农大本营留影，二排右起第三位是王建华，王衍供图

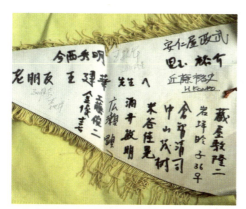

1989 年攀登斯农冰川，全体队员送给
王建华的签名队旗，王衍供图

儿玉裕介、孙维琦、金俊喜等轮班攀上冰川探察。来自昆明医学院
的体育教师王建华本职工作是日语翻译，此次却成了突击队的一员。

登山队原计划在海拔 5300 米处建 2 号营地（C2），结果到中途
才发现，上面的地形与此前探察时所见完全不同[1]：

冰川消融强烈，简直是由一排排锋利的大砍刀组成。无
数的大砍刀寒光四射，使金俊喜和米谷佳晃禁不住心里发凉，

---

1 刘文彪：《雪崩：中国登山史上最悲惨的一页》，中国书籍出版社，1994，第 12 页。

浑身直打冷战。

以后几天，队员们不断往上探察，11 月 13 日，近藤裕史、中山茂树、広瀬顕、工藤俊二、児玉裕介、横山宏太郎、米谷佳晃、王建华等人沿斯农冰川上行，部分队员到达海拔 5000 米处，却无法越过 90 度的大冰壁。15 日至 17 日，天阴降雪，全员撤回德钦县城。次日，天气转晴。[1]

1987 年和 1989 年上越队、京都大学队从明永冰川和斯农冰川攀登行动的失败，证明正面强攻无效，必须另选路径。1990 年 2 月11 日至 4 月 13 日，中日再次组织探路队，寻找一条新的攀登路线，那就在德钦县云岭乡西当行政村下属的雨崩自然村。该村有一个位于雪山最深处的笑农牧场，海拔 3470 米，贴近主峰，攀登条件甚佳，也便于后勤供应。

这次调查确认了雨崩路线的可行性，中日双方随即组建了"日中联合梅里雪山第二次学术登山队"，这支队伍的构成，日方有十二人[2]：

总队长　　左右健次　　57 岁　　京都大学化学研究所教授

1　[日] 京都大学学士山岳会：《梅里雪山事故调查报告书》，1992 年 1 月 24 日，22 — 23 页。
2　[日] 京都大学学士山岳会：《梅里雪山事故调查报告书》，1992 年 1 月 24 日，37 — 38 页。

登山队长	井上治郎	45 岁	京都大学防灾研究所助手
秘书长	佐佐木哲男	38 岁	会计师
医师	清水久信	36 岁	医生
队员	近藤裕史	33 岁	日本气象协会关西本部
	米谷佳晃	32 岁	朝日新闻社
	宗森行生	32 岁	共同通讯社横滨支局
	船原尚武	30 岁	神户大学大学院自然科学研究科学生
	広濑颢	27 岁	京都大学大学院农学研究科学生
	儿玉裕介	23 岁	京都大学工学部学生
	笹仓俊一	21 岁	京都大学农学部学生
	工藤俊二	21 岁	京都大学文学部学生

从这份名单可以看出，日方是有备而来，为之采取了大兵团作战的方式，其人员分工明确，专业涉及文理科，并包括防灾、医疗救助和新闻报道的专业人员，颇有势在必得的气势。工作之余，有学者做了藏族村寨的田野调查，女医师清水久信还对部分村民做了

人体测量。[1]

鉴于气象观察会直接影响到行动的成败，此次专门任命了一位气象专家井上治郎担任登山队的队长，据登山队厨师段建新回忆[2]：

> 队长的帐篷里面有一台接收卫星信号的传真机，当时是非常先进的，我们看着都认不得。他带着 500 瓦的一台汽油发电机，单独要整一桶油，每星期定时接收从瑞士购买的卫星云图，是黑白的，用传真机打出来。在大本营就要保证它的供电，油还要拿个塑料桶背进来。到冬季晚上零下 20 多度，油都会冻得像猪油一样的，还要拿去热热，拿温火烤融化以后才能点得着。

1991 年 1 月 3 日北京时间 11 点，日方传真机收到的气象云图，三角处是 3 号营地（C3），参见《梅里雪山事故调查报告书》

1　笔者 1998 年 6 月对西当村村医扎青的访谈。
2　笔者 2018 年 12 月对段建新的访谈。

中方的主要成员有十八人，分为登山的和辅助的两部分。在登山队中，总队长杨必育（云南省登山协会）和秘书长李崇礼（云南省登山协会）并不到现场，实际进驻大本营的是：

联络官	陈尚仁	52 岁	中国登山协会
队长	宋志义	40 岁	中国登山协会
队员	金俊喜	36 岁	中国登山协会
	孙维琦	31 岁	中国登山协会
	张俊	33 岁	云南省登山协会
	李之云	34 岁	云南省登山协会
	王建华	37 岁	云南省登山协会

这次行动不知出于什么原因，日本人没有延请第一次率队攀登梅里的王振华，而是指定宋志义担任中方队长。中方的成员中，真正训练有素的是来自中登协的宋志义、金俊喜、孙维琦三位登山家。中国登山队的医学专家李舒平这样评价宋志义[1]：

---

1 李舒平·《梅里雪山中日登山队员遇难 7 周年纪念》，《光明日报》，1999 年 8 月 9 日。

他 1974 年开始登山，功绩显赫，九死一生，是一员梗直口悍的猛将。早在 1983 年攀登南迦巴瓦峰时，他曾与 6 名队员在下山途中由于云雾弥漫迷失了方向，转了几个小时也找不到下山的路，报话机又进雪失灵，与山下联系不上。就在摸黑下山探路时，宋志义一脚踩碎了悬崖边缘的雪檐，一猛子向深渊栽去。在这千钧一发之际，仁青平措本能地将连接他们两人生命的结组绳绕住冰镐，并猛地把冰镐一下子插入冰雪，接着全身扑上死命压住冰镐，结组绳把宋志义吊挂在悬崖下。两个人到阎王殿转了一圈又回来了。

他对孙维琦也赞誉有加[1]：

孙维琦是登山新手，却是梅里老将，从 1988 年首次探察开始，这是第四次登梅里雪山。他为人沉稳干练，前程远大，我们很难数出他做出了多少骄人的业绩，可都明确无误地感觉到，维琦不在，事情干得就不顺手，不自在。他为了不让妻子担心，在家里从不谈登山的危险，只谈登山的笑话。他对妻子讲的最严肃的话，也不过如家信中所记："我只想如果能对自己感兴趣

1　李舒平：《梅里雪山中日登山队员遇难 7 周年纪念》，《光明日报》，1999 年 8 月 9 日。

中国登山队队员从北京出发前和家人的合影（从左至右）：宋志义、孙维琦、陈尚仁、金俊喜，第一排是他们的妻子，金俊喜供图，引自《中国驴友论坛》

的事去努力一番，即便并非伟大，只要明确了目的，尽自己的能力追求了，就是有意义的。"妻子在他遇难后，在遗物中找到一本"秘密日记"，她从其中才知道了登山的本来面目。孙维琦在前三次登梅里时目睹了无数次横扫千军的冰崩、雪崩，亲历了漫天大雪中漫漫长夜的煎熬。他对记者讲过一番话："人在高山前确实太渺小了，但这山本身的确使人产生了一种力量感。"他打算从梅里归来后自己写一篇定名为《四进梅里》的文章，现在我们已无法知道他将如何向世人披露心中的秘密。

云南登协是为此次行动成立的，三名参与者尚无专业登山经验，张俊从羽毛球队退役后主要在办公室工作，此行全盘负责协调的事务；李之云在此之前从足球队退役，既要登山，亦参与很多协调工作；王建华是昆明医学院的体育教师，因日语娴熟受日方邀请，临时推迟赴日留学的计划，参加此次行动，他不仅要登山，还要承担高海拔地区的翻译工作。三人中，仅王建华参加过 1989 年斯农冰川的探察。

辅助人员主要有八名，负责高海拔地区物资运输的协作人员（日本人称协力员），是通过当地政府招募的藏民：

斯那次里	26 岁	德钦县人
林文生	23 岁	德钦县人
余新华	21 岁	德钦县人
松吉	22 岁	德钦县人
扎史吾堆	26 岁	德钦县人
扎史吉才	25 岁	德钦县人
罗桑多吉	25 岁	德钦县人
拖丁	20 岁	德钦县人

另外，还有一批在低海拔搬运物资的"运输手"，也大多是当地的藏民。被选为协作队队长的林文生是阿东河电站职工，一年多以前领了结婚证。11 月 17 日他与妻子和永梅举办婚礼，25 日便去了

大本营，此时妻子已怀有身孕。斯那次里是江坡村的电影放映员，年纪最长，被其他协作员当作大哥。他加入登山活动，还颇有一番曲折[1]：

> ……听到登山队重返德钦的消息却紧锁眉头。他一次次否定着，又一次次肯定自己的选择。他愁的是妻子脚有残疾；三个孩子最小的只有一岁零三个月；年迈的父母对心中护法神——梅里雪山崇拜得只要一提到就合掌念经，根本不会同意他去登山。于是，斯那次里平生第一次向亲人撒了谎，借口到县城换影片，悄悄参加了登山队。

进驻大本营的第五天是林文生的 24 岁生日，那天[2]：

> 大伙儿围坐在雪地上，摆上酒和干粮，为他祝贺。云南省体委的张俊送来了一条"红梅"烟。被誉为"雪域歌手"的斯那次里，唱了一首"祝你生日快乐"，又唱起了藏族民歌：

1　马向东、钱兴：《悲壮的登攀——记中日登山队蒙难的藏族队员》，《中国民族》，1991 年 7 月 30 日。

2　同上。

看见洁白的卡（瓦）格博，

我就想起了我的家；

在遥远的地方思念我恩德深重的父母；

愿他们健康；

看见流去的江水，

我就想起了我的家。

太阳落下山了，

余晖浮在江面，

布谷声声啼鸣，

游子思乡流泪……

藏族协作员斯那次里，
段建新摄

　　无论林文生、斯那次里还是其他藏族协作员，均没有高海拔攀登的经验，无法像尼泊尔的夏尔巴人那样，承担起向导和辅助登顶的职责，只能负责把装备送上大本营（BC）以上的前进营地。然而谁也没有料到，就是他们中的一位年轻人，在最危险的时候救了五名突击队员的性命，此为后话，且待下文再叙。

　　中方的登山队伍中，还有三名专业厨师，他们是：

段建新	23 岁	云南体委
张开云	29 岁	云南体委
李帆	20 岁	云南体委

　　迪庆州体委和德钦县体委还派了农布、舒建华、李世尺三名干部，负责上上下下的关系协调。以上三十余人，就是梅里登山队进驻大本营的正式编制，他们要在山里面待一月有余。

　　待一切计划周全，1990 年 11 月 1 日，日本的先遣队从神户港出发。12 月 1 日，登山队全队进入雨崩村笑农牧场。按照事先签定的合同，大本营以下的物资准备由中方负责，大本营以上的物资准备由日方负责，这个分配，反映了当时中日两国探险运动的差距。此次梅里登山采用喜马拉雅式的攀登方式，登山队必须具有系统工程的思维和集团作战的调控能力。当时，日本的登山运动堪称亚洲翘楚，除了团队的紧密协作之外，所用器材的生产制作，攀登过程的管理都达到很高水平。即便如此，对待高度仅有 6740 米的梅里雪山，日方也并未掉以轻心。他们调动了充足的资源，不惜高昂的成本，依靠德钦县各级政府部门动员的西当和雨崩两村上百位村民，把重达 4 吨的物资以人背马驮的方式从西当村运输到大本营，再训练八位藏族协作员将必需的装备背上雪山。这些物资事先都由日方队员做计划，分门别类，包装妥当。讲起这些，参与过 1992 — 1993 年攀登的段建新颇为感慨，他回忆说[1]：

> 从日本运来的所有物资都按规划装箱在塑料制的瓦楞箱里，可以反复用。箱子上贴着编号和不同颜色的封口贴，蓝色封口贴的箱子装着绳索、上升器之类的装备；红色封口贴的箱子装着保暖的衣物；黄色封口贴的箱子装着食品，都是分好的，一眼就能辨认出来。箱子上的贴胶可以反复撕开又贴上去。运输的时候用大箱，里面又分成小箱。当时的管理还没有用笔记本电脑，是用一叠一叠打印好的表格，每个箱子前面都标着特殊的代号，可以在堆积如山的货物里面很快查找需要的东西。出库入库有专人负责，要找哪样东西，查到那个箱子和编号，就能在表格上看出里面装了什么物资，拿出去了就画掉。要分装

1 笔者 2019 年 12 月对段建新的访谈。

表1　食糧計算のための基本量

人数			13 人	日本隊員	高所協力員	中国隊員
				7	4	2
必要食料数		レーション	予備食	合計		
	C 4	16	8	24 食		
	C 3	29	19	48 食	*中山案(96.5.25)による	
	C 2	85	59	144 食	*槇道人を含めない13人のタクティクス	
	C 1	82	26	108 食		
		212	112	324 食		
保険食料数		人数	停滞日数			
		13	5	65 食	13人全員がC1以上に悪天停滞	
		4	5	20 食	槇道人がC1以上に悪天停滞	
				85 食		
食料合計				409 食		
BOX数				34 箱	12 人日/BOX	(4人*3日)
H C 食				72 食	C4、C3	
L C 食				337 食	C2、C1	
朝食				102 回		
夕食				102 回		

表9　食料BOXの内容一覧

ナンバー	種類	朝食	夕食	食数	乾燥食	乾み物	吸付け	御箱	デポC	重量
FB 1-2	中央食(12人日)	A・B・C	A・B・C	12食	1ヶ	1ヶ	1ヶ	1袋		13kg/箱
FB 3-4	〃	A・B・C	B・C・D	12食	1ヶ	1ヶ	1ヶ	1袋		13kg/箱
FB 5-6-7	〃	A・B・C	C・D・E	12食	1ヶ	1ヶ	1ヶ	1袋		12kg/箱
FB 8-9	〃	B・C・D	D・E・A	12食	1ヶ	1ヶ	1ヶ	1袋		12kg/箱
FB 10-11	〃	B・C・D	E・A・B	12食	1ヶ	1ヶ	1ヶ	1袋		12kg/箱
FB 12-13-14	〃	B・C・D	D・E・A	12食	1ヶ	1ヶ	1ヶ	1袋		12kg/箱
FB 15-16	〃	C・D・A	E・A・B	12食	1ヶ	1ヶ	1ヶ	1袋		12kg/箱
FB 17-18	〃	C・D・A	A・B・C	12食	1ヶ	1ヶ	1ヶ	1袋		12kg/箱
FB 19-20-21	〃	C・D・A	D・E・A	12食	1ヶ	1ヶ	1ヶ	1袋		12kg/箱
FB 22-23	〃	D・A・B	B・C・D	12食	1ヶ	1ヶ	1ヶ	1袋		12kg/箱
FB 24-25	〃	D・A・B	C・D・E	12食	1ヶ	1ヶ	1ヶ	1袋		12kg/箱
FB 26-27-28	〃	D・A・B	D・E・A	12食	1ヶ	1ヶ	1ヶ	1袋		12kg/箱
FB 29-34	救急食(12人日)	D・A・B	E・A・B	12食	1ヶ	1ヶ	1ヶ	0	1袋	8kg/箱
FB 1			BC用調味料							15kg/箱
FB 2	特別食		C2用調味料							15kg/箱
FB 3-8	特別食		BC~C2用							
FB 3-9	特別食		BC~C2用							21kg/箱
FB 10	特別食		BC用生野							21kg/箱
FB 11	生鮮保存	行動食	41食							9kg/箱
FB 12	行動食	行動食	41食							9kg/箱
FB 13		BC用調味料								
FB 14		BC用調味料								
FB 15	クロパミ									

合計：46箱

1996 年第三次攀登梅里雪山日方的食物计量表和装箱表，制
表：小林尚礼，引自《AACK 时报》No.13，第 66、73 页

表3　個人用医薬品袋内容

薬剤名	数量	効能	用法　容量
ラシックス	1錠	利尿剤	1回1/4錠
ケフラール	6包	抗生物質	1回1錠・3/日
メジコン	5錠	咳止め	1回1錠・2/日
ダイアモックス	4錠	高山病予防	1回1錠・2/日
タガメット	10錠	胃・十二指腸潰瘍	1回1錠・2/日
ブスコパン	4錠	腹痛時	1個1回
ロペミン	4錠	下痢止め	1個1回
セデス	5包	頭痛、歯痛	1回1包
PL顆粒	5包	感冒薬	1個1回・2回/日
ロキソニン	5錠	鎮痛・解熱	1回1錠・3/日
ボンタール	10錠	鎮痛・解熱	1回1錠・3/日
ハルシオン	1錠	睡眠剤	1回1/4錠
新三共胃腸薬	56包	消化剤	1回1包
タリビット点眼薬	1本	化膿性結膜炎	適宜
リンデロンVG軟膏	1本	皮膚炎	適宜
バンドエイド	1箱		適宜
サンスクリーン	1本	日焼け止め	適宜
リップクリーム	1本	唇あれ	適宜
体温計	1本		
爪きり	1本		
裁縫セット	1組		

1996 年日方登山队个人医疗用品表，
制表：松林公藏，引自《AACK 时
报》No.13，第 60 页

了，调运到某号营地，这个箱的东西又分拆开，全部都有登记。

虽然慢一点儿，但随时可以掌握物资使用的情况，某号营地有

些什么装备，消耗掉多少，还有多少，只要看表格就一目了然。

54

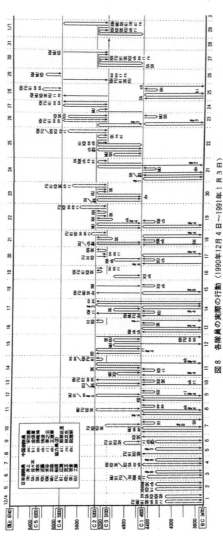

図 8　各隊員の実際の行動図 (1990年12月4日〜1991年1月3日)

1990 年 12 月 4 日至 1991 年 1 月 3 日登山队员攀登行动图，
引自《梅里雪山事故调查报告书》，第 83 页

55

对于登山队的战术，日方也计划周详，乃至每个成员每天的攀登活动，什么时间，上下几次，做了什么，都有图表记录在案，可以据此考察进展情况，并改进每个成员的行为。

彼时，山和人就像两个拳击台上的对手，一个高大威猛，依靠天然的力量，试图以狂风暴雪击垮对方。另一个矮小机灵，凭借精致机巧的人造装备保护自己，抓住对方疏忽的瞬间出奇制胜。在当时，尽管登山者做了充分的物质准备，日方甚至掌握了卡瓦格博是藏地神山的信息，但因为没有前人提供的资料，也由于这座低于8000米的处女峰掩藏了自身的凶险，灾难的阴影只是悬浮在远方的云雾中，难以被斗志高昂的进攻者察觉。

同样是山，梅里显示出与世界其他冰峰迥然相异的特性，这首先是由它独特的地理位置所决定的。据 1980 年云南林业勘察队公布的数据，梅里雪山位于东经 98°41′，北纬 28°26′[1]，它所处的地点，正是喜马拉雅造山运动中受力强度最大的东地质"纽结"，河谷深切，山体破碎；几条攀登路径上均有冰川梗阻，这些低海拔、低纬度的冰川随着山地和高原季风的进退伸缩不定，因气温和降水的

1　参见吕培炎：《云南第一高峯——梅里雪山》，《云南林业调查规划》，1980 年第 4 期；陈永森：《云南第一峰——梅里雪山简介》，《昆明师范学院学报（哲学社会科学版）》，1980 年第 2 期。

影响，登山队曾经历过一天之内在大本营发生数十次冰崩、雪崩和流雪的场景。为此，梅里雪山适合攀登的季节很短，诚如栗田靖之所言[1]：

> 梅里是一座非常特殊的雪山，它处的海拔位置很低。我们在喜马拉雅山，季风季节前后都可以攀登，季风季节前是4月，季风季节后即10月以后是冬季，这两个季节都适合攀登喜马拉雅。由于海拔低的不利因素，只好选择冬天攀登梅里雪山。所以这个攀登是特殊的，罕见的。

这座雪山借助自己的天然优势，以反复无常的冰雪暴对它的挑战者施以震慑。尽管它比珠峰矮了2000米，却像个凶悍的小野兽，让众多挑战者难以得手。中登协技术部长王振华拿它跟珠峰做了如下比较[2]：

> 首先，梅里雪山的攀登路线长，珠峰8848米高，可大本营设在5200米处，驮运物资的牦牛可以到达6400米，真正

---

1 笔者1999年10月对栗田靖之的访谈。
2 杨增适：《他们与梅里雪山共存》，载仁钦多吉、祁继先《雪山圣地卡瓦格博》，云南民族出版社，1999，218—219页。

的攀登距离是 3648 米；卡（瓦）格博峰只有 6740 米，但因山势太陡，大本营只能设在 3600 米处，全靠人力运送物资，攀登路线的垂直距离是 3140 米，攀登高度和珠峰差不多。其次是气候变幻莫测，大雪和浓雾威胁极大，冰壁就在陡峭的悬崖上，地温一升高，冰崩随时发生。再次，地形和地质结构复杂，山体切割厉害，破碎冰川多，冰崩雪崩区比珠峰多，冰裂缝多，极其危险。就综合难度上讲，上卡瓦格博的路比登珠穆朗玛峰的几条路还险。

王振华的这番评论，是根据他 1989 年作为中方队长，参加斯农

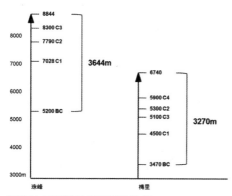

梅里雪山与珠峰攀登相对高差比较（以
1990 — 1991 年梅里攀登营地海拔为
标准），郭净制表

路线的攀登行动遭遇失败有感而发的。但这次失败，反而激发了登山者的斗志，1990 年 11 月，第二支登山队又向雪山进发了。到达德钦后，一位日本队员给家人寄了一张明信片，字里行间透露着乐观的情绪[1]：

> 11 月 10 日，从神户出港，经过天津、北京再次来到云南省。我们的登山队到今天已经在德钦八天了，现在是旱季，持续了十天的晴朗。11 月 27 日，两队合流[2]，12 月初就要开始攀登梅里了，我们预定 1 月初登顶，我高兴地期待着回国以后的会面。

---

1 云南电视台纪录片中心：《卡瓦格博》（DVD），1994。
2 指先遣队和本队。

3.

厨师的故事

在这支中日联合登山队中，仅日方配备了一名专业摄影师，他是朝日新闻社的米谷佳晃，一个人就带了七台专业照相机，其他日本和中国队员大多也自带相机。山难之后，登山队全军覆没，大部分影像资料丧失。然而，有一份重要的视觉纪录得以完整幸存，让

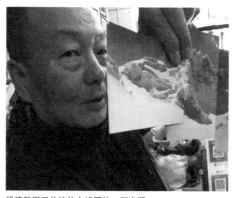

段建新展示他拍的主峰照片，郭净摄

我们能够参照日方的调查报告，复原梅里登山的基本过程。这份影像档案的拍摄者是一位厨师，他的名字叫段建新。

段建新，昆明人，1990 年 23 岁。山难过去十年后，我在云南省博物馆筹备了一次纪念会，与他有过交往，但只知道在当年登山队的名单中，他的身份是云南省体委派遣的厨师。直到 2018 年 12 月，我去他的"梅里户外用品店"做访谈，才当面听他讲述了一段颇为神奇的经历。

原来，登山队厨师这个身份，是段建新碰巧得到的。1983 年，他初中毕业，进昆明饭店当厨师。那时他有两个爱好，一个是画画，为此在工作后买了一个日产的确善能单反相机；另一个是探险，1989 年，他跟张实等几个志同道合的好友创立了昆明市登山协会，据说，这是国内最早的民间登山组织之一。云南两条著名的登山线路，哈巴雪山（虎跳峡线路）和轿子雪山，都是他们几个开发的。

话说 1990 年 2 月，梅里登山队一行从昆明前往德钦雨崩探路，成员有中方的宋志义（中登协）、孙维琦（中登协）、金俊喜（中登协）、李之云（云南登协）；日方的中山茂树、広濑显、工藤俊二。他们在中甸（今香格里拉）留宿一晚，遇见了想去滇西北看梅里雪山的段建新[1]：

1　以下讲述均出自 2018 年 12 月笔者对段建新的访谈。

登山物语

　　以前是看杂志，了解了云南最高山叫梅里雪山，在德钦，靠近西藏。但是没见过照片，只是文字。以前的杂志没有现在那么丰富，大部分都是黑白的。在早期的时候，我们80年代爬了轿子山，大理的苍山也了解过，玉龙雪山也都见过，就是最高峰梅里雪山没见过。

　　段建新20多岁的时候，迪庆还很少为人关注，一是与西藏、青海和四川藏区相比，迪庆缺少知名度；二是那时大家都很穷，还没有什么人玩户外；三是路途太遥远。从昆明西站坐夜班车，要三四天才到中甸。从中甸客运站乘班车到德钦，又要走两天。中途在金沙江边的奔子栏休息，然后翻越海拔4292米的白马雪山垭口，雪大了还会被困在山上。这一路折腾，比从西宁到拉萨还麻烦。

　　但正是这些麻烦，引起了段建新探索的欲望。1990年2月，他约了两个同事去看梅里雪山。乘班车到迪庆州的州府，也是中甸县政府所在地中心镇，要在此待一晚，第二天再赶往德钦。那时在中甸找住宿，只有州和县政府的招待所，他们在中甸招待所住下，不料想正好碰上了登山队：

　　　　在中甸发现买不着车票，因为冬季，白马雪山是封山的，交通不通了。在那里走不了，就到旁边玩玩。住在那里的时候，就遇着中日联合登山队的探路队，他们已经登过一次梅里雪山，但线路不通，计划（19）90年重新勘察一条线路。当时整个中甸就只有一个招待所。跟他们聊起来，听说他们要进去勘察线路。他们随队有三个日本人，两个中国人（金俊喜和李之云是后来去的），一张[1]三菱车，一张货车，货车只有一个司机，平头的货车厢有两个座位。以前流行搭车。他们要进去，我们讲路不通，他们讲没有问题。日本人出钱，体委联系，当地的道班已经推了一个星期，两边的推土机把路推出来，他们这两天就可以进去了。我们讲格[2]能搭车进去，讲可以的，但是坐不下人。我同行的两个同事决定往中甸折回去，走虎跳峡。虎跳峡我以前走过，那我一个人搭他们的车进去，看看梅里雪山，拍两张照片就回，这就跟他们搭上线了。

段建新搭探路队的车子离开中甸，中午到达白马雪山脚下的奔子栏。奔子栏是滇藏茶马古道上的重镇，两端荒凉苍劲的高山峡谷，挟持着冬季清澈、夏季浑黄的金沙江。这一路上唯独此处人烟稠密，狭窄的公路两旁挨着许多饭馆和旅店。客车司机总会停在固定的饭馆门前，店主人为他准备了小灶和红包，乘客则盛一碗饭，点一两

1　昆明方言，"一张"即"一辆"。
2　昆明方言，"格"意思是"是否"。

个小菜，匆匆扒完，上个厕所便上车。段建新非常幸运，在这短暂的停留期间，他竟抓住了第二次机遇：

> 搭着车去到奔子栏，就在路边的餐馆吃饭，货车司机吃的那种，条件很差。他们带着外宾，我本人是涉外酒店的厨师，又搭了他们的车，在一起么，我就讲我来做饭得了。我跟餐厅的老板说，点了菜以后，这个菜我来做。做了以后，日方队员看见了，还有云南体委的李之云也看见了，他就讲，他们年底登山，太需要像我这种又喜欢出来，又可以做饭的人。他们要在山里面待很长时间，厨师是一个特别需要的空缺。当时就问我格能进去。我说我进不去，因为没有假，只能搭搭车，看看回去。他问我正式登山的时候格想参加，我讲当然想参加啰，只是单位上可能请不着假，要几个月，他们计划是年底来登山。他们说不怕，这个可以商量，因为这个是外事活动，昆明饭店和体委都是外事单位，属于旅游局和外事办下面同一个系统的，这个活动是政府出面组织，也是外事办的事，应该可以借调，你只要愿意就可以。路上就达成了意向。

在当时，云南省还没有专业的登山队。为了筹备攀登梅里雪山的活动，省体委抽调张俊和李之云组队。一天，李之云到云南饭店面见段建新，他提出的条件是，可以通过省体委、省外事办公室把

1990 年 2 月，日本队员到德钦探察登山路线，段建新摄

段建新从昆明饭店借调到体委，参加登山队做厨师，但工资仍由原单位发放，没有额外补助。段建新笑笑回答：只要能参与这次行动，就很开心了，工资有没有无所谓。于是，很快办手续调动。到 11 月，段建新正式去体委上班，准备登山的相关事宜。当时的合同规定日方负责登山大本营（BC，海拔 3470 米）以上所有的物资和准备，一切吃穿用度和高山攀登的器材全部由日方提供，大本营及以下全部物资由中方负责。该登山队有 32 人的编制，包括驾驶员、后勤、三名厨师、运输物资的人员等，预计要在山里待两个月左右，所以大本营要有充足的物资储备。

　　三军未动，粮草先行，段建新的职责是保证大本营三十来个人的伙食，从专业度角度考虑需要携带的物资，包括锅碗瓢盆，米面粮油等。一切准备妥当，他便于 11 月 15 日随先遣队正式出发。

　　登山回来后，段建新用一套旧挂历做底子，用面糊贴上自己拍的照片，做成了一本相册。我到"梅里户外用品店"和他见面，他从柜子里拿出那本相册，年代感扑面而来。他翻开一页，给我介绍照片中几名脸上贴着纸条的先遣队队员：

　　　　先遣队的全部成员就是这几个，这个是我，这个是李帆，

段建新用旧挂历做的梅里登山摄影集，郭净摄

另外一个是炊事员。这个是日方的船原尚武和笹仓俊一，这个是米谷佳晃。这是孙维琦，北京中登协的，这个是李之云。他们五个后面都遇难了。先遣队的队员正在打牌，玩拱猪，输了贴一张纸条。当时我没输，只是为了照相，我把相机放在后面桌子上，喊他们转过身来，我自己加了一张纸条贴着。日方的很不会打，你看他们就贴得多，有点好笑。

段建新摄影集上几位先遣队的牌友（从左至右）：李帆、笹仓俊一、段建新、孙维琦、米谷佳晃、船原尚武、李之云，段建新供图

先遣队的工作主要有两项，一项是把物资搬运到大本营，一项是训练协作员。段建新回忆说，那时没有向导这个概念，因为登山整个线路都是未知的，没有人上去过，在登山的过程中，需要有运输物资的人员，便请当地体委和政府出面招了八名协作人员，都是当地的藏民。他指着另一张照片介绍说：

> 这是其中一个协作员，叫林文生，遇难了，他是藏族，取了个汉族名字。这是在他婚礼上。我们在德钦的时候刚好他结婚，这是他太太。当时坐在一起吃饭，我坐在这点，退后打闪光灯照了一张。这是孙教练，孙维琦，是中国登山协会的一个登山家，他的工作就是培训八个协作员，教他们咋个使用登山器材，在上面用绳索。

从 BC 到顶峰的攀登线路由专业队员修筑，藏族协作员负责给沿途的营地运送物资。但给他们做培训的孙维琦碰到一个难题，这些从当地招募的藏民与外人接触很少，大多没有普通话的听说能力。他们中间只有林文生上过中学，能用云南话交流。幸而厨师段建新对培训感兴趣，趁着白天空闲的时候跑去参加。他的优势是既能用云南话跟协作员沟通，又能用普通话跟孙教练交流，便临时充当了孙教练的助手。孙维琦用普通话讲解装备的使用，段建新为他做翻译，同时做示范，两个星期的培训他全程参与，因此掌握了登山器材的使用方法。

11 月底，登山队大队人马进入雨崩，12 月 1 日建起大本营（BC）：

> 物资先用汽车拉到西当村，下了以后就堆着。在西当停留了两天，整理物资，协调运输，西当和雨崩村的劳力都出来，你有牦牛，有马，全部都拉来，来了以后，物资就分分，每户背一点儿，差不多 4 吨，就像这种背进去。总的费用是日方来付，协调是体委的李之云。

段建新翻开照相簿的另一页，给我介绍大本营的居住环境：

> 大本营建在笑农牧场，这个是登山队搭起来的帐篷，这个是牧场的牛棚，有些是牛住的，有些是人住的。登山队进去以后就分到三个牛棚，中方的住这个，日方的住这个，这是协作人员的一个。还有一个用来堆物资。另外还有搭起来的一个帆布军用帐篷，作为炊事帐篷，就是餐厅。我们工作就在这个帐篷口口上，生了塘火，做饭就在这点。这两个帐篷是日方的，队长井上治郎和秘书长佐佐木哲男两个单独搭了两个帐篷在这点，还有日方的队医清水久信住在这个帐篷里面。

笑农牧场是一块占地大约 1000 坪（3305.7 平方米）的平坝，周围被冷杉林和陡峭的雪山峰环绕。"笑农"是藏语，意为"一千万兵马集合之地"，这些兵马是卡瓦格博山神统领的神兵神将。[1]登山事件以后，这里又被叫作"大本营"。据日本队佐佐木哲男秘书长 12 月 3 日的日记，其间散布着五座简易的夏季牛棚。这些牛棚加上三顶小型帐篷和一顶军用帐篷，成为全队一个月的住所：

> 牛棚 1：近藤裕史、儿玉裕介、岩井俊二、広瀬顕、笹倉俊一
> 牛棚 2：宋志义、金俊喜、孙维琦、张俊、王建华、李之云、陈尚仁、三名厨师
> 牛棚 3：协作员
> 牛棚 4（应为军用帐篷）：炊事
> 牛棚 5：仓库
> 小型帐篷 1：井上治郎（队长）、佐佐木哲男（秘书长）
> 小型帐篷 2：米谷佳晃、宗森行生两名记者
> 小型帐篷 3：清水久信（队医）

1　扎西尼玛、马建忠：《雪山之眼：卡瓦格博神山文化地图》，云南民族出版社，2010，第 44 页。

冬季来临，大本营的基本温度白天为 2℃，凌晨降到 -15℃，佐佐木秘书长在日记里说：

可能是因为身体还没有习惯，感觉特别冷。寒冷会导致电脑的内置充电器停止工作，有太阳的时候，好不容易才靠发电机的电启动。气温降到 -2℃ 时，电脑便启动不了，所以只能在白天使用 3~4 小时。

大本营食堂的饺子刚煮好，王衍供图

这些困难对日本队来说都算不了什么，为了这次喜马拉雅式的登山行动，他们做了十分周密的准备，其装备之精良，分工之细致，令段建新吃惊不已：

> 他们都是京都大学登山协会的，都是校友，从事不同职业。其中有摄影师（朝日新闻社的米谷佳晃），我记得他背了七台相机，每次身上都背着两三台，在2号营地他带了个120玛米亚的相机。有文字记者宗森行生，这是他的职业。井上队长是个气象专家（京都大学防灾研究所），他的帐篷里面有一台接收卫星信号的传真机，当时是非常先进的，我们看着都认不得。它（传真机）附带着500瓦的一台发电机，单独要整一桶汽油，每星期定时接收传真的卫星云图，黑白的，打印出来，是从瑞士购买的信息。在大本营就要保证它的供电，油还要背进来。到冬季晚上零下20多（摄氏）度，塑料桶里的油都会冻得像猪油一样的，还要去拿温火烤了，融化以后才能点得着。

段建新曾往上到过1、2、3号营地，为此也领了高山装备：

> 登山队全部装备都是由日方提供的，协作人员穿的都是。只要是高海拔，从大本营往上走的，所有都是日方负责。大本

段建新为日本队员笹仓俊一拍摄的照片，眼镜里反射出主峰和拍摄者，段建新供图

营以下的，吃住的这些东西全部是中方负责安排。我在 2 号营地，他们背上来的箱子，一个小箱的食品，够四个人吃三天的充足的食物。要应急的话可以半个月，吃少点。在上面所有使用的东西都要计算好背上去，要上去的人的衣服、装备都有计划。我要派上去了，就给我发一套高山的装备，安全带、冰镐、冰爪、上升器，因为培训过了，发过来，你就认得咋个用了。如果你不上山，就没有这个，只发一些保暖的。像我们厨师，衣物类的肯定有，包括帽子，保暖的。协作（人员）丢失了哪样东西，人家马上会补充给你。

大本营建设好了，大家迅速进入工作状态。中日双方的队员负责修路，路修好，协作人员就背着物资运输上去。从大本营往上就有冰川，要人爬上去，打上冰锥，用绳索建立起攀登路线。

冰川随时在崩塌，前期的进展比较慢，差不多要一个星期才能建起一个营地。修路的队员都带着不同颜色的小旗子，遇到冰裂缝等危险的地段，便插上红旗，安全的路线则插上其他颜色的旗子。到宿营地后，这些彩旗便插在帐篷四周，在白色的雪地中异常醒目。

修建 1 号营地（C1）和 2 号营地（C2）的时候，段建新一直待在大本营：

三个炊事员负责大本营的一日三餐，队员们早上要出发，我们早早地 5 点钟要起来生火，6 点左右吃完，他们要在天亮之前就出发。因为要经过的这个冰川，像豆腐渣一样，太阳一出来，温度一高，它就开始崩塌，超过 11 点后就开始冰崩。在中午的时候是比较危险的。所以定了出去的队员都要尽量赶早，要在太阳照出来之前，快速地把最危险的这一段过掉。我记得我们要上个闹钟，每次有计划第二天要赶早的，我们就要起来早早地生火。吃的就丰富了，基本上正常的这些都有，包子、馒头、稀饭、面条、饼，样样都做。大本营的海拔是 3500 米，有大的高压锅。我在昆明饭店干厨师，最初三年，从 1983 年进去到 1985 年，是干白案，就是做面点，包子、馒头、面条，中餐那种面食都会做。在那里唯一的问题就是发面，因为低温。但是我有方法，我带了酵母，酵母拌了面，然后拿一个铝的大盆，放在火塘边上，吹牛（聊天）的时候就转着烤，让它有温度发酵。到第二天早上就差不多了，可以蒸馒头，蒸包子，炒馅儿。

12月8日，海拔4500米处的1号营地（C1）建成。次日，队员们攀上一段冰川，过了冰裂缝，上到5300米的台阶上，于12月13日在冰河源头右侧建立了2号营地（C2）。从这里直到主峰的山脚，是一片宽阔的粒雪盆[1]。就在这片海拔5100米的粒雪盆中部，计划建立3号营地（C3）。这时，出现了一个棘手的问题，因为3号营地的位置低于2号营地，队员们一进去，就发现跟大本营之间的对讲机信号被阻断了。这个意外却给了段建新初试登山的机会：

> 2号营地就需要通信员留守，这是在计划之外的。因为日方和中方的频道是不一样的，两边的沟通指挥分别要各有一个人。日方的日方会派，但中方就没有人手。讨论以后，孙维琦教练就推举我，他问，小段，你格上去？我当时就很兴奋，我的工作是在大本营以下，是没有计划上去的。可这时我刚好成了一个比较合适的人选，首先是使用这些器材没有问题。其次，

1　雪线以上积雪的洼地，称为粒雪盆。在气候和重力等作用下，粒雪盆会促成冰川发育。3号营地所在的盆地就是粒雪盆。

1991 年 12 月至 1992 年 1 月雨崩攀登路线图，郭净制图

　　本身我是昆明市登协的，有登山的经历，又参加过培训。还有语言，我可以讲云南话，跟协作员沟通得了，讲普通话也没有问题。另外，大本营有三个炊事员，减少一个问题也不大。

　　在孙维琦的推举下，我被选派到 2 号营地做通信员，工作就是在那里，拿着对讲机，有足够的电池，进去的队员跟大本营之间讲了什么话，我要转达。我上去的时候 3 号营地还没建，他们进去不能没有通信，要协调物资啊，调派啊，里面的人跟后面要有沟通，不能断，是这么一个机会。

从上图可以看出，在BC跟C1和C2之间没有通信障碍，但C3位于一片低洼的粒雪盆中央，比C2矮了200米，从BC发出的信号被C2所在的山梁阻隔。解决的办法是临时派人到C2沟通BC和C3两端，直到建立正式的中继台为止。

12月11日，段建新跟随昆明医学院的王建华老师登上1号营地[1]，住了一天，又跟着日本队员上到2号营地，在C2担任通信员。他在这里待到12月20日，直到C3的中继台开始使用，才撤回大本营。这九天是段建新此行最有意义的日子，他随身带着自己的照相机和自费购买的胶卷，每天都在拍照。谁也没有料到，就是这个以做饭为职业的业余登山者在这些天拍摄的照片，成了梅里登山行动最珍贵的记录。

1　［日］京都大学学士山岳会：《梅里雪山事故调查报告书》，1992年1月24日，第40、160页。

4.
和谐与冲突

日本登山队是自二十世纪五十年代以来第一批访问德钦的外国人。1989年栗田靖之率考察队初到德钦县首府升平镇，迎接他们的是一派欢乐的景象[1]：

> 我去德钦，那里的藏族村民对我们很友好，或许是当地人第一次见到外国人的缘故吧。他们很热情，有时还举行盛大的聚会，唱歌跳舞，我们也跟着又唱又跳。你知道日本登山队员在这之前是从来不跳舞的，见所有藏族人都唱歌跳舞，好吧，我们也一起跳。

1990年年底登山队进入雨崩，张俊领他们到阿茸老师的家里去

1　以下陈述为 1999 年 10 月 7 日笔者对栗田靖之的访谈。

住，大家相处甚欢：

> 我跟日本人说，走走走，到某某家去，不要睡我们的睡袋了，睡他们的家。带上我们的衣服，晚上睡火塘旁边就行了。日本人一辈子没有见过虱子，我们叫壁虱，用镊子和胶卷盒去装。一夜不睡觉地找，一个一个把它弄到瓶子里。坐下来以后，梁上挂的生肉，啪嗒一块拿下来，一个一把刀，青稞面一放，就聊天。用刀撕下一块来，放到嘴里嚼，然后喝上一口酒，就这样聊天。

登山队的年轻人对藏族的生活充满好奇心，参加 1996 年登山队的

中村真展示他在村里拍的照片，郭净摄

京都府立大学硕士研究生中村真，给我看了他当时拍摄的很多照片[1]：

    中村真：村民对登山队员非常友好，但想要我们的某些东西，例如可乐瓶，你知道吗？就是装矿泉水的塑料瓶子，我们叫可乐瓶。塑料瓶对他们很有用，很轻巧，不会打碎，啤酒瓶容易摔碎，塑料瓶不会，所以更好用，可以用来装青稞酒和油。在日本生活，一次性地喝完就丢了，但是他们这样做，我就再考虑了。我也认为那个是很好的、作为装东西的工具，我也再认识了它的价值。

    有一种照相机，照了等一会儿照片可以出来，相机，照片，大家都喜欢啦。（村民）抱着小孩到他们住的地方，要他们小孩的照片。

    郭：我到村子里边，他们也拿你们给他们照的照片给我看，他们还问我，你为什么不拿照片给我们，而且说是我现在就要要，他们现在就要要照片，马上照马上要。

    中村真：这是鸡，因为我们来了，就宰鸡给我们吃，我很好奇。当然并非所有日本人都如此，以前在日本，自己宰鸡吃比较普遍，但是现在我们一般到商店里买肉，所以我们很少看

---

1   以下对话为1999年10月7日笔者对中村真的访谈，由横山廣子教授担任翻译。

宰鸡的情况。对现在的日本年轻人来说很新鲜，没看过。

当然，这种对他者的关心是双向的，村民们见到这些不远万里，跑来看雪山的"日本鬼子"也十分好奇，有些人尤其被他们带来的"奇技淫巧"所吸引，以致做出了既令人尴尬，又令人好笑的举动：

> **中村真**：我们请当地人运东西，背东西去，总的来说村民对我们是友好的，但有的时候我们的东西被偷走，发现有这种情况，觉得可能有各种各样的原因。第一，虽然表面上他们赞成登山，但他们也有点不同意，不太赞成我们登山的思想也许

西当村民展示日本队员为其家人拍的
照片，郭净摄

有。第二，也许是经济上的原因，可能有比较复杂的背景吧。

郭：丢过什么东西？

中村真：鞋子、绳子，我想那对他们来说是很重要的物品。很有意思的是，我们走的时候，跟我们一起走的一个日本《读卖新闻》的记者，他带了一个很高级的相机，那个也被偷走了。但是很快就还给他了。可能那些很高级的相机他们不能用，所以还是还给他。比较有意思的是——怎么还呢？早上起来就放在门前面了。有人拿了我们箱子里的东西，然后把同样重量的石头放进去，这是我拍的照片。

我在登山事件的调查过程中，颇关心当地人对"偷"登山队物资的态度，结果发现，人们把这类事情完全当成了笑话，时不时讲出来逗乐一番。这其中，既有对新奇之物好奇和占有的习气，也反映了他们没有表达出来的想法，中村真到德钦的时间是1996年，当地人对登山队的态度已经发生180度的转变，多次在西当村和雨崩村的路口拦截他们的车辆。横山廣子猜测，偷东西的行为，或许是出于对登山的某种反感罢。这类小小的尴尬让日本人感到困惑和窘迫，但并未做出激烈的反应。相比之下，1990年12月在两国登山队员之间发生的意见分歧，其影响才非同小可呢。

段建新待在C2当通信员的那几天，发生了一件改变此次登山后果的事情。本来在前期的攀登过程中，突发的小型雪崩就比较常见。

据佐佐木秘书长的笔记，仅 12 月 14 日这天，从 C1 到 C2 的沿途就出现了三次雪崩[1]，这些突发状况影响到了大家的情绪。15 日晚上，在大本营召开干部会议，以日方井上治郎队长提议，中方宋志义队长回应的方式进行。双方争执的焦点是 C3 应该建在粒雪盆的哪个位置。宋志义态度严肃，强烈坚持将 C3 的选址后撤到靠近 C2 的安全地带，并断言日方的方案是"外行的抉择"，他声称此事人命关天，绝不服从错误的决定。会上，近藤裕史没有积极反驳，未曾亲赴前线的井上治郎也难以决断。缺乏经验而一直保持沉默的云南队员询问两个方案有何不同，宋志义用图解说明，日方把 C3 选在靠近主峰脚下，有遭遇雪崩的风险[2]。我访谈段建新时，他把雪崩的通道比喻成一条河，解释了中日两个方案的差异：

> 日方是想过到对岸去，到雪崩的那边，靠近山脊底下，一出来就可以爬了。如果退到后面的位置，要（在粒雪盆）平走几小时才开始爬。从 5100 米到 5200 米，再到 4 号营地是 5800 米，要爬 700～800 米高差的距离，又在高海拔上，耗费在平路上，体力消耗比较大。中方的主张是为了安全，就退出来，河我不过，在靠近 2 号营地的位置建立 C3。

1　[日]京都大学学士山岳会：《梅里雪山事故调查报告书》，第 162、163 页。
2　同上，第 164、165 页。

王建华在攀登前往 C1 的冰川，段建新
摄，王衍供图

　　这次会议并未得出明确的结论。12 月 20 日，在建设 C3 的现场，中日双方的选址相差 200 米，宋志义和近藤裕史又为此事发生争执，宋志义认为日方搭帐篷的地点靠近 2 号山脊，有危险，近藤裕史则持相反的观点。他们通过中继台与大本营联络，请求决断。根据日方的记载，经过协商，双方同意了日方的方案。[1]而段建新的访谈和刘文彪的记述认为，争执的当天，中日五名队员在各自选定的 C3 营地扎了帐篷。第二天再次讨论时，双方才各让一步，往中间挪动，宋志义把帐

1　[日]京都大学学士山岳会：《梅里雪山事故调查报告书》，1992 年 1 月 24 日，第 43
　　页；又参见 [日]佐佐木：《登山日志》，载《梅里雪山事故调查报告书》，第 172 页。

篷从原来的位置往前推进了几百米，距离 2 号山脊 400 米远。[1]

就在这一天，一场预料之外的雪崩突然到来，段建新目睹了它的降临：

> 我亲眼见的，偏近中午的时候，轰隆一声巨响，我从 C2 的帐篷里出来，就看见那边雪崩下来的气浪吹、吹、吹，把 3 号营地盖掉。宋志义他们就在 C3 的帐篷里，好像在休整。我就赶紧拿对讲机喊："宋教练，宋教练，你们上边发生雪崩。"隔了一下，宋志义在对讲机上回答："小段，小段，转告大本营，3 号营地上边的冰川发生一次中型雪崩，雪崩的气浪吹过了帐篷，帐篷上面覆盖了两公分厚的复雪。"

佐佐木的日记也记载了段建新的报告，但日方认为雪崩距离 3 号营地的帐篷有 200 米远，以 C3 现在的位置，雪崩的规模再大也不会受到影响，中方对此也未给予重视。从事后的立场来看，这次雪崩虽小，却是未来更大灾难的预警，很可惜，这不祥的征兆被志在必得的人们忽略了。[2]

1　笔者对段建新的访谈；参见刘文彪：《雪崩：中国登山史上最悲惨的一页》，中国书籍出版社，1994，第 28 页。
2　［日］京都大学学士山岳会：《梅里雪山事故调查报告书》，1992 年 1 月 24 日，第 43、172 页。

5.

第一次突击

从 12 月 20 日到 27 日，都是晴朗的天气，宋志义、孙维琦、李之云、近藤裕史、米谷佳晃、船原尚武、工藤俊二、広濑顕连续奋战，终于攀上主峰左侧南山脊的冰壁，在 5900 米的凹处支起两顶帐篷，建立了 4 号营地（C4）。这个营地悬在雪壁上，范围狭窄，只能勉强过夜，连堆放物资的空间都没有。27 日，天气依然晴朗，佐佐木日记说"能看到很多星星"。近藤、船原、広濑、宋志义、孙维琦从 C4 往上部探察，到 6120 米。15 点 30 分返回 C4。

12 月 28 日 8 点，早上天还晴，近藤裕史、船原尚武、広濑顕、宋志义、孙维琦等五人从 C4 出发，向顶峰发起第一次突击，井上队长亲自在 C3 指挥。秘书长佐佐木的日记做了如下记载：

28 日

早上天气晴朗，虽然没有明确纪录，但从 10 点左右就开始刮风，天气转阴，云越来越多。

第一次突击队（近藤、船原、広瀬、宋、孙）8：00 从 C4
出发，13：00 到达 6470 米。天气突然恶化，视野逐渐变坏。

宋、孙希望撤退。与井上通信商议。

井上：14：30 之前请在原地等候。

此时天气更加恶劣。

井上：天气好转的可能性很小，所以全员下撤。

综合各方资料，这一天具体的过程是：到 13：00，突击队攀上南
山脊，爬到 6470 米，离主峰仅剩 270 米的距离。但此时天气突变，阴
霾笼罩，视界降到只有两三米。宋志义和孙维琦用对讲机跟驻扎在 C3
的井上队长联系，请求下撤。井上指示："等候至 14：30"。他们等到
这一时刻，天气却更趋恶化。井上于是决定"全员下撤"。队员们摸索
着往下撤退，可走过的痕迹被风一吹，转眼消散不见，到 16：00，近
藤裕史汇报说迷路了。被困在南山脊上的队员因为是突击上去的，没
带过夜的装备。井上询问他们还有多少剩余的食品，回答说日方还有
昼食 3.5 份、浓缩牛奶 1 份、香肠 2 根，中方什么都没有。井上指示
五人平均分配食品，原地等候救援，他们只得按照队医清水久信在对
讲机里的指示，在山脊上打雪洞避难。船原尚武在日记中写道："卡瓦
格博的脸躲在一大块很厚的云层中，我们坚持不住，准备往下撤。"等
到 20：00，情形依然没有好转。在日方事后的报告当中，并未详细说
明突击队逃出困境的细节。我查看这本山难报告书中第 83 页各队员实

际行动的统计表，这一天，林文生就在 5900 米的 C4。根据段建新的叙述，并参照这个记录，我们可以大致复原当时的情景[1]：

> 入夜，守在 4 号营地的协作员林文生心急如焚，通过对讲机主动请求前往救援。但鉴于天气恶劣，以及他缺乏登山经验，被困在山脊的队员、大本营的留守人员以及待在 C3 的井上队长都坚决反对他采取冒险行动。这个藏族小伙子虽然只受过短期运送物资的训练，但为了解救被困的同伴，仍然不顾一切，冒着黑夜和严寒，借助绳梯攀上 10 来米高的冰壁，用头灯为先遣队指路。到了 22：15，云层消散，皓月当空，照亮雪坡，队员们才在林文生灯光的指引下找到绳梯所在的位置，于 23：22 全员返回 C4。12 月 29 日，突击队从 C4 撤回 C3。

因为这次事故中的近藤裕史、船原尚武、広濑显、宋志义、孙维琦和林文生六人，以及跟他们联络的井上队长和医生清水久信均在次年 1 月 3 日遇难，协作员林文生救人的事迹长期湮没无闻。所幸段建新还保有那天的回忆。12 月 28 日夜晚，五名突击队员命悬一线，若没有这个藏族小伙子的果敢，梅里山难就可能提前暴发了。

1　[日]京都大学学士山岳会：《梅里雪山事故调查报告书》，1992 年 1 月 24 日，第 45 — 46 页；笔者对段建新的访谈。

这次突击虽然未能成功，却摸清了冲顶的路线，沿途再没有难以克服的障碍。为了切实保证最后的成功，登山队计划在南山脊上的 6300 米处再建一个 C5 营地[1]：

> 通过 28 日这一天的经历，觉得这个线路距离太长，从海拔 5800 米爬到 6000 多米。当时计划是，线路已经开通了，背着帐篷到 6300 米再建一个 5 号营地，有个好处是万一有哪样情况登不到，可以在上面过一夜，第二天很短的时间就可以登顶，或者登顶后下不到 C4，可以在中途休息。

这个安排看似非常稳妥，却未能付诸实施。遗憾的是，就在突击队从 C4 撤回到 C3 这一天，天气晴朗。之后的 30、31 日，晴转多云，风力加强；再往后的 1991 年 1 月 1 日到 3 日，气候迅速恶化，从小雪变成大雪，突击队错过了 29 日的最后一个登顶窗口期。[2]

照刘文彪的说法，中日梅里登山队运气不佳，每次要登顶，老天就突然变脸，一下撤，天又转晴了，甚至连救援队都逃不脱这个魔咒。这一次，登山队依然测不准老天爷的喜怒哀乐，到 31 日，需

1　笔者对段建新的访谈。
2　[日] 京都大学学士山岳会：《梅里雪山事故调查报告书》，1992 年 1 月 24 日，第 46、47 页。

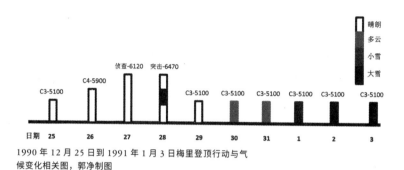

			晴朗
			多云
			小雪
			大雪

1990 年 12 月 25 日到 1991 年 1 月 3 日梅里登顶行动与气候变化相关图，郭净制图

要的物资都已调运到井上队长所在的 C3，那里成了一个前进指挥所。此刻，整个登山队情绪高涨，段建新描述当时大家兴奋的情景道：

> 整个计划已经安排好了，线路全部都考察清楚了，等着天气一好就完成登顶。所以在大本营我们已经准备扎凯旋门了。想着扎一个凯旋门，要准备庆祝了嘛。这几天在下面就是等着，没有什么事做了。

> 在大本营看不见顶峰，只有上去上面一个平台（到 C2 和 C3 所在的粒雪盆），才能看见主峰。日方的很多人就跑上去，想在上面观战。因为上面的位置也开阔，就想尽量多的人登顶。就有这种愿望，所以全部都跑上去。日方（在大本营）没有人了，所有人都爬上去，医生清水久信，佐佐木是秘书长，他也爬上去。因为在这个营地，哪怕你不登顶，也可以观战，拿个望远镜，你可以看着队员登顶，当时有这种心理。

6.

雪 崩

12 月 31 日，晴，阵风，全员在 C3 举行全体会议，决定组织两支突击队，于 1 月 2 日进入 C4，成员是：

第一队六名 (宋志义、孙维琦、李之云、近藤裕史、船原尚武、広瀬顕)；

第二队五名 (林文生、米谷佳晃、宗森行生、儿玉裕介、笹倉俊一)。

登顶行动是：1 月 3 日，第一突击队从 C4 攀登，到 6300 米的山脊上建设 C5；1 月 4 日，第一突击队从 C5 登顶，然后返回 C4；第二突击队随后从 C4 进入 C5，再从这里冲顶。[1]

1 月 1 日到 3 日，天气转坏，大本营出现中雪，C3 大雪，并伴随强风，大本营和 C3 通话商量，决定将登顶行动推迟到 5 日至 8 日

1　[日] 京都大学学士山岳会：《梅里雪山事故调查报告书》，1992 年 1 月 24 日，第 47 — 48 页。

王建华在帐篷里读书，王衍认为这是在
C3 拍摄的，王衍供图

之间。这期间的每一天，由一个住在德钦县城的司机到气象台获取
天气预报，交给停在主峰对面飞来寺的中继车，再从这里把消息传
给大本营。[1]

1 月 3 日，大雪、强风，住在 C3 的队员中方有六人，日方有

1　［日］京都大学学士山岳会：《梅里雪山事故调查报告书》，1992 年 1 月 24 日，第
18 页。

十一人。留在大本营的成员是中国登山队的联络官陈尚仁、患病的队员金俊喜，云南登协的联络官张俊，以及六名协作队员和三名炊事员。张俊说，他们每天晚上8点到10点之间都会用对讲机跟突击队员聊天。这天夜里10点，大本营和3号营地最后通话，张俊追忆当时的情形说[1]：

> 10：30，我问今天值班是谁？李之云说"是我"，他是我办公室的同事。他说是我值班。我说现在雪下得太大了，能见度有多少？他说可能就是10米不到吧，5米这个样子。我说雪埋帐篷埋到多深？我们的帐篷只有1米5高左右，他说已经到1米2左右了。我说不要开玩笑。

张俊问他们是否出外扫雪，李之云回答，他们每过两三个小时就出去扫一次。如果下到明天，雪可能会堆积到2米。[2] 他还打趣地说："雪太大，方便都出不去，只好撒在塑料袋里往外扔"。[3] 之后，对讲机出现杂音，估计是电池的电量不足，李之云问："是

1 云南电视台纪录片中心：《卡瓦格博》（DVD），1994。日本京都大学报告书所记对话内容与张俊所述基本相同。

2 ［日］京都大学学士山岳会：《梅里雪山事故调查报告书》，1992年1月24日，第48页。

3 李舒平：《梅里雪山中日登山队员遇难7周年纪念》，《光明日报》，1999年8月9日。

不是换个对讲机？"张俊回答："那也一样，也许是大雪湿气造成的影响吧。"11∶15，通话结束。[1]

1月4日一早，张俊醒来，就跟3号营地联系：

> 按惯例，我那天还早了一点，7点半就把大本营的对讲机开了。我说7点半多了，怎么一点儿动静也没有。我说奇怪了，这些懒鬼们今天怎么那么懒，我就呼叫了几声，说3号3号听到了回答，叫了两三声。老陈（陈尚仁），就是中国登山协会办公室主任，他说哎，你不要干扰他们，这两天休整，太累了，让他们多休息一会儿。我说也是也是，但我自己发觉有点儿奇怪。

过了半小时，大家都着急了。留守大本营的人们用两个频道轮流呼叫，呼谁都不答应，金俊喜就纳闷：已经三小时了，上面有十七台对讲机，谁都没有开，难道都出问题了吗？9点钟，留守大本营的人员开支委会商量应对策略，会上决定等到10点，如果还没消息，就上报总指挥部。这时，大本营上方左侧发生巨大雪崩，虽然离得很远，但雪崩的气浪把整个营地盖住了，吓得大家往森林里跑。尽管没有出事，气氛却变得更紧张了：

1　［日］京都大学学士山岳会：《梅里雪山事故调查报告书》，1992年1月24日，第49页。

　　（上面接到报告）很着急，说前方，你们的要求是什么？我们说最现实的情况，就是直升机来。但是他们给我们的回话是开会研究。好嘛，我们就等吧。五、六、七、八，四天，我现在回想起来，是怎么熬过来的都不知道。天天人在那儿哭，天天人在那儿发愣，那些活蹦乱跳的，天天坐在这里，吃、喝、谈、登都在一块儿的，那些天天见面天天说话的人，一夜之间就一点消息都没有了。

　　为登山队当背夫的村民也发觉情况不妙，雨崩村村民阿南主说[1]：

　　今天是相当奇怪啰，大本营登山队那里是疯起来的样子，疯子一样在搞起，东跑西跑，每人一个对讲机拿起叫，我们累得要命，一口开水都不倒给我们，说来来来，东西那点摆着，快点拿着去，快点回去回去，天要黑了，回家回家，肚子饿了，罐头拿起去，饼干拿起去。

1　云南电视台纪录片中心：《卡瓦格博》（DVD），1994。

西当村的村医扎青跟我说了他知道的情况[1]：

> 有个女医生（清水久信），她本身不想爬上去，（队友）就说快要登山成功了，（她）那天晚上就爬上去了，那一天晚上10点来钟的就雪崩了。他们在营地那点集中起来，第二天他们打算轻轻就登上去的意思，他们高兴了，那一晚上么，酒要喝一点。10点钟么，通话就讲不清楚了。我是到德钦巨水那点下乡去，（阴历）11月17日晚上10点钟，听他们在讲，雪崩了，人找不着，他们迷路了，那时（被雪崩）压起了也不敢说，不准说么，就说迷路了，走到哪点去晓不得。

大本营请求直升机来，但等了四天，没有结果。

---

1 参见郭净纪录片：《卡瓦格博传奇：登山物语》，2019。

7.

救援

　　1月5日，接到求援报告的中国登山协会召开紧急会议，研究对策。经过协商，中日双方于次日成立"梅里雪山救援对策委员会"，由中国登山协会主席史占春挂帅，下辖"救援指挥部"，由云南省外事办主任、云南登协主席冯树森和日本梅里登山队总队长左右健次任正副主席；下设"前线救援指挥组"，组长为云南体委主任戴文忠，副组长为迪庆州副州长李树芳、云南体委副主任杨必育、德钦县党委书记和阿树、中登协技术部长王振华。救援队日方十五人，中方十人，其中李致新、王勇峰、陈建军、罗申四名年轻队员来自中登协技术部，六人来自西藏登山队。1月8日，前线救援指挥组抵达大本营，开始工作。同日，中国遥感航空服务公司按照指示，飞临目标区搜寻[1]：

1　王连克、杨平和：《飞向梅里雪山——利用航空遥感寻找失踪登山队员》，《遥感信息》，1991年第2期。

　　飞机沿梅里雪山盘旋，一遍一遍地搜索，一条一条地拍摄，他们第一天连续飞行 4 小时 43 分钟，对以梅里雪山为中心的 220 平方公里地区进行了详细探查和普遍摄影，终因云厚雪大，没有发现目标。但是从相片上发现大本营两侧山上积雪过厚，随时有发生雪崩的危险，指挥部根据此情况，立即电告其转移到安全地点。

　　第一天，没有找到登山队员踪影，飞行员睡不着觉，指挥员也心如火燎。第二天，他们不顾恶劣天气的困扰，仍顶风冒雪起飞，在梅里雪山地区盘旋多圈，由于浓云遮盖，没有观察到 3 号营地。

　　第三、第四天，机组又连续飞抵目标区，仍有云，他们盘旋，等待，将飞机的高度从 10000 米降到 8000 米，从不同角度观察和摄影，试图从云缝中发现和拍摄到 3 号营地目标。垂直拍摄不成就改用倾斜摄影。就这样，他们先后四次飞抵梅里雪山，三次实施遥感摄影，摄取垂直相片 382 张，倾斜相片 1092 张。经图像处理和相片判读，终于从众多的航空相片中发现了梅里雪山，找到了 3 号营地。

结果发现，多处山崖呈现雪崩痕迹，山谷被大量积雪填平，C3 被冰雪淹没，没有任何帐篷和人员的踪影。

1991 年 1 月 11 日航空搜索拍摄的遥感照片，引自
王连克等人文章

　　在航空公司进行遥感搜索的同一天，昆明医学院人事处通知王
建华的妻子翁彩琼，说十七名登山队员已经失联六天了。次日，噩
耗登上各大报刊，翁彩琼被批准为中共预备党员。[1]

　　与航空搜索同时，1 月 10 日，从北京赶到的登山队员从大
本营出发，上山实施救援行动。但天气不好，加之时隔多日，上
山的线路被冰雪覆盖，用不了。在登山的过程中，这些线路每天
要人去检修，全部检修以后，协作员才拉着绳索上去。救援队要
上山，必须重新检修线路，所以他们爬了两天才到 C1。从 C1 上

1　2021 年 3 月 28 日王衍在昆明赛林格咖啡馆的讲座。

C2，难度非常大。与此同时，著名登山家仁青平措也率领西藏队从拉萨赶来，他们取道滇藏线，用两天两夜跑完六天的路程，于1月15日到达德钦。18日，西藏登山队投入救援，他们冒着雪雾爬到C1，原来的帐篷已毫无踪影。他们看到一点儿隆起的包包就挖，刨出四座帐篷，并在里面找到一些照相机、报话机。然后，他们冒着风雪边铲雪边前进，攀登七八个小时，到达C2的位置。原来向导说这里有帐篷和食物，可以住一晚，结果什么痕迹都没有发现。天色渐晚，他们只得遵从大本营的命令，撤回C1的帐篷里休息。[1]

留在大本营的厨师段建新因登上过C1、C2、C3，也受命参加了救援，他回忆说：

> 我有印象从3号营地跨过明永冰川，能看见那边5000来米的一个山峰，爬到那里，就可以（与C3）对视。基于这个，就叫我带着李志新、王勇峰、陈建军、罗申四人出去，走一天走到明永村。德钦人大的主任也来了，他就是明永村的，他的亲戚是明永村的猎人。请这个猎人做向导，我们往那边爬，过去以后到了明永喇嘛寺，又往喇嘛寺爬上去。这几天

1 云南电视台纪录片中心：《卡瓦格博》（DVD），1994。

天气一直不好，西藏队到了大本营后就往上攻。刚好我们爬到帐篷的位置那一天，仁青平措就带队爬到了2号营地，就是5300米这里。他们是突击上去的，就是轻装，没带着食品，没带着过夜的这些东西。原来想着找到营地，都有装备，有食品、帐篷，可以在里面过夜。哪知上去一样都找不着。我们的对讲机通过明永冰川上面接通了，我们还沟通了一下，我告诉他们咋个找那个方位，大概的位置，口头描述一下。

中日救援队合影，后排右起第四位是仁青平措，第七位是
牛田一成，段建新供图

他们就拉着手画一个框框，他们带着雪铲，就往底下刨，整个范围刨下去 1 米多，都没见着帐篷。天气晚了，低温就不行了，他们就撤到 1 号营地。

牛田一成告诉我，他也参加了日本救援队，他和其余五人于 1 月 13 日从大阪动身，1 月 20 日才赶到雨崩，在那里待了十天左右。他们曾试图从大本营上山，但一直在下雪，不得不放弃。1 月 22 日，C1 的积雪已经厚达 1 米，从大本营运送给养非常困难，且营地周围随时有发生雪崩的危险，西藏登山队员被迫撤回大本营。用队员阿克布的话来说："如果留在那里，可能我们也完了。"

1 月 14 日，翁彩琼代表在昆明的遇难者家属给云南省体委写了一封信，全文如下：

省体委领导：

并转救援指挥部及夜以继日参加营救工作的全体人员。

我从广播、报刊和亲眼所见里，知道党和政府及广大群众都尽了最大的努力在寻找失踪队员。我从内心深处感到社会主义大家庭的温暖，感到党和政府时时刻刻关心着我们，所有这些给我带来了极大慰藉。最衷心地感谢大家的关心和帮助。

最使我感到不安的是，从今天报纸上看到，山上地形变化大，积雪深，滚石、流雪较多，大本营附近时有发生冰崩、雪崩的危险，上山路线困难，但救援人员仍在不惜任何代价寻找失踪队员，我于心十分不忍，恳请领导不要在困难极大的情况下派人上山，以免再发生新的损失。即使建华他们现在活着，也绝不愿见到别人为救自己而陷入危险。

再次感谢大家。

1月25日，中日双方对搜集到的资料做了分析：飞机拍摄照片显示，在3号营地位置，有一个方圆500米、呈扇形的新雪堆积面，判断是大型雪崩的痕迹；山上的气候变得更加恶劣，危及援救人员的安全。为此，指挥部决定停止援救行动。中国登山协会发言人称"1月3日夜晚在梅里雪山3号营地失踪的17名登山队员已经全部遇难"，并推断此次山难是大雪造成的巨大雪崩埋没营地所致。在这支登山队中，日本方面，包括队长、医师和秘书长在内的11名成员全军覆没：

队长井上治郎、秘书长佐佐木哲男、医师清水久信，队员近藤裕史、米谷佳晃、宗森行生、船原尚武、広濑顕、児玉裕介、笹倉俊一、工藤俊二。

中国方面，共有包括队长、队员和两名协作员在内的6人罹难：

队长宋志义，队员孙维琦、李之云、王建华、林文生（藏族）、斯那次里（藏族）。

　　攀登队员中，仅有云南登协的张俊和中登协的金俊喜因留在大本营而得以幸免。这是中国登山史上遇难人数最多的灾难[1]，也是日本登山史上最惨痛的纪录。

1　参见"国内历年登山活动牺牲队员名单"，加尔户外网站"户外资讯"栏目，www.jial.com。

8.
反思

　　1991 年 1 月 8 日，新华社率先发布了梅里登山队员失踪的消息。《文汇报》记者丁曦林为获得第一手资料，于当晚赶赴昆明。他和先期到达的几个日本记者在昆明饭店吃了闭门羹，不甘放弃，便搭夜班车赶到大理，再租小面包奔赴中甸。15 日，他和云南日报驻迪庆记者何侃（纳西族）、迪庆电视台记者班玛都吉（藏族）乘一辆朋友的越野车冒雪翻越白马雪山，于次日上午抵达德钦县城。在救援指挥部遭逢冷遇后，他只得依靠外围采访搜集二手资料，并在昆明得到中登协于良璞教练的帮助，完成了《英雄，在梅里雪山失踪》的特稿。[1]

　　当年，中登协还没有发布山难报告的制度，连媒体记者都难以得到准确的信息，在这种情况下，要弄清这场悲剧的原因，并非易事。

1　丁曦林：《奔赴梅里雪山 —— 一次未完成采访的回忆》，《新闻记者》，1991 年 6 月
　　5 日。

　　山难发生后，中日双方在救援和搜寻方面的合作，却未能延伸到事故调查当中。1991年2月24日，日方组成了30多人的事故调查委员会，由京都大学荣誉教授近藤良夫任委员长。但调查事故的队伍无法抵达大本营以上的现场，只能就攀登计划与实际行动、气象情况，以及计算机模拟雪崩路线和登山队、救援队、搜索调查队的通信方法、地质探查和GPS定位等参数，做出推测性的结论。

　　据日方的调查报告，基本认定是雪崩造成了这场灾难。[1]但登山队之所以撞上这场雪崩，则与诸多人为的失误密切相关。

　　在3号营地的上方，有一条横贯主峰左侧三条支脊的悬冰川，那是经常形成雪崩的区域。扎营的时候，中日队员为选择地点发生激烈的争执，最后妥协达成的结果，依然把C3搭在粒雪盆的中部，并未离开大型雪崩扫荡通过的区域。事后金俊喜在接受采访时说[2]：

　　　　我认为双方意见都不正确，都没有离开雪崩区。2号营地旁边的冰川长1000米，宽500米，所以3号营地前进或后退100米意义不大。

1　[日]京都大学学士山岳会：《梅里雪山事故调查报告书》，1992年1月24日，第105—114页。

2　张志雄：《不该发生的梅里山难》，《中国科学探险》，2004年第4期；周正：《四荨大雪山探险》，中国科学院网站，2003年10月15日，www.cashq.ac.cn。

梅里山难雪崩走向图，图中为王建华在 2 号营地的留影，
王衍供图

段建新打了一个比喻：雪崩就像一个推土机掀起的波浪，层层
向前运动，它不必抵达远处的小蚂蚁，最前端翻起的土石，就足以
将那小生命埋葬了。

北京大学冰川学专家崔之久先生认为：在世界登山史上，全军
覆没的事例绝不多见。十多个人的帐篷能一下被雪崩吞没，没有一
个人来得及打开对讲机求救，说明帐篷集中地扎在一个比较平缓的

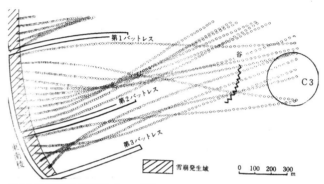

第1バットレス

第2バットレス

谷

C 3

第3バットレス

東南稜

雪崩発生域

0 100 200 300 m

日方计算机模拟的雪崩走向之一，引自
《梅里雪山事故调查报告书》，第111页

地方。那地方很可能就是悬冰川下方的雪崩堆积区[1]，这个区域便是危机四伏的粒雪盆。一次雪崩竟造成如此惨重的伤亡，这不能不归结到冲顶时的鲁莽决策。怀着胜利在望的预期，不仅登顶的突击队全员集结到 C3，登顶指挥部上移到粒雪盆中间的 C3（5100 米），连没有登山任务的秘书长佐佐木和女医生清水久信也被召唤到 C3 观战。

事后有专家指出，十七个人一起登顶是一个严重的错误[2]。段建新也说到，救援队在 C2 连一个帐篷都没发现，他的猜测是[3]：

1 张志雄：《不该发生的梅里山难》，《中国科学探险》，2004 年第 4 期。
2 张志雄：《不该发生的梅里山难》，《中国科学探险》，2004 年第 4 期；赵牧：《1991年梅里雪山山难生死录》，鲨威体坛，2005。
3 笔者对段建新的访谈。

后来分析，可能是他们把 2 号营地的帐篷搬到了 3 号，因为 2 号营地存在的意义不大了，C1 一上来，到 C2 这个口，直接就下到 C3 了，他们在 C3 待机，就全部集合在那点，应该是这种。估计他们上去了太多人，计划只是三顶帐篷，原来的帐篷就是两三人住的，三顶也就住九个人，他们有十七个人，应该是把 C2 的帐篷一起拆过去了，所以 2 号营地的帐篷就不在了。

这样做的目的，既有方便抵近前线指挥的考虑，也包含让各方代表都有机会登顶，以扩大社会影响的意图。其结果，却令 C1、C2 成了空营，大本营只剩下后勤人员，日方无人负责联络和留守，而

日本研究人员在大本营做事故原因调查，引自《梅里雪山事故调查报告书》，第 135、141 页

双方在大本营都没有熟悉高山攀登，且掌握大权的决策人，更没有能够及时投入搜寻和救援的后备力量。以致上移到 C3 的指挥系统和驻守大本营的后勤系统完全分离，为及时处理突发危机留下了隐患。

有意味的是，C3 里全体队员被雪崩掩埋，至今还是一个推测。明永村村长大扎西还做了另外一个推论，似乎也有道理[1]：

> 我估计，他们并不是冰川垮下来压死的，而是晚上下了大雪，雪越来越厚，然后在帐篷顶不住的情况下全部埋死掉的。

山难事故的发生，与登山的组织管理也有密切的关系，这次行动集结了日本、北京和云南的三支队伍，犹如一个规模庞大的战役，对它的规划和调度颇为艰难。事后来看，登山队在天气预报、翻译沟通、组织协调等方面都显露出不足。每一个微小的疏漏点滴叠加，各种不利的因素日益汇聚，最终累积成了不可逆转的灾难。

在策划这套丛书的时候，小林尚礼曾问我，在日本，梅里山难的影响已经过去，人们已经恢复日常生活，为什么我们还要执意追溯事件的来龙去脉？我想，最直接的原因就是，那些年，中日曾频繁合作攀登川、滇、藏的诸多雪山峰，可相较于这种热闹的场面，

1　1999 年 8 月 2 日笔者对大扎西的访谈。

无论在登山界还是学术界，对此期间发生的事故却甚少反思。关于梅里登山，日本方面有京都大学学士山岳会为 1991 年山难和 1996 年的行动出版的两本报告：《梅里雪山事故调查报告书》（1992 年）和《AACK 时报 No.13 日中友好梅里雪山峰联合学术登山队 1996 年纪录》（1998 年），此外，还有小林尚礼个人的回忆录《梅里雪山：寻找十七位友人》《梅里雪山追悼文集》《佐佐木哲男追悼文稿集》。而在中国方面，并未有公布事件的权威报告，后期的深度研究也未展开，目前看到的，仅有既是登山运动员，又是《中国体育报》记者的刘文彪于 1994 年出版的著作《雪崩：中国登山史上最悲惨的一页》，以及同年我们跟云南电视台"经典人文地理"频道合作，策划、制作的专题纪录片《卡瓦格博》，这是迄今为止中方公布的有关梅里山难最详细的记录。2021 年年初，王建华的儿子王衍在他母亲收藏的遗物中发现了三部纪录片，第一部是日方拍摄的 1989 年 5 — 7 月中日联合科考队到怒江地区和迪庆州访问的过程；第二部是云南省体委体育科学研究所拍摄的《雪谊》，记录 1989 年 10 — 11 月中日联合登山队在斯农方向攀登的情形；第三部是云南体科所拍摄的《雪魂》，记录 1991 年山难及善后处理的情况。这三部影片均未公映。目前能搜寻到的公开资料，除了少数几篇当事人的访谈外，其他短篇报道的素材，大多取自刘文彪的《雪崩》和云南电视台《卡瓦格博》这两部作品。由于信息匮乏而导致的后果，是网络上谣言盛传，难辨真相。

再者，无论在中国或日本，甚至在国际登山界，兼具多重视角，能够融合不同文化背景叙事的非虚构写作，尚不多见。缺乏对灾难的思考，我们如何告慰亡者？缺少在攀登过程中的学习，以及对登山事件背后不同世界观的洞察，我们的探险运动，难免会遭遇很多坎坷吧。

9.

远行的人

2月6日，中日双方联合召开新闻发布会，向媒体说明梅里山难的情况。

2月7日，中国登山协会在北京八宝山举行追悼会，悼念梅里雪山登山活动的遇难者。

3月15日，上千人在德钦县城举行追悼会，悼念林文生、斯那次里两位遇难的藏族队员。

3月17日，京都大学学士山岳会在京都大学体育馆举行追悼会。

4月29日，日本遇难队员的十八位家属和中国遇难队员的十二位家属组成梅里家族实地访问团，到达德钦。次日，他们在面对卡瓦格博的飞来寺烧香台处参加纪念活动，在藏族僧人的诵经声中慰念亡灵，并为梅里山难纪念碑揭幕。纪念碑的质料为黑色大理石，高80厘米，宽120厘米，上面镌刻着十七位队员的名字；中间有一登山队徽标，四周书写着：

日中友好　第2次合同登山
首次向梅里雪山峰挑战的勇士在此长眠

两旁有中日两种文字镌写的慰灵词:

秀峰大地静相照
高洁精神在其间

1999年8月7日,由中国国家体育总局主持的"梅里雪山勇士纪念碑揭幕仪式"在北京万佛园举行,发现于明永冰川的宋志义、孙

德钦梅里山难纪念碑

维琦两位烈士的骨灰运抵此处安放。[1]十七位勇士的网上纪念馆也正式开放。

　　第一次参与登山活动的段建新，拍下了大本营、C1、C2、C3 的样貌，也为每个突击队员留了影。他没有料到，这些照片，竟成了梅里山难最完整的视觉档案：

北京万佛陵园梅里雪山勇士纪念碑，引自国家体育总局网站，
2018 年 3 月 29 日

1　中国登山协会：《山野》，1999 年 5 月号，第 37 页。

当时的信息，对登山，对这些东西完全是无知的状态，晓不得具体的会出现哪样。只是听金俊喜讲，如果雪崩被埋掉，几分钟就不行了，就是从他们口中了解一点，但是脑袋中没有一个具体的想象参考。以前没有电影，对山难、雪崩没有一个概念，现在有很多影视作品模拟出来，你才认得。当时脑袋是懵懵的，几天折腾出来，到最后一样证据都没得，也就是凭着我在上面的印象描述一下当时的环境，还不像现在数码的立马可以看，要回来才洗得出来。

1991 年 1 月，段建新"像个野人一样"地离开梅里雪山。2018 年 12 月我访谈他的时候，他依然清晰地记得那时的心情：

第一次去到那种高海拔，在上面的都是有经验的人，我是最没得经验的人，最后信息全部要我来传递，所以脑袋是懵的。想象不出来。

当时那种心态就是，感觉一起生活了一个多月的人，一群人，就像出去，往远处走了没回来，没有任何证据看了说他们遇难了。

在 1998 年遗体遗物被冲下明永冰川之前，那十七名队员的确切行踪无人知晓。所以段建新对他们的离去并无真实感，仿佛那些朝夕相处的朋友，一觉醒来便人间蒸发，踪迹全无，给活着的人们留下一个虚无缥缈的梦境。

　　我听完段建新的故事，步出"梅里户外用品店"。抬头仰望，西南大厦的玻璃幕墙矗立天际，正映出天空升腾的浮云，让人头晕目眩。这人造冰壁和四周围合的高楼犹如共鸣箱，昼夜不停地回应着市井的喧闹。众生芸芸，对这样一个巍峨的机器世界已全然无感，没心没肺地在盛世逍遥中沉沦。可在城市巨兽监控难以抵达的远处，有那么几个身影悄然离开，头也不回地走入寂静的远山，越来越模糊，直至踪迹全无。

段建新给我看他在山难后离开德钦时的
样子，段建新供图

第二章

山民观点

1.
困惑

在梅里雪山攀登以及救援的过程中，登山队主要依靠张俊、李之云，以及当地的官员与村民打交道，日本队员因语言不通，性格拘谨，并不了解当地人的真实想法。这种现象，在喜马拉雅登山史中普遍存在。

牛田一成和小林尚礼都参加了梅里山难的救援行动，这就迫使他们与村民发生超越"哈罗—拜拜"[1]水平的交往。从他们两人的访谈和写作中，流露出了一种深深的困惑，以前笑脸相迎、能歌善舞的人们忽然变得冷漠和不近情理，甚至到了无法通融的地步。我在京都府立大学做访谈的时候，牛田一成道出了内心的纠结：

牛田：我第一次的经历就是在山难后直奔雨崩，那是 1991 年，当大多数队员因雪崩罹难，我们一得到消息，便火速准备

---

1 传说许多村民只会这两句英语，这成了他们跟外国人打交道的模式。

好，很快组织救援队，我是成员之一。我们急速赶往雨崩和笑农（大本营）。

郭：有几个队员？

牛田：当时来自京都的只有五个人，另外五人来自西藏的拉萨。我们尽力接近现场，展开救援行动，但失败了。

郭：你们在山里待了几天？

牛田：不超过两周，大约十天吧。

郭：是从雨崩到笑农吗，然后呢？

牛田：我们试图上冰川，试了多次，但天一直下雨。冬季下雨，冰壁被雨水浸透，便会垮塌，造成冰崩。由于冰崩，我们无法抵达出事的营地。几天后，因天气恶劣，我们最终不得不放弃救援。

到雨崩和西当，我们需要组织物资运输，因此要跟村民打交道，请他们运东西。中国官员直接负责跟村民协商，多少钱，运多少东西。北京和昆明来的官员总隔在我们之间，因此我的经历十分有限。

去年，我为了把遗体从冰川运到澜沧江边碰到很大的麻烦，我们只有三四个人，无法搬运所有的遗骸，我们至少找到七具尸体，还有很多遗物，不可能带着这些遗骸和遗物下山。我们跟村民协商，至少把这些遗骸遗物搬到江边，开始他们不愿意，说不敢触碰尸体，当然啰，这些是外国人的尸体，亵渎了神灵。经过两三天的交涉，他们组织了人来搬运。

郭：来了多少人？

牛田：大概二三十个年轻人。遗骸很重，要从冰川搬到澜沧江边并不容易。

郭：搬到桥边吗？

牛田：哦，是的，到桥那里，要过桥。起初我们想把装好的遗骸放在冰川或村庄附近，但他们以宗教原因拒绝了。所以我们必须把遗体遗物从冰川运到河边。

后来我问大扎西，我听说在转山的过程中，有年老的朝圣者突然死亡，如果你们在冰川旁或路上发现死了的朝圣者，会怎么处理？他回答说会把尸体烧了，骨灰投进澜沧江里，如果我朋友是朝圣者，我可以照样火化他的遗体。但我的朋友没有被看成朝圣者，他们是登山者，是别的民族，不能按常规处理。这就是我得到的解释。所以我们租了车子把遗体拉到了大理。

郭：用了两三天吧？

牛田：用了两天，澜沧江边的温度高到 40℃，遗体逐渐腐化，这种状况真是一言难尽。原本我们想把遗骸在冰川或村子旁边火化，但被断然拒绝了。据我所知，村民唯一愿意做的事，是把遗体遗物干干净净地捡走，一点儿都不能留在冰川乃至村庄那里，全部得运到大理。

小林在他的书里也写过类似的经历。1999 年我跟小林和大扎西

牛田一成在讲述他参加救援的经过，
郭净摄

上冰川寻找遗体时，大扎西坚持要把发现的遗骸遗物全部带走，不能留在冰川上。对待这样的事，每个村民都非常严肃，绝不退让。若稍有通融，那必定是大扎西和县政府派来的干部居间协调的结果。

　　这类冲突反复发生，触发了日本救援者的反思。在隐忍妥协和谨慎观察之后，牛田逐渐看出了端倪：

　　牛田：有一个给我很深印象的（雨崩）人，我感觉他失明了[1]，

1　这个失明的老人名叫旦增培措，是雨崩村一位还俗的僧人，参见章忠云：《藏族志：聆听乡音　云南藏族的生活与文化》，云南大学出版社，2006，第159页。

但不确定。我在他家住了一晚，他对我讲了很多，我听不懂。他试图告诉我们卡瓦格博的历史，我只捕捉到了卡瓦格博这个词。他一而再再而三地提及这个字眼，我猜测他是想告诉我们卡瓦格博如何如何。（雨崩）的大多数人看起来更有信仰，而西当人则有些不同。

去年我在明永住了几个星期，八年过去了，这八年或许造成了明显的差异。村子的情况似乎发生了很大变化，因为去年明永冰川成了旅游点[1]，村民开始接待游客，当然还有外国人。但明永人改变不大。搜寻时，我在山里跟村长相处了几天。

郭： 你记得他的名字吗？

牛田： 扎西。

郭： 大扎西还是小扎西？有两个扎西[2]。

牛田： 年纪大一点儿的扎西。

郭： 你住在他家吗？

牛田： 住了几晚，在房顶上[3]，不在屋子里。还有一个警察，他的名字是不是叫尼玛？从德钦来的。这俩人给我印象最深。

---

1 1988 年明永村民自发组织，修通了澜沧江大桥到村里的简易公路，从此开发了明永冰川的旅游。

2 当时，大扎西是村长，小扎西是马队长。

3 卡瓦格博主峰脚下的藏族民居多为平顶式土坯房，天气暖和晴朗的时候，村民喜欢在屋顶过夜。

明永村民展示在冰川发现的登山队照相
机，郭净摄

有一天，我们在冰川寻找遗体，起初在下雨，天气很糟糕。当
我们把冰川上发现的遗骸全部收回来后，天气转晴，卡瓦格博
显露出来，此刻他俩告诉我冰川变清洁了，山神很高兴。这句
话触动了我。

　　牛田一成曾和西藏登山队派来的救援队员相处数日，从仁青桑
珠等有着丰富探险经验的藏人那里，他终于明白了这些日子屡次遭
遇尴尬的缘由：

　　我跟拉萨来的藏族同事讨论过，他们是登山家，我们第二次到梅里雪山，他们也参与了。我们谈论雪山的神圣性，他们说在青藏高原自古有七到十座，乃至更多的神山，包括珠穆朗玛在内。可如今珠穆朗玛已不再神圣，因为有太多人爬到它的顶峰，所以在藏族人心中，珠穆朗玛已经失去神圣的地位。他们认为，现在只有两座雪山依然圣洁，一座是 Kailash，这名称应该叫……冈仁波齐，在西藏西部，另一座是梅里雪山。他们说就这两座山，其他古老的神山都被登顶了，所以这些山自然丧失了在藏族人心中的地位。听了这番话，我内心便生出疑问，人要爬到山的顶峰，这真的合理吗？我有些迷惑了。

　　牛田一成的疑问，似乎回应了 1924 年，约翰·诺尔（John Baptist Lucien Noel，1890 — 1989）在他拍摄的纪录片《珠峰史诗》片尾打出的一段话，正是在这次攀登行动中，英国登山家乔治·马洛里（George Mallory）与他的同伴意外失踪[1]：

　　　　对我们而言，埃弗勒斯峰（珠穆朗玛峰之英文名称）只是一座山——由岩石与冰雪构成的东西。对藏族人而言，她却意

1　朱靖江：《在野与守望：影视人类学行思录》，九州出版社，2019，第 133 — 134 页。

味着更多——她被命名为"珠穆朗玛",是世界的母神。是否有此可能:在物质层面之上有某种事物在这场斗争中与我们为敌,人之力量与西方科学因此崩溃失败?(我)惊奇地回想起绒布喇嘛(Rongbuk Lama)的话语:"喇嘛教的神祇们将会阻止你们这些白人完成所愿。"是否有此可能:我们斗争的对象超越了我们的所知?是否正如那些神秘主义者所言:这座令人畏怖的山有其生命,并且被神灵护卫?

牛田一成很快返回日本,继续他的科研工作。而与他一起参加救援的小林尚礼却被激愤之情驱使,多方奔走,在梅里雪山首登权有效期的最后一年,策动了第四次攀登行动。1996 年 10 月,京都大学学士山岳会和中方协商,组织了第三支梅里雪山登山队,成员是[1]:

中方十三人

总队长	黄明寿
秘书长	张俊
队员	木世俊
	袁红波

---

[1] [日] 小林尚礼:《梅里雪山:寻找十七位友人》,北京联合出版公司,2021,第 30—31 页。

宋一平

金飞彪

协助人员　　七人

日方二十一人

总队长　　　斋藤淳生

总括队长　　松林公藏

秘书长　　　仓智清司

气象队长　　福崎贤治

攀登队长　　人见五郎

队员　　　　吉村千春

高井正成

中山茂树

睦好正治

小林尚礼

中村真

其余人员　　十人

这是中日联合攀登梅里雪山的最后一次尝试，小林尚礼是此行的主要促成者，也是主力队员之一。这回日本队接受了没有专业协作员帮助的教训，从尼泊尔雇了四名夏尔巴人随行。然而，这支登山队除了必须面对风雪与冰崩之外，还碰到了更麻烦的问题：遭到当地村民的公开反对。不仅前期交涉费尽周折，到达目的地以后，局面更显尴尬。据小林尚礼回忆，进入雨崩村，气氛与第一次登山全然不同，登山队连搬运物资、接待住宿的人都找不到，不得不在一个废弃的房子里等了五天。

在县政府的协调下，攀登行动终于付诸实施。但诡异的是，上一次冲刺顶峰的情形似乎再度重演，小林尚礼、高井正成、中山茂树、吉村千春四人于 12 月 2 日攀上雪壁，抵达 6250 米处，快要接近宋志义等五名突击队员到达的最高点，顶峰遥遥在望。可就在这时，登山绳索用完了。他们原想在 C3 等候，第二天冲顶，却因天气逆转的预报返回大本营休整，竟和宋志义团队一样错过了次日的大晴天 [1]。鉴于气候变化和雪崩的不确定性，登山队经过激烈争议，决定放弃行动。力主坚持登顶计划的小林孤掌难鸣，只得怀着悔恨撤退。

1　参见《AACK 时报》No.13。

2.

山难记忆

大多数登山者最终都要回归日常。探险时盈满胸怀的斗志、兴奋、疑虑和痛苦，渐渐被平缓的生活之流剥蚀、冲淡、掩埋，唯有小林尚礼不甘于此。他和电影《缅甸的竖琴》里的上等兵水岛一样，在 1996 年登顶失败后，仍然受着困惑和激情的折磨，终于在两年后返回到雪山下，住进大扎西的家里，开始了延续十多年的遗体搜寻和内心解惑之旅。他看到立在飞来寺观景台附近的纪念碑遭到风雨侵蚀和一些人的破坏，面目全非，便和大扎西及遇难者家属商量，经多方努力，于 2006 年 10 月 28 日，实现了在明永村西头重新立碑的愿望。那是一块一人多高的顽石，一条黑色的细线，画出卡瓦格博的形状，下面几行黑色的隶书体大字写着：

中日 17 名登山勇士
在此长眠

中日友好梅里雪山登山队
2006 年 10 月 28 日立

明永村村长大扎西在新立的山难纪念石
前，郭净摄

　　在明永村民的看护下，纪念罹难者的顽石安然无恙。然而，由
山难引发的疑问、争论和思考却不曾停息。在攀登梅里的过程中，
"天时"和"地利"尚可吸取教训，筹谋应对，唯"人和"令登山者困
惑不已。这也是困扰我的问题。纵观喜马拉雅登山史，当地人对山
的观念和对登山的态度，从未进入主流社会的视野，而梅里登山的
冲突把这个隐藏的问题凸显了出来。可以说，"人和"的前后变化，
也是整个行动功亏一篑的深层原因之一。即使对山难的解说，也被
语言、价值观所分割。
　　人们自以为共聚在同一个星球，可大多数情况下却生活在貌似
联通，又难以分享的平行世界。西方的，东方的，城市的，乡村的，

中心的，边缘的人群，不仅生活状态不一样，讲述的故事也各有自己的版本。迄今为止，有关梅里山难事件的解说，就像无数喜马拉雅登山事迹一样，大多来自登山者的回忆和报告。他们宣讲的故事，通过现代大众传媒，如图书、科学探险记录、新闻报道、电视专栏节目、影像产品和网络帖子而呈现为一种供城市公众分享的"事实"。可在聚光灯照射不到的阴影处，夏尔巴人和藏人的形象仿佛消失了。幸而，那些被遮蔽的地方，还有"民间媒体"和"乡村媒体"活跃着。它们远离报刊、电视和网络，以古老的口耳相传的方式，在卡瓦格博周围的乡村和城镇里传播着有关山难的另类记忆。

我到西当的头些天，便到处听人们讲起登山事件，那感觉和从报纸、电视得来的印象完全不同。打开摄像机，大家就在镜头前你一语我一言地说开来，其中掺杂着现场的经历、离奇的传闻和强烈的个人感受。当新闻事件的磁力消退，记者和公众转而追逐其他热点之后，民间记忆才开始发酵。经过时间的蒸馏，口传文化得到提炼，目睹者讲述的事件一传再传，转化成了人人可以添加删改的故事，再演变为情节曲折的传说。那故事和传说像寄生植物的藤蔓交缠生长，缓慢而持久地顺着时间这棵大树攀延，繁衍出遮天蔽日的枝叶。它的每片叶子，都同时折射着现实和历史的光线，也让我们听到另外一种声音。

对于 1990 年到 1991 年的登山事件，村民们有自己的说法。在西当小学当老师的阿茸，家在深山里的雨崩村，他曾经在家中接待过登山队员[1]：

> 我们不知道他们来干什么，见他们带着塑料桶，以为是收菌子的。我们问，你们是哪里的？他们说，我们是中国登山队，来这里登山的。登山是什么呀？我们村民和我也实在不知道。

阿茸老师的这段话，揭开了这次登山活动背后复杂的社会和文化背景：在 1989 — 1991 年攀登梅里的过程中，上到中登协，下到当地村民，给予支持和配合的原因多种多样。从大的方面来讲，当时的中日关系，正处于 1972 年两国邦交正常化之后比较稳定的阶段；中国在建设四个现代化的初期，包括体育在内的各领域都在极力吸引外国投资，在各地谈判的过程中，日方通过赠送汽车和资金的方式，打通了许多关节；而地方政府官员和普通民众，从负责接待的干部、参与登山的中方成员到当地村民，大多抱有浓厚的家国情怀，且对外国人怀着朴素、浪漫的幻想。在日方拍摄的纪录片中，1989 年中日科考队到怒江和迪庆做先期考察，所到之处，均受到热情接待。在德钦县城，政府组织了上千人夹道欢迎，一般居民穿着解放服，而敬酒献哈达的男女青年则身穿藏族盛装。在乡村的宴席

1　云南电视台纪录片中心：《卡瓦格博》（DVD），1994。

上，日本队员也穿上藏装，乘着酒兴载歌载舞。栗田靖之回忆至此，还流露出沉醉的表情。

到了基层，不要说普通村民，就是一般干部，也不了解登山是怎么回事。尤其是登山队用了"梅里雪山"这个称谓，更模糊了当地人的认识。明永村村长大扎西就说，"他们讲来登梅里雪山，可我们都不知道梅里雪山是什么，这座山我们叫卡瓦格博"。雨崩村民不仅积极地搬运物资，还在家里招待来宾。云南队员张俊建议日本队员不要住帐篷，到阿茸老师家住，那里更自在。像当地所有人家一样，阿茸家很宽敞，尤其是放火塘的那间正屋，过节时可以容纳几十个村民喝酒跳舞。我们到雨崩做田野调查的时候，在他家住过，打一排地铺，睡十几个人没问题。山难过后，阿茸老师对云南社科院的藏族学者章忠云说，他接待登山队员到家里住，是当队长的哥哥出于行政上的关系安排的。在云南电视台的采访中，他还描述了队员们在他家的情况[1]：

> 1990年他们来登山来的时候，都住在我这里。十多个人，他们借我家的房子，他们的东西驮到这里，他们睡也睡在这里。当时没有隔整（把房间隔开的木板墙壁）。有个人睡的时候，脚

1　云南电视台纪录片中心：《卡瓦格博》（DVD），1994。

伸到火塘上，我说我们藏族人火塘上不能伸脚，他就放回来，头放在这里（火塘边），脚放在这里。我用汽车篷布搭起地铺，他们都有睡袋，就一直睡在这里。我们没有看过睡袋，觉得睡袋睡起很奇怪。

西当村的扎青医生为日本登山队员看过病。6月初的一天，我和调查伙伴和建华跟他走山路去明永村。他背着一个赤脚医生用的老式皮药箱，边走边聊着山难那几天发生的事：

在牛场（大本营）的登山队员感冒，我送感冒药去。他们都很年轻，最多二十五六岁，听说是京都大学的学生。我跟他们讲不通话，不看病，只给药，药他们晓得嘛。牛场那里太冷了，我受不住，吃了一点儿茶就回雨崩村子。哪知三天后他们上山去，晚上就被（雪崩）压掉了。他们有个日本医生，叫清水久信，本来不在山上，他们用对讲机喊她上去，结果也死了。那是个女医生，会讲几句藏话，也会喝酥油茶，吃糌粑。她看病一分钱也不收，药也不要钱，但从头到脚地看，看牙齿，大概是搞五官科的。她拿尺子量村里病人的高度，量个子，量腰围，一面看一面写，仔细看了做资料。

他们说登山快成功了，那一天晚上就爬上去，两个营地的集中起来，第二天打算轻轻登上山顶。说如果成功了，就来我们村子庆祝，跳舞。那一晚上他们太高兴了，认为是百分之百爬上去了，才凑在一起。本来中方住中方的（帐篷），日方住日方的（帐篷），太高兴么，就一起在 3 号营地集中，（晚上）10 点钟通话就听不清楚了。他们压在 3 号营地，全完了。日方的十一个，中方的有六个。里面藏族人有两个，省里面登山协会的有四个。

你看嘛，现在是云遮起，要不然压起的部位可以看得着了。就在山的右边那里。

扎青停下脚步，指着远处的雪山叫我们看。接着又说：

后面他们来找尸体，请西藏登山队的来，实在找不着，东西么挖着一点儿。以前说是找着一个尸体给 5 万元，脚杆一只找到也给 5 万。老百姓去找了，结果找死了一个。他是雨崩的一个和尚，准备去印度，想找点钱，就和另外一个人爬上山去找尸体，雪崩下来，一个人被抛在一边，那个小和尚被冲下去，在岩石上摔碎掉了，别人再也不敢去了。

后来他们又来登了一次（1996 年），可是不行，硬是上不去。没有成功，晚上悄悄下来跑走了。车子来接的时候他们说，再也不来喽，你们这个山不好登，再也不来了。那次雪崩也没有，冰崩也没有，天气又好，但合同时间满了，没有办法，只得离开。

此时，被云雾遮住的雪山露出半边影子，扎青让我们朝那里看：

　　你瞧，我们从这边看是一个山坡，但他们上去，又上又下，又爬上去，相当麻烦呢。刚来的时候，他们看看，说这个雪山么随便嘛，珠峰 8800 米，这点才 6740 米，随便登了，结果爬一个月还爬不上去。一天都在修路，今天修，第二天走，又修

村医扎青在讲述登山队的故事，郭净摄

路，第二天又走，一小截一小截往上爬，上面都是岩子。他们带着罐头那些东西，要烧火，造成空气污染，污染了圣洁的神山，所以一天下暴雨，刮风，庄稼、树都遭殃，有时候核桃都收不成的有呢。

到 1996 年登山队又来的时候，当地村民和干部已经明确表示反对意见，荣中村的社长却登找上面的领导反映过情况，他说[1]：

> 去前年日本考察了五年以后最后正式登的时候，我在县五大机关会议室里面都说了，大大的一个政府会议室里面，我们辩了一下了。我说是这个太子雪山[2]不要登了，登了以后你们搞不赢了，这个是要登的山不是了（这个山是不可以登的）。我们朝山了，信仰了，磕头的磕头，烧香的烧香，朝山的朝山，这种要搞，这个该登的山不是了（这山不该登）。另一方面，在我们太子雪山的范围，好多珍贵的资料[3]有了，药材的资料、野生动物的资料、珍贵的木材的资料，珍贵的草、花什么的资料有了。我们来说是，文化科学也不懂了（我们不懂科学），现在国

---

1 1998 年 6 月 2 日对却登的访谈。
2 太子雪山是民国年间出现的名称，专指卡瓦格博。
3 这里资料指资源，为体现口述的真实性，未做修改。

际来说是，美国、日本他们文化科学也高了（国际上美国日本的科学高级）。他们拿去这么一点儿石头，这么一点儿珍贵的药材，珍贵的什么拿去，我们晓不得了（他们把珍贵的药材和其他东西拿走，我们也不知道）。我说是现在正式登么你们不要登了（你们就不要批准他们正式来登山吧）。

和书记跟我说，我们国家出了 47 万，日本国家出了 47 万，94 万的收入，你们手里拿不着么（所以你们反对登山）。我说不有也得了，我这种讲了（我说，这些钱我们不拿也罢）。

他们正式登的那一年（1996 年），雨崩大本营那点他们固定了以后，准备在那点登了。县上把车子全部开到西当社公所里面。那晚上闹的时候，我说是你们不登好一点儿吧，正式的不登好一点儿吧。在县委会开车的尼玛拉加说："老倌，你这句话在这点讲么，意思没有了。我们是县政府派的，国家与国家订起了合同，活佛每年转经朝山的那个山都登了，你们这个卡瓦格博咋个登不得？玛钦奔热（阿尼玛卿）、珠穆朗玛峰、喜马拉雅山，好多个国家把神山全部登了，你们这个卡瓦格博咋个登不得了？"

最后我无法了，我独人么，跟他们老实讲常没有。讲常没有么，我失败了不是（我一个人跟他们讲不通，所以辩论失败了）！

西当村的村长贾都是 1990 — 1991 年和 1996 年两次登山的见证者，晚上我们在村公所聊天，他说起登山的经历，情绪激动得很：

> （1990 年）西当的人东西背到雨崩，送到雨崩，他们又转回来，第二天雨崩的人又送上去大本营。我跟他们一起去了嘛，我去的原因，怕的是老百姓，来登山队的东西那些，格会偷，动手动脚的格会搞，叫我来带队监督这种。我大本营只是当天转回来。
>
> 日本登山队 1996 年（第二次）来这点，雨崩。雨崩来了以后，我们西当这点村民反对了嘛，叫他们不能来，在这点挡起好几天了，不让他们上去。我们西当、荣中都不愿意叫他们爬了嘛。太子雪山是我们的神山，如果登上去，我们一年的朝拜没有意思了。在这点挡了好几天，登山队又爬到雨崩以后，雨崩的村民又挡了好几天，耽误了几天。最后我们县里面的领导、副县长、公安的副局长、县里面的领导都来了，在雨崩做思想工作，在这点也是做思想工作，最后还是叫他们登去。

雨崩的阿茸老师告诉我，1991 年登山队来，本来想住小学校，是昆明的队员来找他说，才住到他家里的。1996 年日本队再来，村民就不干了，在半路挡了七天。这个说法，被小林尚礼的回忆证实了，登山队在西当和雨崩都被村民阻挡了几天，后来经过县领导的

荣中村社长却登在讲登山带来的危害，纪录片《登山物语》截图。

劝解和协调，才得放行。贾都说了村民反对的原因，不仅有神山禁忌的缘故，还有后来一连串的灾害影响：

> 老百姓都跑出来了，老百姓那些（说），登山队不能爬上去，爬上去以后，我们这点的村民都受到了严重的灾害，特别是去年（1997年），我们在雨崩那点干旱了，雨崩一年只产一

笔者跟和建华找村民调查山难的视频：西当村长贾都（上左）、书记阿古嘎（上右）、太子庙守庙人曲扎（下左）、明永村民（下右）

季粮食，去年干旱得严重了，书记我们两个到县城里面要回销粮，要供雨崩了嘛，去年雨崩粮食相当差。

有人认为当地人反对登山是为了要钱，我访问过的村民说法不一，大扎西说：

当地人最高只爬到5000（米）左右，是个草坝。卡瓦格博是我们藏族人最大的一个神，整个地区的老老少少都在朝拜这个神山。任何情况只能保护，一是不登山，二是不破坏，药材不挖。第一次登山的时候，我们以为是党的利益，国家的利益，没有反对。第二次、第三次也是这种。第三次以后才知道，民族宗教信仰是自由的。自己的信仰任何人不能破坏。所以第三次，明永村的和整个卡瓦格博地区的藏族（人）全部反对。一是向县政府，体委反映，请求不能登我们的神山。第二，如果登的话，我们全村人死也守在卡瓦格博的大桥头。那是1996年，京都大学登山队来的最后一年。县政府认为，国家决定的事情无法改变，要叫他们登。我们看在县政府和国家利益上，还是叫他们登了。日本人到了德钦，我们澜沧江一带的老少全部集中在大桥那里，是去年9月。

大扎西的父亲也说：

放牛时我们上高山，我们可以比登山队还要爬得高，登山队才爬到半山。但是我们不敢爬神山。因为我们是藏族。他们厉害的话可以爬其他的山，但我们的神山不能登。

西当村长贾都表示，钱还是给了，但反对登山的情绪并未消除，行动也从堵路变成了烧香，那些日子，每天都有很多村民和僧人到

大扎西在讲他对登山的看法，郭净摄

面对雪山的飞来寺念经祈祷：

　　前年（1996 年）这点来的时候，县政府和登山队给荣中村
送了一台变压器、西当送了一台变压器，雨崩送了 2 万块钱，
钱给掉以后才登成呢，不然不给他们登了嘛。这种登成以后，
对我们影响很大，对我们（干部）是骂得个不行，老百姓那些说
为什么叫他们登？登山队来了以后，我们在县政府里面开会，
我和书记两个也提了，但是国务院的文件下了以后，我们也不
敢反对。我们还是按县委县政府的指示，不能站老百姓的一边，
我们跟老百姓说，叫他们登，我们认为根本登不起！前年这点
登的时候，我们藏民那些全部在朝拜了嘛，叫他们不要登上去，

这种烧香了，大家愿望都是登不上去，祈祷了嘛，每天都要去，每天轮流烧香，如果登上去，我们卡瓦格博上朝拜没有意思了，我们祖祖辈辈都是朝拜它了嘛。并且旅游也没有意思了，它的价值没有了。

2006 年 7 月，红坡寺的扎巴活佛在一次会议上讲起当时的情形，依然有些激动：

那时，我听到登山的事很激动，最后那天，听说只剩 200 米就要到山顶了，我和另一个活佛坐在烧香台那里，周围聚了很多群众，人们边祈祷边哭喊着，担心他们登上去，我们崇拜神山的传统从此便会失去。

1998 年 5 月在去德钦的班车上，我遇到一个年轻人，名叫占堆，在四川当武警，他家在卡瓦格博下面的之拉村。他告诉我，那年外人来登山，正碰上西藏各地护法神聚会，卡瓦格博山神也去参加，出了远门。[1]他回来时看见有人在登山，问他们要干什么？登山者说不干什么。神山一发怒，就降下惩戒。

1　关于山神开会的说法，在《格萨尔王传》中有描述，参见《格萨尔王传·天界篇》，刘立千译，民族出版社，2000，第 27 页。

　　明永村的诗人扎西尼玛也给我讲过类似的传说：那几天"卡瓦格博"到印度开会去了。世界所有的山神每年都有一个聚会，那年正好轮到在印度开。登山队进山的时候，"卡瓦格博"不在家。等"卡瓦格博"骑马从印度回来，见身上怎么会爬着几个小黑点？他抖了抖肩膀，3号营地就在他的肩膀上，登山者就被抖下去了。

　　打那儿以后，雨崩村民更多了个心眼，他们不仅要提防盗花的、

2005年5月，笔者跟随原卡瓦格博文化社的斯朗伦布、扎西尼玛调查时，在卡瓦格博山下的合影

盗猎的，还要提防偷偷爬山的。2003 年 10 月，国内的一个独立探险者雇了两个村民，想从雨崩登山。听说这个消息，雨崩全村每家出一个男人，到处搜寻他们的踪迹。终于在主色牧场的牛棚里找到这位冒险家，在他的背包里搜出了冰爪、上升器、绳子和手杖等，把他赶走了。[1]

1　详见扎西尼玛、马建忠:《雪山之眼：卡瓦格博神山文化地图》，云南民族出版社，
　　2010，第 55 — 56 页。

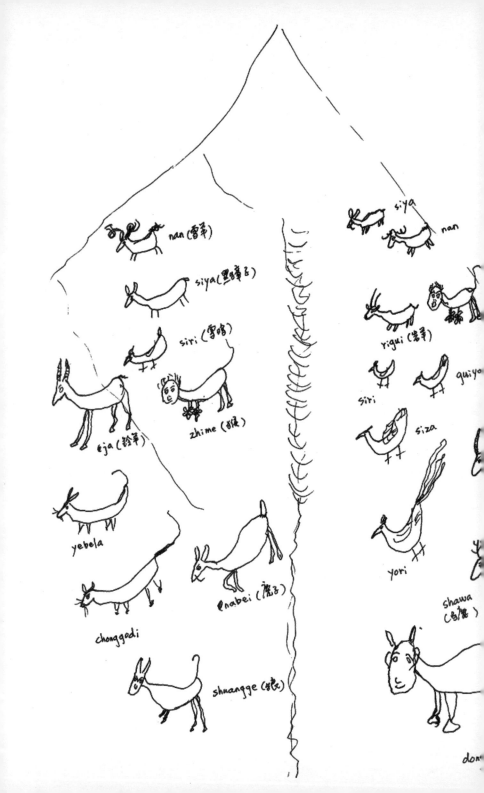

nan (雪鸡)

siya

nan

siya (黑颈鹤)

riqui (岩羊)

siri (雪鸽)

siri

quiyo

zhime (猴)

siza

eja (羚羊)

yebela

yori

nabei (鹿子)

shawa (马熊)

chonggedi

shuangge (狼)

don

第三章

狼来了

ja

14
shuang ke

(bin da)
铜焰炮

　　我在日本听登山队员讲他们的经历，又在德钦听当地人说他们的见闻，就好像闯进了黑泽明的电影《罗生门》，看似简单的事情，却蔓延出了诸多线索，生活在不同文化语境里的人们，给出了南辕北辙的解说。当地村民个个都是讲故事的能手，他们摆不出什么大道理，却能执拗地举出许多例证，说明登山活动如何触怒了卡瓦格博，给他们降下灾害。这些例证有根有据，但也曲折离奇，常把我听得目瞪口呆，甚至满腹狐疑。幸而人类学的训练教会了我一些听故事的常识，如要尊重当地人的讲述，要在他们的语境中去理解故事的"真实性"之类，才说服自己慢慢静下心来，仔细琢磨其中的味道。

　　村民们讲给我的故事中，以狼的传说最为奇特。

1.
牛、毛驴和狼

1998 年 5 月 26 日中午，西当村被笼罩在热辣辣的阳光下，核桃树的树荫里，蝉子叫成一片。兽医罗布江措走出村公所的大门，要去村民家看一头受伤的牲口。我跟和建华与他同行，他背着老式的褐色皮制医药箱，我拎着摄像机。罗布江措年仅 25 岁，却有着超越年龄的成熟干练，他有点口吃，可特别喜欢和我聊天。那段时间我在调查高山放牧的事，他边走边给我科普相关的常识：

> 我们这个地方和中甸不一样，他们是高山草甸牧场，我们是高山林间草场。虽然都是垂直流动放牧，但他们那儿牦牛多，我们这里犏牛多。
>
> 牦牛很怕热，对河谷适应性差，在江边容易得消化道疾病。犏牛的好处就多了，它们适应性强，在高山行走灵活，在江边不怕热；犏牛可以犁地，可以挤奶，产奶量比黄牛高；犏牛具备杂交优势，个头比牦牛大，而且温顺，能驮东西，可以粗放

管理；公黄牛和公犏牛做肉牛，产肉量比母的多，卖钱也多。

犏牛从哪里来的？它们不是天生的种，是母黄牛和公牦牛交配生的杂种。配种大多在牧场上，可麻烦啦。母黄牛发情会嚯嚯叫，尾巴翘起来。因为它个头小，支撑力不够，耐不住公牦牛猛烈的动作，所以要三个人帮忙。先把它拴在树干上，一个人抓紧牛头，另外两个人托住牛的身子，把尾巴拉朝一边，让公牦牛爬胯。交配之后等一个月，母牛没有发情，配种就成功了。母黄牛七、八、九月发情，怀孕五到六个月。牛可活 25 岁左右，但到 19 岁就干不动了。

黄牛和牦牛交配生的犏牛，公的没有生育能力，母的可以生育，但生下的幼崽成活率低，适应性差，一般都杀了。

我们这里的农户五月上山，几家人为一个单位，把牛合起来，分批赶上牧场。也可以请小工放牛，如果劳动力多，就自家出人。一般去的都是中年或青年男子。在山上其实很孤单，草场少，各家的牛群不在一起。工钱一天 6 块钱左右，年底用酥油一次结算。林间草场载畜量小，一个草场只待十多天。以社为单位盖牛棚，由一个牧人负责，这样做是（为了）防止发生私人纠纷。中甸草场大，各家可以盖自己的牛棚。

挤奶时，先用糌粑和盐巴引母牛过来，早晚各挤一次。白天小牛待在牛棚，成年的牛散到野外，晚上再赶回来。公牛一个月集中一次，要到树林里到处去找。牛脖子上挂着铃铛，有大小，弱的牛铃小，公牛跑得远，铃大比较响。一头牛值两三千块钱，在山上跑丢的相当多，有的牧人会把人家的公牛偷去卖了。

夏天牛最容易得消化道病，它们从热地方到寒冷的山上，拉不出屎，结食。再从山上下到河谷，又拉不出屎。这个病会死的，牛站起来，倒下去，肚子胀气，就想喝冷水，全身冒汗，死牛最多的就是这个病了。每逢牛上山下山，兽医就最忙了。这个病还会传染，公牛因为干劳力、驮东西、打架，伤了身体，最容易感染。

我们西当村粮食产量高，牛少，一户只养两个犁地，养几只母牛挤奶，有母牛才有奶喝的说了。一家人最多有五六头牛，除了产酥油，就是犁地。也有一家养一只公牛，两家人合作，二牛抬杠犁地。这里的经济来源主要是粮食和松茸，畜牧大部分自产自销，有的酥油还不够吃呢。雨崩村就不一样，他们以牧业为主，卖酥油，一家一年卖个 500~600 市斤，在德钦 1 斤要 30~40 元。

正聊到兴头上，就到了一户人家。罗布江措径直走进大门，我却观望了一会儿。我被村子里的狗咬过，它们看着远在墙角，可眨眼就蹿到你面前。因为拴狗的绳子大多挂在一根铁丝上，可以来回滑动，或系在一根细小的树枝上，狗一挣便会弯曲。我等着主人出来，是个叫白玛都吉的年轻男子，他拦住咆哮的狗，招呼我们进了院子。白玛都吉家有四头犏牛、三匹马、两头黄牛、两头毛驴、三十多只羊，这次两头毛驴都被狼咬了。那可怜巴巴的毛驴就站在墙根下。白玛都吉让它把屁股转过来，我看见它大腿根部被咬烂的肉颤巍巍地吊着。白玛都吉摇摇头说，这是一头母驴，是 19 日那天被狼咬的。母驴生小驹的时候习惯躲到见不着人的地方。那天晚上，它到山上去生小驹，没有回来。第二天家

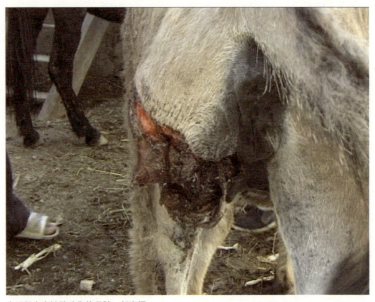

白玛都吉家被狼咬伤的母驴，郭净摄

里人出去找，在离村子不到两公里处找到，只见小驹已经被狼吃光，连骨头都没留下，母驴的大腿上被叼走碗口大的一块肉，少说也有半公斤多。

罗布江措一边给母驴打青霉素消炎，防止感染生蛆，一边告诉我们：村里被狼咬着的牲口多，不仅有毛驴，还有羊、犏牛、黄牛、马、骡子。一般都咬在脖子上，去年有七八家的牛羊被伤害，今年经他医治的也有五六家了。我跟和建华问他和白玛都吉，狼造成哪

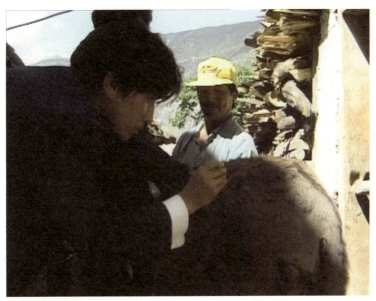

兽医罗布江措在给狼咬伤的毛驴打针

些伤害，他们话就多了[1]：

> **郭**：你来他家看过几次了？
>
> **罗**：三次了，今天算起来有得[2]四次了。
>
> **郭**：是哪天被咬着的？
>
> **罗**：五月份19号那天。现在已经有七八天了。
>
> **郭**：被哪样咬着？
>
> **罗**：被狼。
>
> **郭**：这个山上狼多噶？
>
> **罗**：这几天，山上狼相当多嘛。狼出动得太猖狂了。
>
> **郭**：现在打哪样？
>
> **罗**：现在打青霉素了嘛，消炎针。
>
> **郭**：像这种被狼咬着的你看了几家了？
>
> **罗**：有得五六家了。
>
> **和**：这么大个伤口格会生蛆？
>
> **罗**：会生蛆的。主要是打消炎针，长时间打消炎针它就不会生蛆了。
>
> **和**：现在你已经治了几家了？

1　以下对话中"罗"指罗布江措，"和"指和建华，"郭"指郭净，"白"代指白玛都吉。
2　"有得"，方言用法，指"大概有"。

罗：哦，五六家了。狼咬着的多，犏牛、黄牛、马、骡子都有。

和：以前伤口格比这个大？

罗：这个算是最大的了，我所见过的，一般都是在脖子上咬的。

白：我们邻居家的黄牛，大腿上这种大的一坨拿掉了，骨

村民白玛都吉在讲狼灾，郭净纪录片《卡瓦格博传奇：登山物语》截图

第三章　狼来了

头都见了嘛，还没有死。

　　和：今年有几家人的被咬？

　　罗：今年才是两家来的，去年已经七八家了。两家的死掉了。

　　罗：羊子、山羊那些，吃掉的最多了，正儿八经。

　　和：格会是同样的一伙狼？专门吃惯了？

　　白：就是。

　　和：你们不打算去杀狼噶？

　　白：它是相当狡猾！

　　和：那用羊子来当诱饵嘛，拿只羊子来引他们？还是不打算杀他们？

　　白：他们多半是夜间出去嘛，两三点，四点。

　　和：像你们被咬的几家联合起来，去整整它，不整噶？

　　白：想整也办法老实不有，它夜间出动。

　　和：下毒之类的嘛。

　　白：下毒它不会吃哦，它那个鼻子厉害。

　　和：毛驴咋个跑掉的，晚上放在山上噶？

　　白：不是哦，生小驹，那个它有感觉，它自己出去外面想生嘛。

　　和：过去生过的噶？

　　白：生在外面，这个小的也是生在外面，它习惯了。

罗：毛驴有躲着生的习惯，人见着的地方它就不生。

和：丢失了几天？

白：就是一晚上，那晚上生小驹的时候，小驹也吃掉了，它也被咬着了。

和：在哪点找着？

白：这点走上去，有个公路的。

和：你见着的时候到处都是血吧？

白：到处都是血，小驹都（被）吃光了。小驹的骨头老实不有，全部吃掉了，离村子两公里都不到。

白：牲口夜里圈里关起，白天它下来抓起吃了。白天吃掉的也有嘛。晚上羊赶回家的时候狼就抓紧时间吃。

和：羊子不是有人跟在后面的嘛？

白：放的人实在没有。羊子有一百多只的人家倒是有人去放，少的就没有人去放，所以被狼咬。

郭：羊被吃了多少？

白：我们西当村被吃的羊大概有五百只。

罗：五六百都不止了，还超呢，真的是！

郭：是几年吃了这么多呢？

白：就这两三年。

罗：９６年、９７年了嘛，这两年是闹兽灾相当严重的。

郭：其他牲口还被吃了些哪样？

跟随着日本人走进我们这个村子

罗布江措认为狼灾跟登山有关系,郭净纪录片《卡瓦格博传
奇:登山物语》截图

白:大的那些它不敢吃,一群一群的那些不敢吃。专吃单
独走的那些,弱的那些。

郭:毛驴格吃?

罗:毛驴吃哦,而且吃得最多了,我们西当村的毛驴差不
多都吃光掉了。

和:毛驴吃了多少只啦?

罗：五六十只来的吧。

和：毛驴也是这种山上乱放起噶？

白：是呢嘛，放到山上吃草嘛。

罗：它把毛驴咬死掉就这种丢起，不会吃光掉，它吃不起嘛，一群狼的话才会吃光掉。江边也有狼，晚上在村子里面走，我在布村的车上见过一次。

和：像这个山上危害你们的，除了狼以外还有哪些？

罗：熊，专门吃庄稼。

白：高海拔的地方，雨崩，他们栽的苞谷，熊全部来吃的也有。

罗：他们的地离村子有 7 公里来的，村子住在山头上，种苞谷的地在低海拔的地方。人相当少，住在下边的只有一两个人。

和：苞谷地要熟的时候人格守着？

罗：去年是全部吃光掉了。糟蹋完掉了。老熊来，一巴掌一巴掌全部压烂掉了。

我们找农技员小林做调查，自然会讲到狼，他说，在村民眼里，马和耕牛价值高，3000 或 4000 块钱才买得着一头，所以损失了就很惨。狼攻击牛马等大牲畜的办法是漫山遍野地撵啊撵，撵得它们从坡坡滚下去，或者掉讲森林里的沟沟坎坎里，不然一两口咬不死。

尼农村的一家人，一年里就被咬死了三十多只山羊，还有十多只绵羊和一头奶牛。这几年，拣松茸的人上山，到处都听见狼在哭，像狗一样地在哭。小林家的大马和小马放在雪山上，天黑前还在好好地吃草，第二天早上他去山上看，小马就被吃光了，只剩下个脚跟跟，以及脖子以上的骨头，肠子被拖出来，在地上拉了好长。

1998年6月，我在明永碰到一个老人，他说他家今年被狼吃掉的绵羊有二十多只。这一年的上半年，荣中村三个生产队，360多户人，光绵羊就被狼吃了五六十只，另外还有一些山羊、毛驴、骡子、马。用荣中社长却登的话说："狼像种子一样，到处都到，什么都干[1]。"

更严重的是，连雪山深处的雨崩村也出现了狼的踪迹。1998年7月17日，我去雨崩调查，村民扎史农布告诉我，他家这年被狼咬死了两匹马，他亲戚的绵羊被吃掉六只。全村被咬死的大牲畜有十八头，包括十七匹骡马和一头牦牛。

1　这里干是吃的意思。

2.

灾害从哪里来

从村民的讲述来看，狼的活动范围不止限于山上，夜里还到村庄周围，甚至进到村里。然而，狼虽然活动频繁，亲眼见过狼的人却不多。

奇怪的是，卡瓦格博地区出现狼的历史并不长。贾都说，在他的记忆中，30 岁以前从来没有听说过狼。他 30 岁以后，在斯农村公所工作，狼就出现了。他说时间大概是 1995 年。农技员小林则说：他还没出生以前，就是二十世纪六十年代，西当村有个小队的队长去打狼，反而被狼咬伤了。但他也认为，直到 1990 年左右，狼才多起来。到 1997 年，狼的危害已经遍及山下的许多村庄，西当、明永、斯农等村子每天有六七只羊子被咬，年年都有上百只牲口被狼咬死咬伤。村医肖虎说，现在村民绵羊都不敢放，以前羊子都放在山上，现在只能在羊圈里关着。抓不着绵羊，狼便开始向耕牛进攻了。

狼为什么会忽然大批出现？当地人有各种说法。有的干部讲，以前澜沧江上只有溜索，江两边的动物不能越过急流到对岸去。

二十世纪八九十年代，政府在布村和西当两处先后建了一座水泥大桥和一座吊桥，在方便了行人的同时，也给狼群的流动提供了便利。据说开始来的狼只有两只，现在这附近一带都是狼。

有资料介绍，过去狼主要活动在香格里拉市（原中甸）以及澜沧江的东边。迪庆州志办的刘群老师年轻时放过牛，很熟悉狼的情况。他说那时中甸的高山草甸上有很多狼，一群群的，像狗一样。它们先在牛群附近玩耍，你咬我，我咬你，玩着玩着，忽然跑上来逗一头牛。冲上去，逃走，又冲上去，又逃走，把牛逗得渐渐离开牛群，然后一群地扑上去，把这头牛和牛群隔开。接着，几只狼在前面，引得牛左扑右扑，几只忽然从后面跳上牛背，钻进牛的肛门，把内脏掏出吃掉。有经验的公牦牛会把屁股靠着一块石头，让狼无法从后面攻击。

他说的故事，和云南古代青铜器表现的情形一模一样。我在云南省博物馆工作期间，有机会见到滇王国墓葬出土的"牛虎铜案"，这是国宝级的文物。它的造型是一只豹子蹿上一头母牛的后背，而母牛腹下正护着一头小牛。云南许多地方都传说有一种又像豹子又像狼的猛兽，会用掏肛门这种古老的方法袭击家畜。尤其是狼和豺狗等个头不高，却有群体狩猎习性的食肉动物，十分擅长从背后攻击大型食草动物的腹部和臀部，使之很快丧失行动和反抗的能力。

至于狼如何闯入卡瓦格博地区，另外还有一种说法，听起来颇为离奇，却有更多的村民相信，那说法是：狼的猖狂，是连续多年登山活动造成的后果。那天白玛都吉和罗布江措回答和建华的问题，就说了这样的话：

　　和：出去这么一小段路就有狼啊？过去藏族人不打狼吗？

　　白：狼这个东西以前从来没有出现过，最近两三年，狼是跟随着日本人走进我们这个村子的。

　　和：日本人听到这样的话会很奇怪吧？日本人还信佛教。

　　罗：我们这点日本人来登山，带来的灾害相当多的，他们爬上去那一年，雨崩和我们这点闹雪灾。下雪，麦子都折断了，长不起来。以前这种特大雪灾没有发生过嘛。我们西当闹雪灾的时候麦子长得相当高了，雪下得这么高（齐腰），这是第一次。太子雪山发脾气了，他很生气。因为日本人随便爬到我的头上来，在我的身体上随便糟蹋。他们来登山后狼就多了。

　　如果他们来，我们可以做的事情是烧香念经，让他们爬，但爬不上顶顶。烧香磕头，让太子雪山显下灵，你显灵的时候到了，爬么让他们爬，不让他们爬到顶顶。人家上面来批准，不给爬又不行。

　　和：恐怕不是这样吧？狼是从哪边来的？从西藏那边？

　　罗：是从维西和夏若地方来的，江上有桥。自从登山队来登我们的卡瓦格博，狼活动得太猖狂了。与我们的神山有关系，卡瓦格博来报复了。我们应该每月十五、初五、初十、初二十五，到烧香台烧下香。意思是敬我们的神山，有这个习惯的，请求我们的六畜平安。

白玛都吉和罗布江措的话，颇能代表一般村民的看法，即登山以后，各种灾祸都冒了出来，除了狼灾，还有水灾、风灾、雪灾、泥石流等。农技员小林说：

这几年的灾害太突出了，去年雨少，小春旱灾。现在气候是在不断恶化，该下雨不下雨，不该下么连续下雨，还造成洪灾。老百姓都说是和登山有关系，登山队来么不下雨了，我倒不觉得，但具体原因不清楚。

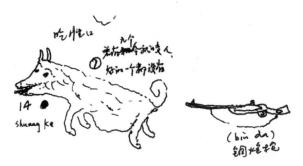

狼和铜炮枪，雨崩村劳丁、阿布画。上面的文字说明是："吃牲口。若有九个就咬人。好的一个都没有。"

　　他认为按科学的解释，德钦县境内从燕门乡到云岭乡、佛山乡，再到接近西藏盐井的澜沧江一线，是云南省最干旱的地带，江边峡谷的山坡光秃秃的，种庄稼全靠水沟灌水。有水沟、有绿洲的地方水比较多，植被也比较好。像尼农等没水源的村子，得靠水沟从西当引水过来，存在水窖里，仅供人畜饮用。田地只能保证白天灌溉半天。

　　据有关资料，卡瓦格博雪山从山顶到海拔 2000 多米的山脚澜沧江边，高差达 4700 多米，在距离只有 14 公里的范围内，形成一个垂直面，平均每公里上升 360 米，构成明显的不同气候类型和植物分布带。气候受到寒温带山地季风和低温带高原季风的双重影响，降水量随海拔高度增加而递增。最大降水在海拔 3500 — 4000 米地带，最小降水量在海拔 2500 米以下的干热河谷。这一地区除雨崩等少数村子外，大部分村庄都坐落在 2500 米以下，经常发生旱灾。另外，因为许多村子都靠近从雪山流下来的山泉，以方便取水，故而在雨季有可能遭到山洪的袭击。据 1958 — 1988 年的统计资料，就全县两大流域（金沙江、澜沧江）而言，平均 1.2 年发生一次水灾，1.3 年发生一次旱灾。大的水灾和旱灾大约两年一遇，小的水灾和旱灾一年一遇。至于雪灾、风灾、滑坡和泥石流也不少见。[1]

1　详见德钦县志编纂委员会编：《德钦县志》，云南民族出版社，1997，第 6、9 章。

然而，普遍性的统计数据并不能完全替代老百姓的直觉，1990年后自然灾害的频繁，是他们的切身感受。而登山、旅游对他们心理造成的强烈冲击，则导致他们把这些活动视为灾害的祸根。荣中村的却登讲到此处，嗓门一下大了起来：

> 你们登了一次，考察一次，我们生态就受影响。下雨啊，发洪水啊，暴风啊，我们老百姓受影响了，受灾害了，损失了。没有垮过的路垮了，没有垮过的水沟垮了，没有发洪水过的地方发洪水了。我从小到大，这个地方狼没有见过，驴、羊、牛放在那里，一小会儿就咬死掉了，吃光掉了。

西当村村长贾都说起他自己的见闻道：

> 我记得是8岁开始到30岁，狼从来没有听说过，30岁以后才出现。那时我在斯农，1995年，这之前我一直没说。最多从去年，太多了，损失太大了。去年在乡里开年终总结的时候，我说，由于豺狼的袭击，我们村受到灾害。他们说是要借枪来打，有段时间还有奖金，但从来没给过。现在羊不敢放，只能在羊圈里关起，以前绵羊一年四季放在山上。绵羊没有，狼开始向耕牛进攻了。大耕牛它们都敢咬。
>
> 原因说不清楚。村民说是登山队来就出现了。他们爬我们

的太子雪山，就一年年严重了。雪山是世界的神山，这几年他们登卡瓦格博，不好的事都钻出来了。

西当村的书记阿古嘎忧虑地说：

> 特别是斯农和我们两个村，灾情相当严重。水灾，洪灾，各种灾情都发生。老百姓讲，太子雪山是全部藏族的神山之一，旅游我们欢迎，老百姓也欢迎，登山我们反对。

却登甚至提到，外来人的活动影响了当地生态结构的变化：

> 这是生态的关系。老熊吃牲畜没有见过，现在老熊也咬牲畜了。我见过豹子，没见过狼。现在好的野生动物一个不见了，坏的有损害的出来了。好的动物是山鸡、獐子、鹿，在我们太子雪山的范围还有金丝猴。猴子和鸡有几种呢，现在没有了。坏的动物是狼、老熊、豹子，豹子不见了，狼就厉害了。狼叫得好凶，人单独不敢出去。

农技员小林也说到野生动物原有的平衡被打破的问题：

> 老人说有梅花斑斑的豹子在么，狼会少的。以前山上有豹

子，我们村子就有。它们是狼的天敌，狼不敢在。还有帕归（野猪，ཕག་རྒོད།）在，狼也不敢在。它们都没有了。

可见，狼祸并不是单独出现的，它伴随着接二连三的灾害，伴随着整个生态系统的变化。村民们把这些灾害看作一连串的警示，表明神山的震怒和自然环境恶化的严重程度。如果从学术的立场观察，这些说法似乎缺乏内在的逻辑，也违背现代科学的常识。但倘若我们去深入考察这些地方性表述的动机，或许就能理解，当地人通过讲故事的策略，把并不被外部世界认同的神山信仰，转换成了具有普世价值的环境问题。

3.

猎手的遭遇

听了那么多的故事，我们自然会抛出一个疑问：狼那么猖狂，为什么不打呢？事实是，当地虽然曾有人打麂子、獐子、老熊，却几乎没有人敢打狼。我们曾经在雨崩村做过一个关于动物的调查，那天，来了一屋子的人，其中有上村和下村的两位村长、会计、年轻的森林委员、妇女委员、双眼失明的经师、小学教师，还有十来位来看热闹的群众。我拿出一本16开大小的速写本，请他们画画山上的动物和植物。大家不好意思，推来推去，把留着小胡子的上村村长劳丁推将出来。劳丁趴在桌子上憋了半天，才握起钢笔开始画图。过了好一阵，他抬起头腼腆地笑了笑，满脸汗水。我仔细一瞧，白纸上已经出现一座山的轮廓，靠近山顶处，画了一只披头散发的狮子。我于是疑惑地问："山上有狮子吗？"旁边围坐的众人严肃地点头，说："有雪山的地方都有狮子的。"我们赞叹狮子画得真好，大家高兴，纷纷来速写本上撕纸，你一张我一张，各自到桌子、凳子和地板上挥笔创作起来。

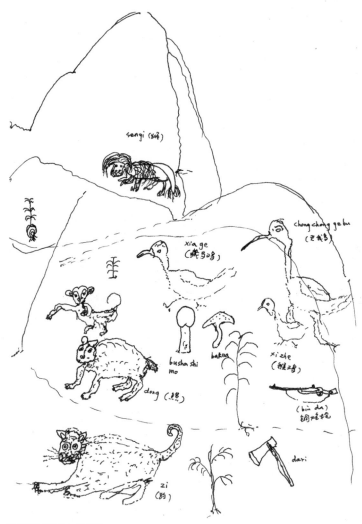

雨崩山上的动物，劳丁画

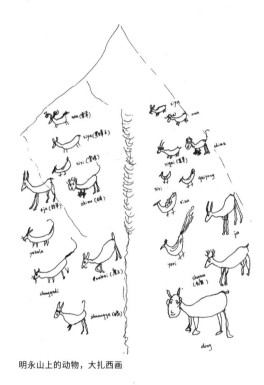

明永山上的动物，大扎西画

　　两三小时过后，八张图画好了。最精彩的要数劳丁的卡瓦格博动物分布图，就是开头画了狮子的那张。我们又请他们讨论讨论，按有利和危害两种标准给所有动物排排队，并写下评语，所得结果如下：

第三章　狼来了

有利的动物排序

1） 狮子，在雪山上，不吃庄稼和牲口，没有它就没有冰川。

2） 马鹿，没有宝山就没有马鹿。

3） 绵羊，在雪山上生存，是卡瓦格博的属相。

4） 金丝猴，是人的化身。

5） 猴子，人的化身。

6） 老虎，没有宝山就没有老虎。

7） 孔雀，鸟类中最美的一个。

8） 小熊猫，若捕它就养不成牲畜。

9） 麂子，麝香是个宝。

10） 藏马鸡，如果捕杀就少了一宝。

11） 啄木鸟，保护森林（树的医生）。

12） 老熊，是卡瓦格博的狗。

13） 兔子，走在林中最好看。

14） 豺狼，好的（处）一个都没有。

有害的动物排序

1） 豺狼，吃牲口，若有九个就会咬人。

2） 老熊，损害庄稼（吃苞谷、麦子、青稞、牲口）。

3） 马鹿，吃麦子苗、青稞苗。

4） 猴子，吃苞谷，拔麦子、青稞苗。

5）兔子，吃麦子苗、青稞苗。

在上面的评价中，狼被排在"好"的最末一个，"坏"的第一个，评语是"吃牲口，若有九个就会咬人"，"好的（处）一个都没有"。调查的结果，有两个因素约束了村民的行为：一是狼被列为国家二级保护动物，谁打了就要犯法；二是藏族人信仰佛教，不愿意杀生，更不愿意触怒神山。兽医罗布江措在白玛都吉家回答我们的提问时，就谈到了这点：

> **郭**：打着狼的有没有奖赏？
>
> **罗**：规定有的。
>
> **郭**：有人敢打吗？
>
> **罗**：我们县政府 1996 年才立了这个规定，打着狼的村民奖励 300 元。虽然有这些规定，有奖金，说是为民除害，但村民信佛教，信神山，怕打了狼卡瓦格博会报复。

罗布江措解释说：

> 我们西当的人认为狼是太子雪山的猎狗，虽然县政府、乡政府有规定，你打着狼有奖金，但是我们的村民信佛教，怕我们的神山，狼打着就认为太子雪山会报复，家里的牲畜

会带来一定灾害。太子雪山是主神，主宰着我们一切众生。村民很想打狼，又怕神山来报复我家的六畜。会带来疫病，村民就很不打。

西当村村长贾都 1997 年去乡里开年终总结会，在会上提出：由于豺狼的袭击，我们村受到灾害。领导说可以借枪来打。从县领导的角度，打狼会触犯动物保护的法律。据有关资料介绍，该地区的野生动物较多，主要有猕猴、狼、黑熊、小熊猫、鹿、山牛、岩羊、秃鹫等。近年来，由于动物保护的宣传比较普及，打猎的情形已经很少。可同时出现另一个难题，即动物对人畜的伤害增多，最厉害的是狼和老熊。

据说县里开农业会议，狼的问题成为议论的重点。大家都想弄明白：狼是提倡打还是不打？作为被保护动物，狼不准打。但它们危害又那么大，不打怎么行？领导只好采取含糊的态度，不提倡不打，也不提倡打。有关部门曾经下过文件，说打狼可以有奖，但没有兑现。这确实有难处，搞牧业的部门同意，搞环保的机关也会反对。按说德钦县的自然保护区是白马雪山，并不包括卡瓦格博，可即使如此，大家还是知道动物不准打。从前有村规民约，如今有政策法律，大多数猎人都到活佛跟前许了愿，交了猎枪和扣子，洗手不干了。

人们真正害怕的，主要还不是法律的惩罚，而是传统信仰的威严。

罗布江措说得很明白：把狼打掉对自己家牲口不利，那样会招来灾祸，人们害怕这个，所以不打狼。我们曾问他村民打不打其他动物，他说以前打的，尤其是獐子，现在已经很少了。一方面是有野生动物保护的法律管着，另一方面，是当地有些猎人遭到报应，引起众人的畏惧。罗布江措还举了一个真实的例子：

有个云岭九龙顶的猎人，他是来雨崩上门，有一天他背起猎枪到山上打猎，打着一个藏羚羊，还有一个獐子。他一到家里面就神志不清楚了，开始疯，乱讲话。多害怕地在讲。说见着什么了。当天晚上就疯了，睡觉的时候，说把那些老虎、獐子撵出去，一天地来捣乱我，来我旁边叫。"求求你们，把我旁边的獐子、藏羚羊、熊、老虎全部撵一下。"产生幻觉了。从那天他就生了一个多月的病。然后他就死掉了。那个人以前还当过和尚，还俗了。

他还讲起，前些日子西当村有个叫阿称多吉的会计打了狼，不到半个月，他家的猪牛就全部死了。农技员小林也反复说到这件事的影响。我到处询问，发现这个故事在每个村子都有流传，并成为人们再不敢提打狼的主要因素。就像农技员小林说的那样：

狼是太让人头痛了，从佛教角度不兴打，说是太子雪山放出的狗，又有人说是日本人来狼才多的。把狼打掉对自己家牲畜不利。会病死掉，或自然灾害来临，像因果报应一样。

2000 年 10 月 20 日中午，我们从雨崩村考察回西当，半路在山坡上的一家小卖部旁边休息，我跟店主人闲聊，却意外得知他就是打狼的传奇人物阿称多吉。惊诧之际，我请他讲讲打狼的经过。他笑了，靠着窗户，讲了下面这个故事：

　　1998 年，那时我住在西当热水塘那点，狼很多，晚上五六点钟一群一群会叫起来的。我下扣子下着一条狼，就背回家去。我刚把狼背到家，一条（头）猪就病起来了。哦哦叫，脖子上像卡起一样的，然后一下就死掉了。那晚上本来母牛还是好好的，还挤了奶，第二天早上我又来挤奶，喊的时候牛不来。一看，它跑到房子平顶上在起，我上去撵，它老不走，原来生病了。治了两三天治不好，死掉了。那以后我不敢杀狼了。

　　第二年，我去山上把扣子拿下来，发现又扣住一条狼，我没有背下来，甩在那里。结果家里的一头小牦牛和一头骡子又死了，骡子是狼来咬死的。

　　家里面不安宁，我去找喇嘛，他们说，你把狼皮扒起，到村子里面绕绕，家家户户要一点儿钱，其他东西也可以，狼会跑远掉，灾祸就平息了。我就把皮子拿着到村里要钱，人们给

　　什么就要什么，要了一转。从此，其他地方的狼照样活动，这附近狼就不影响了。

　　不晓得怎么回事，狼一背到家里面，家里的牲口就病起来。人家说狼是卡瓦格博的"琼崔"，就是守卡瓦格博的狗。我原来不知道这个。只晓得人家说，狼影响很大，村子里的羊啊马啊都被咬死。现在可以打了，不打是受不住了，要不然以后会来到村里面来呢。听别人那种说，我才杀狼的。可家里面的牲口

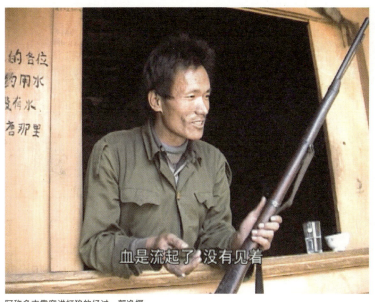

血是流起了 没有见着

阿称多吉靠窗讲打狼的经过，郭净摄

又被影响了。

说着，把抓野兽的扣子拿给我看：

我用的扣子是一个钢丝套，一头用棍棍拴起，动物一进去就被套住。扣子下在山上，要留好几天。两三天后我去看，扣子不见了，拴在扣子上的棍棍也不见了。我顺着脚印去找，发

阿称多吉展示钢丝扣子，郭净摄

现是条狼，已经死了。

　　村子里面有想杀狼的，有个退休干部家里有牲口被狼吃掉。那年我把下扣子打的狼背回家，在热水塘那点，挂在核桃树上让大家看，那个退休干部瞧见，说他要吃，就拿毛驴驮走，回家吃了。他还背着枪上山打狼，打了几年打不着。叫我帮忙杀一下，说你如果杀着狼的话我给你钱，一百块不下，我还是不敢杀。

　　我问阿称多吉用不用枪打狼，他把猎枪拿给我瞧，说打过一次，但好像没有死，只看见血，不见尸体。他穿一身旧军衣，我猜他当过兵。果然，他 1980 年入伍，1989 年退伍。换了别人，单独住在这个被森林包围的山坡上，夜里肯定会睡不着觉。连这个当过兵，见过世面的猎手都对打狼怀有畏惧之心，那普通村民的担忧，便不难理解了。

4.

人兽冲突

　　多年来，媒体上和科学论文中不断地出现大象、老熊、豺狼伤人的报道，学术界甚至发明了一个专门的术语，叫"human-wildlife conflict"（人兽冲突），并对此做了大量实证研究。据 2015 — 2016 年学者在青海三江源地区曲麻莱、治多和囊谦三县所做的调查，共计获得信息较为完善的人兽冲突记录 1525 起。肇事野生动物主要为狼（978 起），占 64.13%，以及棕熊（117 起），占 7.67%；引起人身伤害的冲突共计 6 起。[1]北京大学李娟博士 2012 年的研究显示，在三江源地区，人兽冲突导致的牦牛死亡率为 4%，绵羊死亡率为 11%，户均损失达到 2.8 万元。据此推算，玉树每年因野兽侵害导致牦牛死亡 12 万头、绵羊死亡约 11 万头。[2]根据学者在青海省祁连山区做的问卷调查数据显示，2014 — 2016 年三年间，祁连县三个乡共发

1　闫京艳等：《三江源区人兽冲突现状分析》，《兽类学报》，2019 年第 4 期。
2　赵翔：《人兽冲突该如何破解》，《中国绿色时报》，2015 年 1 月 8 日。

生 105 起动物肇事事件，狼肇事率最高，为 50.48%，雪豹肇事率为 47.62%；2014—2016 年天峻县野生动物肇事则更严重，一共发生 251 起。[1] 一项关于祁连山的田野报告称：1998—2005 年间，藏北尼玛县因野生动物侵害受损户数达 1444 户，占全县户数的 30%。[2] 而在云南，大象、老熊伤人的报道则几乎年年都有，如在云南白马雪山自然保护区，2003—2008 年间，塔城片区共发生野生动物肇事事件 72 起，其中黑棕熊肇事率最高，达 61 起，占总肇事数的 84.7%。[3] 2017 年 5 月 22 日，澜沧县发展河乡黑山村委会梁子老寨村民赵新妹遭遇大象袭击身亡 (红星新闻)。2018 年 4 月 17 日 14 时左右，有人在西双版纳州勐往乡曼允村委会曼允小组 "那开田" 地棚附近，发现一男子被亚洲象踩死 (央视)。2019 年 4 月 25 日 7 时左右，西双版纳州景洪市大渡岗乡大荒坝村委会东风村民小组发生一起野象伤人致死事件，造成 1 人死亡 (中新社)。1991 年至 2016 年，云南野生亚洲象肇事致 70 多人死亡、300 多人受伤 (澎湃新闻)。[4]

所谓人兽冲突，实际上是人和野生动物对资源的争夺。根据生

1　程一凡等：《祁连山国家公园青海片区人兽冲突现状与牧民态度认知研究》，《生态学报》，2019 年第 2 期。

2　达瓦次仁：《羌塘地区人与野生动物冲突的危害以及防范措施》，《中国藏学》，2010 年第 4 期。

3　杨文忠、和淑光、沈永生：《白马雪山南段野生动物肇事的时空格局》，《山地学报》，2009 年 3 期。

4　姚兵、李亚光：《野生动物 "肇事" 频现拷问管理机制》，《经济参考报》，2017 年 3 月 16 日。

态学和保护生物学界的基本认识，这种冲突的根源是人类活动范围扩大，牛羊和人类的活动范围挤占了野兽的生存环境，导致野生动物在其栖息地极度缩小和碎片化的困境下，被迫按照最优觅食的选择，与人类争夺食物；以及野生动物的食物链出现危机，才来到人的居住区危害家畜。而各地对此问题的主要解决办法，就如罗布江措说的那样，是一方面禁止狩猎和报复野生动物，另一方面，敦促政府为受损的居民做出生态补偿。

我在查阅相关文献时注意到，在涉及人兽冲突的讨论中，当地居民的态度，往往只以问卷的数据体现出来。这些把人兽关系当作"当下问题"的调查，既忽略了人类与动物协同进化的历史，也无法获取地方性知识中关于人和动物相互关系的丰富认知。英国社会人类学家约翰·奈特（John Knight）认为[1]：

> 许多保护野生动物的理念是建立在自然与社会二元对立的基础上，认为自然是一个不受人为支配的领域。根据这类理念，当地人的存在往往被视为一种对野生动物构成的一种威胁，因此将他们迁出保护区被认为是有利于野生动物保护的一种办法。

1 《人兽冲突，人类学家们怎么看》，澎湃新闻，2019 年 9 月 15 日。

从功利主义的角度来看，人与野兽之间的利益争夺，可以用利益补偿缓解。但从文化的角度审视，当地人对人兽冲突的看法，反映了每一种地方性知识的深层结构当中，对于生命世界的差异性认知。有的政府官员、专家学者把当地村民的说法看成"迷信""糊涂""不懂科学"，总想用一套科学的策略来解决人与动物的相互伤害；也有许多扎根于田野的保护生物学家、人类学家在和当地居民合作，力图寻找深藏其中的文化逻辑。这些努力，尚未产生实际的效用，狼的问题至今也还没有解决的良策。因此，阿称多吉的故事照样被人们反复地讲着，已经成了地方传说的一部分。那些没有什么信仰的外地人，会觉得当地村民过于迂腐了。在今天大家都看着电视、埋头手机的时候（手机已经成为村里年轻人的时尚），居然还相信登山会引起自然灾害，相信狼是山神的家犬，相信神山庇护的一切都是神圣不可侵犯的？！

与外人的误解相对应，对跟雪山有关的很多事情，比如登山的灾祸啦，冰川融化啦，狼的出现啦，村民们大多不接受所谓"科学"的解释，而宁愿在"信仰"的范围内寻求一种说法，并以此作为行动的准则。

其实当地人也清楚，如今人兽关系的激化，和盲目引进外来的发展模式，打破原有的生态平衡是有一定关系的。农技员小林就说，以前狼有许多天敌，如豹子、野猪、老熊等大型猛兽。由外人引进的砍伐森林、乱打野兽的做法，在　段时期也影响了本地的部分人。

人民公社时期，打猎是日常生产活动，保护生态、保护动物的观念被大家从头脑里清除。砍树，打猎，过去曾一度难以遏止。记得1993 年我第一次去中甸，还看见大街上摆着熊掌在卖。大的动物打光了，狼等适应性强的动物就很快繁殖起来。它们找不到麂子、獐子、岩羊等猎物，便会捕捉家养动物为食。家畜成为它们新的食物来源，就像熊和马鹿改吃苞谷一样。2006 年 7 月我们在青海三江源保护区考察时，北京大学的动物研究专家王大军就说，狼现在已经改变习性，发觉依靠人类生活更容易，捕捉家畜几乎不冒什么风险，它们当然乐于过这样的日子。2011 年青海果洛白玉乡僧人周杰拍摄的纪录片《索热家和雪豹》，也讲了一个类似的故事。那里的岩羊被人打得差不多没有了，雪豹只得以捕捉牧民放到山上的绵羊为食，给人们带来极大的困扰。王大军分析，狼原来主要以野生的食草动物为捕食对象，后来转而攻击家畜，其中的关键因素可能是旱獭减少。很多外地人来这里打旱獭，要它们的皮子和油；另外，村民的枪支被收缴以后，没有对付狼的有效手段，导致狼更愿意袭击防卫能力差的家畜。我们到青海三江源措池村调查的时候，古鲁扎西活佛和三江源生态环境保护协会的创始人扎多从信仰的角度解释藏人对狼的态度。活佛说，藏族人认为狼是地域神的看家狗，大家害怕伤害它们会遭报应。扎多说，牧民如果自家有 100 只羊被狼吃了，他不会怪罪狼的危害，而是分析自己的行为有什么错误，从利他的角度想问题。我从他们的话得到一点启示：藏族人不会去过多思考环境和动物的问题，而是根据佛教的思维方式，会想一想人应当负什么责任。从这个意义上讲，人无法强迫野生世界改变什么，也无法保护自然，而只有调整自己的文化，使之顺应自然的规律而已。

在这个被改变了的生态系统中，如何平衡野生世界和人类世界的利益，似乎成了一个两难的问题。有法律和传统信仰的约束，要藏族村民保护动物很容易。但要把现代科学的观念和技术，与传统天人合一的信仰结合起来，达到人－兽的和平相处，就不那么简单了。这里的起点，其实还不是我们有什么新的技术，而是我们怎样才能改变居高临下的态度，在传授科学的同时，也认真倾听当地人的声音。他们世代与荒野[1]相处，对于人和野兽本来应该各自处在什么位置，保持什么样的关系，和来自城市的专家学者有着不一样的见解。因此，人兽冲突既是当地的问题，更是我们的问题。作为垂直攀登的信仰者，我们如何穿透不同世界的阻隔，去跟平行转山的朝圣者对话，或许才是认识和解决问题的关键吧。

1　关于"荒野"的定义和中国西部人与动物的关系，参见理查德·B. 哈里斯《消逝中的荒野——中国西部野生动物保护》一书。

第三章　狼来了

第 四 章

冰川消融

　　1991 年 3 月梅里山难发生后，4 月中旬，中日双方组成搜索调查队，搜寻遇难者的遗体和遗物。从 4 月 25 日到 5 月 15 日，队员们在雨崩村冒着雨雪上山搜索，但因气候恶劣阻扰，未能到达出事地点，无功而返。七年转瞬而过。1998 年 7 月 18 日，当地村民在明永冰川发现山难的遗骸和遗物。经中日收容队整理辨认，属于九位遇难的登山队员。6 日，这批遗物遗体运到大理，经家属和法医确认，于 7 日举行火葬仪式。[1]

1　日本京都大学学士山岳会网站：www.aack.or.jp/meiri/houyou.jpg。

1.
上冰川

搜索队撤走后，小林尚礼每年都要到明永村待一段时间，搜寻山难的遗存物。他和大扎西上冰川通常都在这个季节，原因是每年这段时间冰川受气候影响，变动都会比往常剧烈，遗物也会随之被推到海拔较低的地方。1999年8月9日清早8点，我跟着村长大扎西、村民达娃和小林尚礼前往冰川。我们上山选择的是冰川左侧的小路，这是放牛的人去牧场的路线。一路跨过溪流，穿过树林。在一块草坡上烧起篝火熬茶，吃了糌粑、酥油茶以后，继续爬山。越过破碎的冰川边缘地带，到海拔约3700米的大石头跟前，我们停住脚步。小林爬上50多米处的一个丛林，从里面拿出一个早先藏在这里的大布袋。他伸手进去，取出一根标杆、几把钉锤、一捆塑料袋和一双登山鞋。这时，大扎西正老练地用望远镜观察着冰川的表面。天空飘着几缕薄云，金字塔型的主峰清晰可见。冰川在雪山的胸部聚集成一片冰塔林，然后如瀑布一样倾泻而下，到我们前方不远，变成一条宽阔的层层下降的平台。这段绵延于海拔3000～3700米的冰坡地势较为平缓，使大部分遗物滞留于此。

　　大扎西显然从望远镜里发现了什么：

　　　　你看，那就是去年我们捡着的睡袋，他们一个人（登山者）
　　丢在那里了。前次我看见，我两个过去，收好了以后丢在那里，
　　里面是遗物，烂掉的。

大扎西、小林尚礼和达娃在冰川边缘观察上去的路径，郭净摄

大扎西用望远镜观察冰川上的遗物，郭净摄

上冰川前，小林和大扎西穿上自己的鞋子，郭净摄

第四章　冰川消融

他还说看见一个红点，不知道是什么。

小林要达娃带上那根一人多高的金属标杆，插到冰川上做观察的标志，并把一个背包交给大扎西，里面是装尸体的口袋，另外两个大塑料袋，用来装发现的遗物。大扎西则拿出两副白色的线手套，他和达娃一人一副，说："脏的遗物要戴手套捡，不能用手接触。"

小林穿好高帮登山鞋，往鞋子上套铁钉脚掌的时候，我才注意到大扎西和达娃都穿着绿色的解放鞋。大扎西说，北京登山队的人也送了他一副那样的脚掌。我问他为什么不带来？他笑了笑：

> 不用了，我们对冰川习惯了。我们把冰川上脏的遗物捡回来，山神会保佑我们。

他指着小林的铁脚掌说：

> 这个脚掌上山走雪地不行，在冰川上走有点用。这种解放鞋走冰川很好。

我问他是不是解放鞋不会打滑，他点点头。

他们在山崖边商量了一会儿路线，然后由大扎西打头，小林殿后，顺序走下陡坡，跳过冰裂缝，攀上高高的冰坎。我则趴在大石头上面，用摄像机跟踪他们。小林后来说，冰川上到处是裂缝，不

那个地方有红的 红的 红
I see something red over there.

小林尚礼和大扎西讨论上冰川的路线，
郭净摄

小心就会掉下去，穿着解放鞋的大扎西拿着一根冰镐在前面开路，让他感到安心。

从寻像器里，我看见他们攀上跳下，很快上了冰台阶，变成三个小黑点。

天空晴朗，四野静谧，唯有一只野蜂嗡嗡地绕着我飞舞，落到摄像机镜头上。我连吹两口气，蜂子才悻悻地飞走了。它掠过乱石坡，消失在冰川的深处。眼前，冰川蜿蜒而下，向阳的表面银光闪闪，背阴的部位则透出幽暗的绿色。明永冰川因明永村而得名，藏语叫"明永恰"（ ཨེ་ཡོང་འབགས ）。据有关资料记载，德钦是云南省冰川地貌最集中的县，明永冰川是当地最大的冰川，也是我国冰舌前端海拔最低的冰川。[1]

云层遮住阳光的那一刻，冰川顿时变暗。我定睛一看，那三个黑点各拿一个袋子，一会儿弯腰，一会儿蹲下，正在捡拾着冰面上的东西。忽然，他们聚在一起，朝一个冰洞里看。忙了一阵，他们从洞里抬出一截东西，装进塑料袋。我知道，今天有重大发现了。

一个多小时过去，他们背着、提着六个袋子回来了。小林脱了靴子，大扎西和达娃也脱下发黑的手套，三人都沉默不语。我小心地问大扎西，他的回答简短肯定，表情很严肃：

问：今天在哪里发现这些遗物的？

答：正前方 200 米左右。

问：好像在一个沟里面？

答：对，有两具完整的尸体。

问：是吗？

答：还有半截身子和一些碎的骨头。

问：发现多少遗物？

答：大概六件。

问：装了六个口袋？

1　参见德钦县志编纂委员会编：《德钦县志》，云南民族出版社，1997，第 42 页；云南格桑花卉有限公司编：《绒赞卡瓦格博》，云南美术出版社，1997，第 29 页。

达娃背着装遗物的背包返回，郭净摄

答：对。

问：是什么东西？

答：大都是登山队的鞋子、衣服、他们自己的用具。

问：东西好像很多？

答：是的，到处都有，散布了很大面积。我们三人分三个组，把今天出现的都捡完了。

问：三具尸体是在一起的吗？

答：离开三四米。刚才我用望远镜看到的就是一具尸体，沟里面有一个，掉进去一个。是三个不同的人，估计是两个日本人，一个中国人。

问：他们穿着衣服吗？

答：穿的。

问：什么衣服？

答：中国的那个穿着迷彩服。两个日本人的衣服烂了，包在睡袋里。骨头和肉都完整。有一个是我们从冰洞里挖出来的。

在第一次寻找和搬运遗骸的过程中，小林和牛田一成曾遇到很多麻烦：村民怕山神发怒，不愿尸体污染水源，要求尽快把发现的

从冰川回来，三个人的手套都变黑了，郭净摄

所有东西运走，但又忌讳触碰遗物和遗体。如果每次都这样，那会令人精神崩溃。幸而有大扎西居间协调和解释，村民的态度才逐渐转变，终于和小林达成默契，顺利完成了一次又一次的搬运工作。

回家吃过晚饭，大扎西情绪好多了，他坐在自家门槛上，似乎喝了一点儿小酒，略显醉态，话也多了起来。我把镜头对准几个坐在圆木上梳头的女人，她们惊慌地左右躲避，大扎西喊："不要怕嘛，让他拍！"

我开始问他找寻遗物的进展：

问：从去年到今年发现了几次（遗物）？

答：去年大概找到十一个死者。

问：找过几次？

答：四次。

问：第一次是哪个月？

答：7月发现，7、8月把尸体运去火化。第二次大概是10月，第三次是今年4月。第四次是今年8月9日。大约找到十多具尸体。我想可能所有的遗体都找到了，搜寻工作也结束了。也许还有一个死者没找到。

这时，大扎西的媳妇背猪草走过镜头前面，他连忙说"不要挡在前面，进屋去"，又接着往下讲：

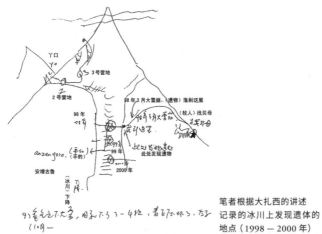

笔者根据大扎西的讲述
记录的冰川上发现遗体的
地点（1998 — 2000 年）

笔者根据小林尚礼的记录绘制的 1998 — 2005 年遗体实际发现地点

　　我们决定 9 月小林返回日本，但在这之前，还要去冰川上检查三次，第一次他自己去，第二次我和他去，他一个人不敢去冰川。我们把见到的遗物全部捡回来，在 9 月运走。

山难过了八年，冰川上才出现遗物，这是让我感到很费解的事情。大扎西解释说：

　　他们遇难六七年后，一直没有遗物出现。遗物出现的那年冬天，下了大雪，雪崩很多很大，把遗物都推出来了。很奇怪，冰川像一座山……

忽然，一个小伙子把头伸到镜头前边，要看看里面有什么，大扎西一吼："人家在拍电视，你们这些小孩捣什么乱，小心挨揍！"小伙子慌忙做缩头乌龟状，大扎西的故事又继续下去：

　　冰川好像一座山，遗物出来，会到处散布，可它们偏偏出现在一个地方，都堆在我们打猎的路上，有他们的碗、筷子、小刀。本来会分散的，它们却集中在一处，这是奇怪的现象。登山队的人说遗物不可能出现在那里，因为遇难的地点低，出现遗物的地方高。主峰的深窝里还有个湖，遗物应该被推进湖里的。可是没有，就好像是飞机撒在那里的，全部出现在一处。他们吃的饼干等都在冰川上，集中在一起。他们吃的和用的，电池、电台、照相机、录音带、筷子、碗等工具和用具，一包一包在那里，有的包装着药，都烂了。捡起来时没有味道，一离开冰川，就闻到臭味。

我从大扎西的话里，听出两个有趣的细节，便一再追问。

一个问题是：登山队是从雨崩方向，即卡瓦格博的侧面上山，与明永冰川隔着一个山梁，怎么遗体和遗物会出现在正面的明永冰川上？

他回答道：

因为夏天冰川变化相当大，每天都有变动，今天没有，等几天上去又出现了。他们 90 年登山是从雨崩上，但遇难是在我们上头。登山后多年一直没有出现，去年出现在我们的冰川中部。我估计，他们并不是冰川垮下来压死的，而是晚上下了大雪，雪越来越厚，然后在帐篷顶不住的情况下全部埋死掉的。

他回忆说，1997 年 9 月以后，明永下了三四场大雪，太子庙那里的雪齐胸口深。第二年 3 月，在冰川的 4500 米以上的地方发生了一次大雪崩，遗体和遗物可能是被雪崩推到冰川中部的。

后来段建新和我仔细查看地图，厘清了这个疑惑。C3 扎营在珠峰下的粒雪盆当中，粒雪盆的左侧是雨崩的山谷，山谷和粒雪盆衔接处的海拔为 5300 米；粒雪盆的右侧是明永的山谷，山谷和粒雪盆衔接处的海拔是 5000 米。冰雪从 5100 米的 C3 向下移动，只能走海拔低的右侧，由此孕育了明永冰川。掩埋在 C3 的遗体遗物，被这条冰河挟带着顺势而下，一批一批堆积到海拔 3000 多米的冰川平台区。

另一个问题是，大扎西在讲述的时候，反复强调"干干净净地捡走"这句话。今天小林尚礼曾建议把发现的遗骸遗物留在冰川旁边，过几天让村民抬下去。大扎西不同意，坚持要当天就把这些东西背走，不能留在冰川附近。用他的话来说：

> 这些东西会污染神山，不能放（冰川）那里。如果还有遗物留着，我们在山下烧香，脏东西却摆在神山面前，老百姓会很不满。因为登山队尽了很大的努力，我们愿意帮他们寻找遗物。

他的这个说法，和我在日本访问牛田一成的谈话内容是相符合的。登山遇难，在藏族人看来属于非正常死亡，留下的遗物会污染圣洁的冰川，也会污染搬运它们的人，就像大扎西反复强调的：

　　本来我们藏族人，这种尸体不能动，但我们很理解他们，他们在忽然中遇难，他们的所作所为我们很理解，才帮他。我们这个民族钱不是看得很重，不然一个尸体出一两万也不会去动的。

2.

担忧

在科学家看来，在明永冰川连续多年发现登山队的遗体遗物，透露出了一个重要的信息：明永冰川和青藏高原的许多冰川一样正在融化，并一天天往后退缩。

1998 年 6 月，我跟和建华第一次上明永冰川，为游客走的路还没有开辟。我们从村子出发，沿着转山人走出的小路，穿过茂密阴暗的森林，大约三个钟头才到太子庙。庙用石头墙围成小院，墙角嘛呢堆上，还看得见"文革"时拆下的石雕佛像和花纹。四周寥无人影，只遇到守庙的阿尼（大爹）曲扎。他二十世纪五十年代去印度做生意，前些年回家乡没有分到地，便为红坡寺守太子庙。他自己养猪养鸡，粮食由村民供应。

小庙的右侧就是冰川，节节抬升而上，其顶端闪烁着晶莹的主峰。我们从侧面的山崖攀缘下去，爬到冰川上想看个究竟。冰川下段比较平整，但到处散布着煤灰一样的堆积物，边缘有很多冲倒的树干。冰上的裂缝纵横交错，有的裂缝扩展成深邃的洞窟，隐约传来流水声。越往上，冰面越陡峭，形成大片的冰塔林，颜色也越洁白。背阴的地方，冰壁绿如碧玉。靠近冰塔林处，不时有冰崩发生，声震山谷。我们不敢久待，转身返回太子庙，站在山崖边欣赏壮丽的风景。

越过面前的雪山，我的眼界伸展到广袤苍茫的西部山地，从高空俯瞰，十三条巨型山脉向西、北两个方向如波浪般推远：横断山系、喜马拉雅山脉、念青唐古拉山脉、冈底斯山脉、羌塘高原、唐古拉山脉、喀喇昆仑山脉、昆仑山脉、祁连山脉、阿尔金山脉、天山山脉、帕米尔高原、阿尔泰山脉。在它们的怀抱里，孕育出了 48,571 条银白色的冰川，面积达 51,766.08 平方公里，冰储量 4494.00±175.93 立方千米。[1]

我再把视野收回到眼前，以身处其中的卡瓦格博为原点，横断山的峰峦如同一把折扇，从藏东南向滇西北和川西展开：南迦巴瓦、伯舒拉岭－高黎贡山、他念他翁－怒山、云岭、沙鲁里山、折多山、大雪山、巴颜喀拉山、玉龙雪山……这片山地处在青藏高原和东南低地的过渡地带，降水丰沛，发育了 1961 条海洋型冰川，面积为 1395.06 平方公里（2012 年中国冰川编目数据）。

作为怒江最高峰的卡瓦格博，孕育了缅茨姆、雨崩、明永、斯

1　刘时银、姚晓军、郭万钦、许君利、上官冬辉、魏俊锋、鲍伟佳、吴立宗：《基于第二次冰川编目的中国冰川现状》，《地理学报》，2015 年第 70 卷第 1 期。

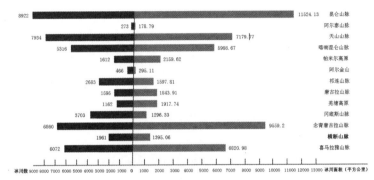

中国西部山地冰川基本状况比较（冰川条数，冰川面积），依
据中国冰川第二次编目数据，郭净制图

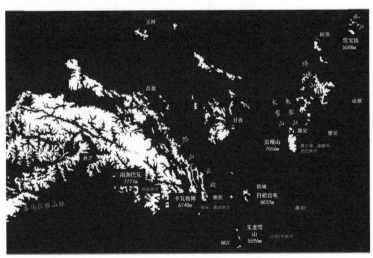

横断山地主要冰川分布图，郭净制图

恰、纽恰、粗阶等 48 条冰川，面积达 151.6 平方公里（1996 年数据）。[1]从海拔 6740 米的主峰周围，伸展出四条长度超过 10 公里的冰河。在澜沧江东坡蜿蜒而下的，是斯农冰川和明永冰川。就在我跟大扎西和小林上山寻找遗体那天后不久，地质学家郑本兴和赵希涛等人也来到这里考察，他们对明永冰川做了如下描述[2]：

> 该峰东坡明永河源的明永冰川（亦称奶诺戈汝冰川），长11.7 千米，面积约 13 平方公里。梅里雪山的雪线位于海拔4800～5200 米。在粒雪盆以下，明永冰川形成多级冰瀑布和冰台阶，好似身披银鳞玉甲的长龙，绕行于莽莽原始森林之中，末端海拔约 2660 米（据高度表计算）。冰川融水从 70 多米高的大冰崖下的冰洞中涌出，经明永村东流入澜沧江，这是横断山区冰舌末端海拔最低的海洋性冰川，也是云南省最大、最长的温冰川。

面对着巨大的 U 形冰蚀谷，能直接感到冰雪摧毁性的力量。但即使挟带着如此能量的冰川，近些年来也似乎变得脆弱了。新华社

---

1 参见李吉均主编、中国科学院青藏高原综合科学考察队编：《横断山冰川》，科学出版社，1996。

2 郑本兴、赵希涛、李铁松、王存玉：《梅里雪山明永冰川的特征与变化》，《冰川冻土》，1999 年第 21 卷第 2 期。迪庆生物学家方震东则认为明永冰川的长度为 8 公里，面积为 37.5 平方公里，参见云南格桑花卉有限公司编：《绒赞卡瓦格博》，云南美术出版社，1997，第 29 页。

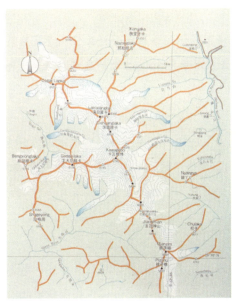

卡瓦格博的主要冰川，引自中村保《喜
马拉雅以东·山岳地图册》，第 216 页

的曹滢是最早关注卡瓦格博冰川融化问题的记者之一，2002 年 10
月 8 日，她在新华网发表《云南梅里雪山冰川不断后退令人担忧》
的报道[1]：

---

1 报道文字中的统计准确与否，有待商榷。

　　地球上低纬度地区海拔最低的冰川——梅里雪山卡瓦格博峰下的明永冰川，目前正在以每年 50 米左右的速度后退。这种状况令当地居民及专家们担忧。

　　……

　　当地藏民最近发现，从 1999 年下半年起，明永冰川的前沿从海拔 2660 米的地方向上缩进了约 200 米，厚度从原来的 300 多米变成了 150 米。冰雪消融，汇成一条条溪流沿着山体蜿蜒而下。

如果说，这类消息在那时还有点耸人听闻，现在却已成为普遍现象了。在同一时期，当地的环保人士，如参加过青海野牦牛队的反盗猎行动，又创立了"三江源生态环境保护协会"的扎西多杰，以及云南省德钦县的藏族诗人扎西尼玛，也开始了相关调查。2002 年，我们在云南藏区做"社区影视教育"项目，扎西尼玛主动要求用摄像机记录冰川变化对当地的影响。他是明永村人，对冰川的消融特别敏感，他计划拍摄的纪录片叫《冰川》。我们在昆明一个疗养院开会，讨论影片内容时他说：

　　这个冰川很有意思。1999 年下半年，这条冰川就开始吸引了大量的游客，开始有大量游客进入观光。不到两年的时间，冰川就开始发生了意想不到的变化，这个变化就是冰川前沿往上缩，原来海拔 2660 米的地方，现在往后退了，我自己估计退了近 200 米，冰川的厚度从 300 多米变成 150 米左右。莲花寺过去的这个地方冰川原来宽度有 500 米，现在开始往西南方向消融，化了近 150 米。前几天，我又去了一次，下雪看不清。

在那以后，媒体对明永冰川的消融和退缩多有报道，2005 年 5

2007 年 12 月的明永冰川，郭净摄

月 23 日和 29 日下午，明永冰川第二雪台相继发生两起巨大雪崩，新闻报道这样说[1]：

> 这两次雪崩引起的震天响声，以及所形成的上百米冲天雪雾烟尘和有如泥石流滚滚而下的数万立方米积雪，令所有的观光者大吃一惊。

> 梅里雪山旅游景区管理局副局长阿主说，类似这样大的雪崩 2002 年曾发生过一次，那次雪崩导致的泥石流还冲毁了明永村的两座大桥，当时，村民还误认为是雪山倒下来了，都跑到后山去躲藏。由于雪崩发生地距冰川最高的莲花寺还远，人们无法测量雪崩坍塌的面积和体积。

专家认为，雪崩坍塌的主要原因是近年全球气候变暖，以及冰雪补给跟不上冰川的消融速度造成的。目前，冰川最下端正以每年 7 到 8 米的速度加快消融。当地村民称，近五年来，能够感觉到冰川已经消融了近 100 米。

有关人士说，由于近日还有少量雪崩塌方，使人无法靠近。但根据目测，两次雪崩所引起的塌方达数万立方米。

---

1 《春城晚报》2005 年 6 月 2 日报道。

迪庆的生态学者方震东经过研究，把明永冰川的变化追溯到了更早的时期，他说[1]：

> 明永恰[2]冰舌已有逐年退缩的趋势。根据实地观察，1992年向后退缩了大约50米。1913年英国人金敦·沃德（Franci Kingdon Ward）曾到达明永村及明永冰川，当地人告诉他，50年前冰川一直延伸达明永村边。

金敦·沃德到明永村的时间是1913年6月13日，当天，他攀到半山去看冰川[3]：

> ……在台地上，我们领略了山谷顶端雪峰的极好景致以及对面壮观的冰瀑。甚至当我们正朝那儿看的时候，就有一阵爆裂的巨响传来，这使我们把目光即时收回脚下，看到一根巨大的冰柱醉汉般摇晃瞬间后，便咆哮着滚落山谷，将树上一群绿色的鹦鹉惊起。这就是对我们的欢迎！雪崩的巨响和冰塔的破

---

1 云南格桑花卉有限公司编：《绒赞卡瓦格博》，云南美术出版社，1997，第31页。
2 明永冰川，藏语称"明永恰"，"恰"是冰川融化的水的意思。
3 [英]F.金敦·沃德：《神秘的滇藏河流：横断山脉江河流域的人文与植被》，李金希、尤永弘译，四川民族出版社，2002，第25、29页。

碎声确实日夜都陪伴着我们，这些声音随着夏季的推进而更加持续不断。到了仲夏，冰瀑下边长长一段冰川遂撒上许多碎冰，呈现出一片白色，就像拍打着咸海岩石岸的朵朵浪花。我从这些冰塔倒下到峡谷边缘的频率判断，冰川移动的速度一定很快。

……

当我向当地人打听以前冰是否延伸得更远时，他们回答说，四五十年以前，冰还深深地伸入山谷下边。

金敦·沃德当年观察到的情景，一直延续到今天。根据中日联合登山队的搜索队 1991 年 4 月 27 日的记录，在雨崩 3500 米的大本营一天之内便发生了 48 次雪崩、冰崩和流雪。[1] 而我们 2007 年冬天在明永村考察，也目睹了雪崩的状况。金敦·沃德关于明永冰川移动速度很快的判断，后来被中国科学院地质研究所的地质专家赵希涛等人的观察证实，他们根据登山队罹难遗体和遗物的发现，提出：1991 年登山队员遇难地点是 5300 米的 C3，而 1998 年发现的遗骸遗物，是在海拔 3700 米左右的明永冰川台阶上。由此推论，明永冰川每年平均移动速度不低于 530 米。贡嘎山海螺沟冰川曾被认为是我国运动速度最快的冰川，已知它年均运动速度是 188.8 米，仅为明永

1　刘文彪：《雪崩：中国登山史上最悲惨的一页》，中国书籍出版社，1994，第 56 页。

表 4 梅里雪山与玉龙雪山的冰川变化与气候变化对比
Table 4 A comparison between glacier fluctuation and climate change of Mt. Mainri and Mt. Yulong

冰川名称	冰 川 变 化				气 候 变 化		
	末端海拔/m	起止时间	末端变化/m +进 -退	起止时间	平均气温/℃ +增高 -降低	起止时间	年降水量/mm +增多 -减少
玉龙雪山 白水1号 冰川	小冰期 3 800	17~19 世纪	前进	小冰期	降温	50 年代初	变化不大
	1957 年 4 535	19 世纪~1957 年	-1 250	50 年代初至末期	+0.5 至稍暖	50 年代末	偏少
	1982 年 4 100	1957~1982 年	+800	60 年代至 70 年代初	变化小	60 年代	增多
		80 年代后期		70 年代中后期	偏冷	70 年代	稍偏少
	1998 年 4 150	1982~1998 年	-100~-150	80 年代后期	偏暖	80 年代	减少
		1997~1998 年	+5	90 年代初	偏冷	90 年代前期	增多
梅里雪山 明永冰川	1971 年 2 740	1932~1959 年	-2 000	1954~1956 年	+0.73	1954~1956 年	+62.2
	1982 年 2 700	1959~1971 年	+730~+930	1957~1960 年	-0.85	1957~1960 年	+89.8
	1998 年 2 660	1971~1982 年	+70	1961~1965 年	-1.02	1961~1965 年	+48.7
		1982~1998 年	+280	1966~1970 年	-0.96	1966~1970 年	+17.3
				1971~1975 年	-0.78	1971~1975 年	+6.0
				1976~1980 年	-1.18	1976~1980 年	+21.3
				1981~1985 年	-0.20	1981~1985 年	-120.1

引自郑本兴、赵希涛等《梅里雪山明永冰川的特征与变化》

冰川运动速度的 1/3 强。结论是，明永冰川以其低纬度、低海拔、垂直高差大等地理特征，可以确认是我国运动速度最快的冰川。[1]

郑本兴、赵希涛等学者还认为，明永冰川的快速运动，与当地的气候条件，尤其是气温和降水量密切相关。而气温的变化，也直接影响到冰川的消融与否。冰川变化的一个重要指标，是冰舌的前

---

[1] 赵希涛：《从登山勇士遗骸的发现看太子雪山明永冰川的运动》，《第四纪研究》，1991 年第 1 期；郑本兴、赵希涛等：《梅里雪山明永冰川的特征与变化》，《冰川冻土》，1999 年第 21 卷第 2 期。

进或后退。他们的看法是，从 1959 年到 1999 年，明永冰川的冰舌随着当地气温的升降，有的年份前进，有的年份后退，总的趋势是"从 1959 年至今一直处于前进阶段"，"1932 — 1959 年冰川后退约 2000 米，平均每年后退 74 米；1959 年至 1971 年 7 月，冰舌前进 730～930 米，平均每年前进 60～77.5 米；1971 年至 1982 年 7 月，冰舌前进 70 米，末端海拔 2700 米，平均每年前进 6.3 米"。[1]

这几位学者关于明永冰川的论述，似乎与学术界和媒体"在全球变暖背景下，近几十年青藏高原冰川以退缩为主"[2]的普遍认识不太吻合。之后，有年轻学者采用"树轮年代学"（Dendrochronology）的新方法，对采自冰川末端冰碛上的树轮样本进行分析，结合 GIS 地形图与野外 GPS 的冰川边界确定，对明永冰川近 40 年来的进退变化做了更细致的研究，结论是[3]：

明永冰川在 1971 年到 1987 年为止，向后退约 107.72 米；1993 — 2010 年则向后退缩 262.26 米。

1 郑本兴、赵希涛等：《梅里雪山明永冰川的特征与变化》，《冰川冻土》，1999 年第 21 卷第 2 期。
2 李治国：《近 50a 气候变化背景下青藏高原冰川和湖泊变化》，《自然资源学报》，2012 年第 27 卷第 8 期。
3 蓝永如、刘高焕、邵雪梅：《近 40a 来基于树轮年代学的梅里雪山明永冰川变化研究》，《冰川冻土》，2011 年第 33 卷第 6 期。

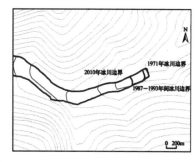

明永冰川近 40 年的冰川边界，引自
蓝永如等《近 40a 来基于树轮年代学
的梅里雪山明永冰川变化研究》

按照这项实地研究的数据，明永冰川在 1993 年之后的退缩，与
村民的实际感受是一致的。在德钦藏族村庄居住近 20 年的乔阳，前
几年曾跟斯农村的村民到海拔 4000 多米的斯农冰川观察高山植物，
她回忆随行的当地人谈论冰川的变化，说道[1]：

> 我们所在的央塘牧场，位于斯农冰川北部侧碛中下端，从
> 小木屋望出去，冷杉林树梢后面，就是苍白的冰舌。马帮大叔
> 说冰川已经退化了几百米，这并不是虚言，我们沿着冰河上来，
> 冰川侵蚀的山谷堆满大小石块。至少从恰那牧场开始的谷地，
> 原来都是冰川的领地，大约 600 米的垂直高度，这是冰川退化

1　乔阳：《在雪山和雪山之间》，北京联合出版公司，2020，第 16 页。

的垂直高度，长度则至少有五六公里。

雨崩村的村民对雨崩冰川的雪崩也记忆犹新，据说，最严重的一次雪崩发生在 1996 年登山的时候。2000 年 10 月 17 日早晨，我跟随一支十多人的考察队从雨崩村出发，前往笑农牧场所在的山谷。这支队伍中有美国大自然保护协会请来的几位专家，目的是了解当地藏族神山信仰与环境保护的关系。走了两个多小时，我们爬上一个山口，做向导的森林委员阿南主指着山谷里的地形让我们看，卡瓦格博主峰左侧山脚下，展开一片平坦的草坝，坝子里和周围的山上，散布着一丛丛暗绿的高山针叶林。他指点着草坝告诉我们，1990 — 1991 年和 1996 年登山队的大本营就设在那里，所以从此那里就叫大本营了：

我们从这里爬上去，那里有个岩子相当陡，雪崩就从那里下来。是（1996 年）3 月 10 日。

村子到大本营，家家户户都要送东西来的。大本营那里有个水源，过来有个草坝，每家都有牛棚。登山队从有泥石流那里上去，到垭口。冰川平平的有一处，是 1 号营地的位置。上去，山黑黑的岩石那里是 2 号营地。他们来了好几年，年年在那里住。

泥石流发生是最后登不上去那年，1996 年，那个时候他们撤走以后，15 天以内，我们村子里就听见放炮一样"噔——"。我们上村队长的哥哥，他打酥油茶的桶桶在牛棚里放起，他担心茶桶被火烧掉，进去看，发现牛棚和树子全部倒完了，泥石流流下来。他们登山来，影响着神山，就有灾情了。我们老人讲，泥石流在这里冲下来，把树子推倒，从历史上没有听说过。这里从来没有泥石流，这个山是相当绿茵茵的。几千棵树子全部倒了，从那里冲过来，牛棚、树林全部冲完掉，上坡的有个树林的地方，已经冲上去了。

这座山是卡瓦格博的警卫员，叫赞玛协瓦多些。那次如果他们不提前 15 天撤回去，大本营那点他们还会死几个，像在 3 号营地一样。

阿南主还没讲完，对面山上就传来雪崩轰隆隆的巨响。看着眼前的景象，我们也对乔阳和当地人的感受有了直观的体验。事实证明，除了明永冰川以外，卡瓦格博的其他冰川也在逐渐消融。

3.

纷繁的解释

鉴于明永冰川的研究资料太少，从科学上认定其消融与否，原因为何，证据还不充分。与学术圈的寂寥形成对照的是，社会上关于这个话题的讨论，从二十世纪九十年代末以来就未曾停息过。新华社的曹滢就冰川融化的原因采访各方人士，得到的解释却大相径庭，美国大自然保护协会云南项目首席科学家木保山把冰川后退的原因归咎于全球气候变暖。因为从他拍摄的滇西北一些冰川照片上看，即使没有人涉足的地方，冰川也在消融。他认为这是地质变化的一种类型。但是更多的人认为是旅游开发等人类活动导致了冰川的消融。无法回避的是，明永冰川急速后退的近两年，正是它成为旅游热点的时候。明永村的藏族诗人扎西尼玛认为，冰川融化的原因是多方面的，与登山、旅游、气候变化都有关系。

云南的记者史效轩也长期关注这个问题，他曾报道说：明永冰川的融化与梅里雪山的旅游热有很大的联系，每天有数百游人和一百多匹骡马上下冰山，景区使用的电灯、电炉、取暖器、煤气灶都在释放热量。当年景区在投资建设景区观景台和栈道时，有意地将栈道和观景台建在远距冰川 30～50 米的高台上，面朝冰川的那一面还设有护栏，沿线还做出了禁止游人零距离接触冰川的提示牌。但时至今日，仍有很多游人不听劝阻，偷偷越过栈道栏杆到冰川上去拍摄图片或体验冰川。[1]

明永冰川栈道

1　史效轩、斯那吾堆、金敦·沃德：《人类活动致使冰川严重"缩水"，梅里雪山变"瘦"了》，《云南日报》，2007 年 7 月 18 日。

2007 年冬天，我们在明永冰川也发现了栈道旁冰雪消融的情况，而且目睹了冰川上发生的冰崩。村民们说这种现象很常见。他们都反映冰川在迅速退缩，说法也是五花八门。村民平初对我们说：冰川上出现尸体，流下来的水都被污染了；引水的沟渠被塌方破坏，人喝的水出了问题；还发生水灾、滚石头、核桃树被洪水冲倒，原因是登山队来了，到山上采花、砍树，动了山神的石头，导致山神发怒。

我记得藏族史诗《格萨尔王传》里有这样一句警言[1]：

> 大人、大海、大山三，要不动摇稳坐好，大人若多动，失掉大政事业，则当大官的必遭受放逐；大山若多动，地方生灵必遭受毁灭；大海若多动，海水四溢，则大地为之陆沉。

扎西尼玛拍摄的影片《冰川》，记录了明永村民的一场讨论，这是第一次，也是唯一一次完整表达当地社区关于冰川消融观点的视频，现将主要的部分转载如下[2]：

1 《格萨尔王传·天界篇》，刘立千译，民族出版社，2000，第46页。
2 参见扎西尼玛《冰川》，载郭净编《我心中的香格里拉——云南藏族拍摄的纪录片》（DVD），云南影像出版社，2006。

讨论者：明永村民赤亮，此称江初，另有格桑、阿争、丹增、格茸次里等十余人。

……

那么现在消融的原因呢？

第一是用电，人随便上去，不爱护森林，污染冰川。

怪用电不合，我们主要用的还是电。

那倒是真的。虽说前两年用电冰川退缩了，但有段时间又往前延伸了。

那是山上还没有电的时候，今年跟去年电通到太子庙后较严重。

有段时间用电，冰川还是延伸了。

现在冰川像得了大病，一天天消瘦。有次我俩去送游客，人很多，他们爬不上去，我们把他们送上冰川。前两天又送了两批。现在牲口也上得去了，人走得太多了。还有就是天干雨少，雨从山上流下来，就不会这样了。上面发现日本人遗骸的地方化得厉害，现在有些恢复了，今年我上去时好多了，明年会更好，游客在钢架桥上观赏，不准上冰川，不丢垃圾，冰川就没有大的污染。

现在甲娃[1]不爬冰川了？

怎么去？路封了，修了钢架桥，统统在桥上观赏冰川。

以前冰川消融，只是冰舌收缩，冰下面不会融化，现在既收缩又变薄，就是 2000 年以后，来的人多，污染严重，又通了电，三件事碰在一起，特别糟糕。

以前人上不去，现在牛都上得去。

如果人不上去，不丢垃圾不用电，冰川就能自然恢复。现在的情况再继续，冰川还会收缩。

日本登山队被埋掉，去前年还发现尸体，我们喝着冰川的水，再祈祷也不干净。活佛说得想想办法。

从上面的对话来看，村民把冰川的退缩归结为几个原因：一是登山污染了冰川；二是很多游客的践踏；三是通电；四是垃圾污染。它们全部可以归纳为一个原因，那就是外人的探险和开发活动，对冰川造成了影响。村民甚至把根源追到了一百年以前，说是采花的洋人使冰川开始融化的[2]：

---

1 原意为"汉人"，现引申指外来人和游客。
2 引自扎西尼玛《冰川》，载郭净编《我心中的香格里拉 —— 云南藏族拍摄的纪录片》（DVD），云南影像出版社，2006。

很早以前洋人来这里收集植物种子，在莲花寺用望远镜往山头看，见卡瓦格博的怀抱里有牛奶湖，湖里有珊瑚林，还有白独角兽和蓝独角兽。他派两个人上去看，从莲花寺对面上去，见对面有个自然显现的海螺遗迹，莲花寺与海螺遗迹之间冰层很厚。去的一个人在那里拉了泡屎，他又往上走，却总是回到那泡屎旁边。走了一整天，没办法，只得下山来。他们跟洋人讲，洋人说不怕的，我可以让冰川在一百年后化掉。于是在莲花寺的冰上烧火，架起大锅，放进酥油，做起法来。此后冰川就明显消融了，就是这个原因。

村民的说法不仅和专家们的看法形成很大的反差，也跟旅游管理者的认识不同。扎西尼玛在采访中发现：

我们旅游局政府这边搞得好像人心惶惶的，好像世界末日要来临了一样。以前游客可以随随便便在冰川玩冰，用石头砸冰，去年开始我们就限制了这种行为，不让游客上冰川。我们比较统一的看法就是，由于人进去得太多了，导致冰川的消融。我跟我表哥大扎西前段时间在那里讨论这个冰川。我开玩笑说，把游客都带到雨崩，不让游客进来，让冰川好好地养一段时间。不然再搞的话，这个冰川要一直缩到上面去了，我们就没有钱找。他说不怕不怕，这是它自己的一种规律。1971、1972 年左右，冰川曾一直退到太子庙后面，下面冰川一点儿都没有了，过两年这个冰川又会延伸下来。

话虽这样说，扎西尼玛很清楚，当地藏族人内心有一个最深的担忧，是任何解释无法缓解的：

> 藏语里面我们说"扎吾"（ᠠᠰᠠᠯᠵᠠᠯᠵ，果报），就是你触怒了神山，神山要发怒，"扎吾"就是给你一种灾难，要惩罚你。冰川在藏传佛教里是"圣宫殿"的意思，是圣域，圣域是不能被破坏的。例如，去前年在莲花寺上面修了一个山庄，县财政局拨了

扎西尼玛为冰川融化的事访谈转山者，
郭净摄

70 多万，到现在连本都没有收回来。那晚几十号人上去，120个人，在那里烧烤，又唱又跳闹了一个晚上，然后第二天下山时空桶子从马背上掉下来，马惊后人从马背上掉下来。老百姓咋个说？说他们肯定搞了一些不干净的、触怒了神山的事情。大量游客进去后，我们不能保持冰川洁净，于是触怒了神山。

扎西尼玛说的这件事是我亲眼见到的，那是 1998 年 9 月 19 日，一批来自省里和州里的旅游规划专家考察明永冰川，白天骑马披红挂绿地上山，在明永山庄过夜。第二天下午他们浩浩荡荡地骑马回村子，最后一匹马带了两个空桶，哐当掉地，被马拖着走，其他骡马受此惊吓，拔腿就往山下跑，带着其他骡马也奔跑起来。专家们拉不住缰绳，纷纷坠落，有的砸伤了头，有的跌坏了腰，牵马的女孩吓得直哭。我和村民见他们一路鲜血淋漓地下山来，都不知道出了什么事。为此，这次旅游考察活动不得不草草收场。明永村民都在说，这些考察的人玩到半夜，吵闹声和吃烧烤的烟雾惹得山神发火，才造成这样的事故。

2007 年 5 月 4 日，我们在德钦的贡坡村做完调查，驱车直奔县城。到达月亮湾峡谷上方拍照的时候，忽然遇到 CBIK（昆明的一个民间环保组织）几位项目成员。5 月 1 日我们在佳碧村碰面，2 日他们一行人便去了雨崩。次日传来雨崩神瀑发生雪崩的消息，大家都在为他们担心。此刻相遇，我们在欣喜他们安全回来的同时，也急

切地打听发生了什么事。美国女孩简告诉我们，2 日那天下午他们刚
离开神瀑几分钟，便看到瀑布旁边的悬崖上倾泻而下的雪瀑，简即
刻用数码相机拍摄。(从她展示的照片上看，当时至少有三条雪瀑相
继而下。) 接着，正好在神瀑的位置又落下一片雪雾，具有专业登山
救援经验的简意识到有灾难发生，马上招呼大家返回去救人。他们
从雪堆里刨出几位游客，其中一个女孩脊椎折断，简说不能用马驮，
便和大家做了个简易担架把她抬到村里，后来她得救了。这次事故
造成两名南通游客死亡，成为轰动一时的新闻。

关于这次意外的原因有很多猜测：气候变暖，导致近年冰雪融
化是潜在的因素；而某些游客不了解当地文化和自然状况，行为有
失检点也是原因之一。和简同在现场的一位朋友告诉我，他们到神
瀑的时候，看见有的游客脱光上衣，挥舞手臂大声叫喊。藏族人都
知道，神瀑是朝圣地，不能有任何不敬的举动。即使按照登山安全
的规则，在冰川、冰湖等地喧哗也是绝对禁止的。四川亚丁的景区
管理人员曾经给我讲过一件事：有一年，几个游客爬到 4000 多米的
山谷里看五色海和牛奶海，他们被迷人的景色吸引，激动得大叫大
喊，马上引来大雨，被冻得走不了路，困在山谷中。要不是管理部
门组织马夫把他们救下来，这几个人很可能就回不来了。小林尚礼
也曾回忆，有一次他上冰川搜寻登山队遗存，被尸体的味道熏得惊
叫，当场遭到大扎西斥责，这也是因为他违反了禁忌的结果。

我还记得 2003 年跟此里卓玛到四川亚丁景区调查的经历。那天

我们去看五色海，快到的时候她特地提醒我不要大声喧哗，怕引起暴雨。她还说上次带旅行团来的时候，忘记事先告诫随团成员，没想到他们被兴奋冲昏了头脑，见到彩色的湖水便狂吼乱叫，还大声吹口哨。结果好好的大晴天立刻转阴，下起倾盆大雨，差点把这群人困在山里。卓玛解释道：

> 我们藏族人都知道，在神山圣湖旁大叫大喊、吹口哨是在亵渎神灵，会招来风雨，也有呼风唤雨的意思。所以有时候遇到连续干旱几个月时，村民们就会到神山上的圣湖边唱嘛呢歌——观音菩萨的咒语，俗称六字真言，也就是唵（ōng）嘛（mā）呢（nī）叭（bēi）咪（mēi）吽（hòng），以求老天降雨。

据报道，冰川融化不仅在德钦一个地方发生。但人们在谈论所谓"全球气候变暖"的时候，却推卸了自己（一个地区、一个村庄、一个人群）的责任，将与具体行为相关的后果，变成了一个纠缠在国际政治中的大题目，把一个有复杂文化背景的问题，简化成一个单纯的"科学问题"。于是，只要政治家去谈判，科学家去探讨解决之道便可以了，大家该登山的继续登山，该旅游的继续旅游，该扔垃圾的继续扔垃圾。来自社区的声音，在主流传媒中显得那么微弱，甚至被故意忽视。自然的报应作为人们行为的后果接踵而来，任何个人、单个地区、单个国家对生态环境的破坏，必然带来对整个人群的报应，享受着现代化种种便利的政治家、科学家和发财致富的人们，也难逃此劫。"共业"由各人的行为一点点积累，其恶果也由各人分享。

明永冰川仍在快速融化，当地人被卷入冰川旅游当中，赚着钱了，心里却不安生。卡瓦格博的"扎吾"就像悬在他们头上的利剑，令他们寝食不安。冰川融化，或表明山神对人们的过度索求日益失去耐心。村民们很明白，没有什么专家或先进技术能阻止灾难的逼近，除了人们对自己的欲望和行为有所约束。

4.

冰雪的颜色

明永的冰川在表面上和在暗部呈现出不一样的颜色,如果仔细查看,能发现背光的冰面和冰隙深处,会发出荧荧的绿光。然而在藏民的眼里,这些在不同光线下变幻着曙红、墨绿、灰蓝色调的雪山,本质上都是洁白的,因为它们都是神山。

2003 年和 2004 年,我和卓玛以及西南林学院的老师郑寒去稻城亚丁考察社区旅游。该地区虽然长期对外界封闭,在康巴藏族人的心目中,却是声名远扬的圣地。在这片方圆 500 多平方公里的净土内,矗立着威严的三座雪山,藏语叫"念青贡嘎日松贡布"(གངས་དཀར་རིགས་གསུམ་མགོན་པོ།)。它们分别是:海拔 6032 米的"仙乃日",西藏话叫"杰乃西"(སྤྱན་རས་གཟིགས།),为观世音菩萨的化身;海拔 5958 米的"央迈勇",西藏话叫"江白央"(འཇམ་པའི་དབྱངས།),为文殊菩萨的化身;海拔 5958 米的"夏诺多吉",西藏话叫"恰那多吉"(ཕྱག་ན་རྡོ་རྗེ།),为金刚手菩萨的化身。这三位神灵的组合就称作"日松贡布"(རིགས་གསུམ་མགོན་པོ།,三怙主),是佛教和众生最值得依赖的大护法。亚丁的特异之处,在于三怙主由三座呈"品"字形状分布的雪山所代表，这在整个青藏高原都极为罕见。在藏文典籍《圣地咱日山秘籍》里，亚丁的三座雪山被列为世界佛教二十四座神山中的第十一个圣地。稻城县宗教局局长中拥解释说：当地的每个藏族村庄都有神山，统称"日达"。它们就像地方神灵喂的狗，只认自己的村子。念青贡嘎日松贡布却不同，他们被称为"念"，表明它们是超越地域的崇拜对象；"青"则是"大"的意思。被冠之以"念青"的亚丁雪山，向来是周边康巴藏人景仰的大神山。

和藏区所有的神山一样，这三座雪山也被认为是莲花生大师降伏、命名的。从那以后，这里便成为无数转经人向往的圣域。早在亚丁开放为旅游景点之前的千百年间，来自康巴的藏族人每年都要到此朝圣。朝圣的方式为转山，内转有两种，小则绕其中的一座雪山，行程一日；大则绕三座雪山，要走四到五天。外转则要环绕木里地区，需半个多月。

8月29日那天，蒙自乡的益西老人在日瓦乡给我们讲神山的故事，他说了一段意味深长的话：

　　观世音菩萨曾经说：我的雪白的时候，你们来转经，菩萨会保佑你们。如果雪没有了，就不要来转，没有雪就没有佛法了。

原来，神山的颜色如此重要。听了他的话我才有些明白，为什么我熟悉的卡瓦格博山下的村民一直在关注冰川的色彩变化。冰川变黑了，变脏了，他们就焦虑不安，认为是登山者、旅游者的践踏得罪了山神，才让山神显示出不祥的预兆。的确，德钦、稻城的藏民，都把与雪山有关的一切赋予"洁净"的意义，烧香要用发出清香

亚丁冰川的神湖，此里卓玛摄

的柏树枝；祭祀山神要选择农历的十五、二十五、三十才吉利；指点雪山要像对活佛一样，手心向上五指弯曲而不是用一根手指。

这种敬重的态度和行为方式不只限于对待雪山本身，而是延伸到受佛法庇荫的各种生命。在洛绒牛场接待游客的平措和梁波给我们讲了许多事例，他们说，这周围的山里藏着很多动物，但一般人看不见。从前有个活佛从云南的中甸来转山，他的几个伴儿想看看野兽，活佛抬起手臂，那些人果然从他臂膀下面望见动物奔走。活佛放下手臂，所有的景象又消失了。其实，一切山里的生物都是在佛的庇荫下出现的。除了每年的冬季以外，动物们都被三座神山保护起来，心不好的人看不到。谁伤害了它们，谁就会受到佛的惩罚。如果有人到神山跟前打马鸡，回来的半路上会下大雨，会因为肚子痛而晕倒。乱打动物的人，家里的牛、猪、羊、狗都要遭殃。即使自家的牦牛死在神山下面，也不敢拿刀子割肉，只能扔进水里，或挖坑埋掉。

9月3日、4日，我跟马夫昂翁和卓玛去转仙乃日，沿途随手捡了几颗漂亮的白石头，都因他们的提醒而放回原处。照当地藏族的说法，进了神山的范围，马走不动，不能摘树枝赶它，路上长的草不能踩，树不能砍，山上的所有东西都不能带走，否则脸会出毛病，沿途找不到地方住，还会遭神灵惩罚。在神山上砍了湿的树，等于杀个人的罪，紧挨着神山的亚丁村当年就会下雪雹子，发泥石流，青稞地没有收成。

如此简捷明了的禁忌或者规矩，来源于当地人对山的依赖，从附近仁村来牵马的桑登队长给我们历数山给他们提供的东西：

盖房子用的木料、泥土和石头，木头做的梯子、水槽、碗勺、猪槽、打酥油茶的茶桶、水桶、烧柴，劳动用的犁、锄头把、斧头把、叉子、耙子，肥料、牲口的饲料，可以赚钱的菌子、药材，烧香用的香柏树叶……有那么多的东西都仰赖神山供应，好像数不完。

所以桑登讲了句总结的话：

山上啥子都有，除了天上的四样东西（太阳、月亮、雨、星星），其他的全靠山。动物、牲口和人全部靠山。没有山就没有人了。

桑登以及其他村民的讲述，包含着一种简朴的认识和态度：人才是山的被保护者。所谓神山，是因为它们给当地的人民提供了巨大的生活资源和思想资源，才受到人们的敬重。为此，我感到村民在谈论山的时候，总是把人和其他生物放在同等的、谦卑的位置，放在神山庇荫下的位置。这里所有的生命，都抬头仰望着山顶的白雪，关心它的喜怒哀乐，以它的颜色变化作为吉祥与否的征兆。现代的环保观念，在很多方面还抱着相反的态度，把山野当作被"养育"的婴儿，被人类呵护的弱者，更忽视当地文化与环境的密切关系。殊不知，那些隐藏在神山、神树、神泉、神石里的精灵，才是本来的主人。他们依止的内部世界，并不为俗世众生所见。因此，那些受山林滋养的人们，需要仔细观察冰雪和冰川的色彩，通过其微妙的变幻来感知山神的态度。正是这种"非大数据"的情感和信仰体验，被躺在人工世界温暖怀抱里的现代人完全忽略了。

2010 年 8 月，我和"乡村之眼"的负责人吕宾受青海果洛"年保玉则生态环境保护协会"（年目仓）的邀请，去白玉乡做社区影像培训。这个协会是高僧扎西桑俄领头，和一群志同道合的僧人、牧民创建的，协会名称中的"年保玉则"，是果洛有名的神山。在那里，我们认识了牧人勒旺，他家的帐篷就在年保玉则神湖边的草场上。勒旺带来了他的一本摄影集，他说：

> 我不知道摄像机开关在哪里。我喜欢照相，现在想摄像，要监测年保玉则雪山和冰川。记得有一次碰见雪崩，但照相照不了，所以想用摄像机记录。我 1996 年买过一个 70 元的相机，2004 年年保玉则环境保护协会给了任务，监测雪山和冰川，我拍过 5000～6000 张照片，保存在光盘里。我有一个儿子，上学了，我和老婆放牛，套索就跟照相机放在一起。山上用太阳能充电。今年雪山融化更严重，拍出来给大家看看。以后没有雪山和冰川，就没有河流，没有人了。很少有人为此担心。但爬过雪山的人，看到很多湖泊都干了，用自来水的人当然不怕。老百姓担心不是为了环境，而是为了神山。以前用文字记录，

不能提供很好的证明，用照相机和摄像机就能证明植物和动物的变化。

每年 8 月，他都会单独一人，或跟协会的其他成员去爬山，目的不是彰显个人的勇气，而是去观察雪山和冰川融化的速度，方法是在不同的海拔高度用 GPS 做一个定位，然后把年份写在定位点的石头上，再拍照片为证，同时用摄像机记录整个过程。这个调查从 2004 年开始，一直延续至今。经过这次培训后，勒旺摄制了一部纪录片，就叫《雪山检测》。遗憾的是，2012 年我们再次去做培训时，勒旺的所有素材和他的汽车一起被偷了。从他沉默的表情，可以看出他心里的难受，但不久他就表示：还会重新开始对雪山的影像记录。

青海的藏族牧民和卡瓦格博脚下的藏族农民一样，对雪山的消融特别上心，而且对这事都有各自的说法，明永村的村民说：

雪山不化，明永人家不败。

年目仓的扎西桑俄曾举着一瓶矿泉水，对我们发出忠告：

哪一天冰川水被装到瓶子里出售，世道就要衰落了。

到明永冰川内转的村民在圣水处祈祷，郭净摄

第五章

千禧年

对外人来说，卡瓦格博原来名不见经传，之后变成声震海内外的"梅里雪山"，全拜登山活动造成的社会影响所赐。从 1987 年到 2000 年，来自日本、美国、中国的登山队五次尝试攀登此山，都以失败告终：

1987 年，日本上越山岳会，明永路线，到达 4500 米。

1988 年，美国克利奇登山队，明永路线，到达 4200 米。

1989 年，中日联合登山队（日本京都大学学士山岳会），斯农路线，抵达 5000 米。

1990 — 1991 年，中日联合登山队（日本京都大学学士山岳会），雨崩路线，到达 6470 米。

1996 年，中日联合登山队（日本京都大学学士山岳会），雨崩路线，到达 6250 米。

然而探险界的规则是，每一次挫折，都会吸引更多的人前来挑战。1996 年攀登受挫后，日本队因当地人的反对、日本经济下滑等诸多因素，彻底放弃登顶梅里雪山的梦想。反而是在国内，掀起了再登梅里的热潮。

1.

冲顶计划

　　1999 年，是二十世纪的末尾。紧接着到来的 2000 年，被西方人视为新的一千年的开始。为迎接"千禧年"的到来，世界各地都在发起类似"伦敦眼"[1] 的惊人举动。这一年，除了中国人民银行发行 20 枚 10 公斤纯金打造的纪念金币外，最大的动作是搜狐公司发起、西藏登山队参加的"梅里雪山千年登顶"行动，攀登时间定于 1999 年 12 月 10 日至 2000 年 1 月 20 日。《中国青年报》12 月 23 日报道称：

　　　　本报北京 12 月 23 日电：1999 年与 2000 年这个世纪之交，由中国人发起，以中国最优秀的登山家为主体的梅里雪山登山队，已确定好路线，将在近日出发，对我国云南省内闻名世界的梅里雪山主峰——卡（瓦）格博峰，做出本世纪末最强

1　伦敦眼（The London Eye），位于英国伦敦泰晤士河畔，为迎接 2000 年的千禧年而建造的摩天轮，又称"千禧轮"（Millennium Wheel）。

有力的一次冲刺。梅里雪山海拔 6740 米，算不上世界高峰，但因其复杂的地形和变幻莫测的气候因素，成为地球上最后的处女峰和最悲壮的山难所在地。2000 年是国际登山年，也是人类新世纪的开始。为此，本次活动，将成为全世界所瞩目的焦点新闻。

搜狐为此设计了专门的网站，首页有如下文字：

1999 年 12 月 10 日到 2000 年 1 月 20 日
献给二十一世纪全人类的厚礼
挑战极限　探索未知
中国人攀登梅里雪山卡（瓦）格博峰
搜狐网络独家全程追踪报道
这是一次让全球瞩目、让我们每个人永远铭记的艰苦历程。为挑战一座人类从未登过的山峰，中国五勇士临行前不仅留下豪言壮语，也写下了他们的遗言，因为他们把壮烈的死看得比平庸的活更重要！

那些天，我和很多人一样，都在关注这个网站的消息。其中"雪山侠客"一栏，介绍了五位登山队员的简况：

参加此次梅里雪山登山活动的登山家是一群头脑冷静、理智、经验丰富的世界级登山健将，他们均曾成功攀登了珠穆朗玛、南迦巴瓦峰，并穿越了雅鲁藏布江大峡谷最险段。

这五位登山家，有四人是西藏登山队的骨干，另一位是担任登山活动副总指挥、总策划和新闻摄影的李记者。

据该网站报道：

1999 年 12 月 28 日下午，在北京光华长安大厦，搜狐公司邀请媒体记者为部分登山队员举行了隆重的送行大会，祝愿这些登山勇士们早日凯旋而归。送行大会结束后，这些队员将直接飞往拉萨，与其他队员会合。

报道配图的说明文字：

登山队员们正在向媒体记者讲述此次活动的攀登路线和气候条件。

即将离开北京飞往西藏的部分登山运动员合影。

搜狐公司职员与登山队员李萧萧正在拍照，而中间的那位女士此时已是眼泪汪汪了。

会场气氛极其热烈，大家站在搜狐捐赠的锦旗后面进行拍照。看大家的表情，是不是有点悲壮？！

在"登山路线及气候指标"栏目里，有从技术角度分析此次行动策略的介绍：

梅里雪山位于我国的云南省、西藏自治区交界地区，属横断山脉，横断山区是我国疆域内新构造运动最强烈的地区之一。在这里地壳抬升快，水系切割强烈，形成了在地球上不多见的特有的峡谷地形，表现在地形坡度大，山峰形状为尖棱状，对登山有一定难度。

……所有的登山尝试中，几乎所有的温季登山活动都因为降水干扰只能到达5800米以下的高度。针对气候因素极为复杂这一问题，从气候量化指标上分析，选择梅里雪山最冷的时节实施登山是最有利的，这是因为大陆冰川的活动较小，影响的气候因素较小，相对比较稳定，冰川灾害发生概率也较小。客观地讲，1991年遇难那次的登山活动在季节选择上是较为合理的。可以讲，无论是从地质、地貌，还是气候等方面考虑，梅里雪山的登顶活动在世界上所有山峰的征服中是颇为棘手的，卡（瓦）格博峰可以讲是全世界登山家都感到非常困难的山峰。

……

1999 年梅里登山队徽

　　人类挑战极限的内在精神是永无止境的，愈困难的山峰愈能激发最优秀的登山家做奋勇尝试。从科学角度，选择世纪之交的冬季（1999 年 12 月 15 日到 2000 年 1 月 10 日[1]），对梅里雪山做世纪末最后冲击是合理的。

1　网站首页说是 12 月 10 日到 2000 年 1 月 20 日。

西藏登山协会颁发
的登山许可证

　　的确，选择冬季攀登是技术上唯一正确的抉择。至于选择新千年这个特殊的时刻，就显然有其他目的了。对此，发起人在网络日记中做了这样的解释：

　　　1999/12/28

　　　登山不是对自然的征服，而是在寻求一种与自然平衡的关系，与自然和睦相处。

　　　二十一世纪的人类应该是博爱、进步、文明的。去创造人类新的文明精神，消除战争、疾病、争斗、环境污染，给人类明媚的阳光。

　　　我经常在大自然里走，在那里人的心灵可以得到净化，能够感觉到自己有很多东西做得不尽如人意。在大自然面前，人可以忏悔，它是我倾诉的对象，我默默地与它对话，当我回来时，我的心灵被洗涤了。

2.
讨论和质疑

　　站在 2021 年回看，新千年的热闹，已经是一代人之前的事了。我的电脑换了四五个，当初为搜狐网站所建的文件夹，早就湮没在硬盘的某个角落。原以为会在虚拟空间永久漂流的信息，也被时间自动删除。本书编辑亚男发回初审稿，说第五章的配图文件太小，印出来恐怕糊掉。我只得下狠心，把四个 2T — 4T 的备份硬盘拿出来，开始第 N 遍搜寻。有年轻人会问，为什么不用好用的软件代劳？大概他忘了我的年纪，或者他还不懂得，随着年龄的增长，我已逐渐丧失了对新软件、新技术的信任感。

　　一个星期的翻箱倒柜终于见了成效，在一个标注为"文字盘 - 项目 - 课题 - 卡瓦格博影响项目"中，找到一个多年未打开的文件夹，名叫"卡瓦格博登山相关网站"。当我看到"梅里雪山千年登顶 SOHU 网络独家报道""梅里讨论"等标签时，竟然有点喜出望外。要知道，在 2005 年写《雪山之书》的时候，我都没有发现这个文件夹，这些网络文件，从 1999 年被下载之后，就一直沉睡在冷冻舱，无人将它

1999 年梅里千年冲顶网站

们唤醒。这批文件出土的那一刻，"知识考古"这个词顿时在头脑中闪闪发光，显然，它照亮的并非酸腐文人的自作多情，而是一种数据管理的重大责任。

在《雪山之书》修订版里，我曾回忆道：

> 那些日子，组织者和搜狐的确为自己赢得了无数眼球的关注，BBS 的帖子与日俱增。当年还没有智能手机，只能用电脑上网。大家白天各忙各的，晚上休闲一两个小时到网上逛一逛。那时还无朋友圈一说，各种论坛都是开放性的，而且没有水军左右舆论，没有键盘侠怼人，大家披件马甲登场，如"木须肉""蝴蝶犬""笑傲江湖"之类，也有人真身出镜，都可以畅所

欲言，不必在乎熟人、生人的点赞或讥讽；观点不合，也很少怒目相向，更少有告发或人肉之事。若趣味相投者，便会私下邮件联系，结交朋友。我比较喜欢上"天涯论坛"，而关注搜狐的 BBS，全是为了解此次登山的信息。我设定自己是个观察者，所以从未发言，但看别人的争辩也看得兴趣盎然。

在上文中，我说自己"从未发言"，但有一份新发现的文件，证明我的记忆出了问题：仔细查看"讨论区"的几十篇帖子目录，分明有一个叫"kawakarb"的，在 2000 年 2 月 14 日 20：11 和 20：38 发了"人与山如何对话"，以及"续人与山如何对话"两篇短文。这应该就是本人吧。可惜链接打不开，只找到 2000 年 2 月 14 日 14：20 同一人写的一段话：

> 我一直在"梅里雪山"做人类学调查，主题是人与山的关系，包括登山活动。今天第一次上网，便看见这么多精彩的意见，忍不住要讲一点个人的想法。首先要为这座山正名。在藏语中，从靠北的滇藏交界处到溜筒江一线叫"梅里"，意思是药山。往南至查里顶一线，叫卡瓦格博……

BBS 里面的发言，在网上已无从寻觅，却被《雪山之书》保存下来了，看来，纸质的实体空间还是比虚拟空间更靠谱，比如下面几段：

1999 年 1 月 1 日

爬虫：你真的要跟登山队员一起冲顶？

答：我会尽最大努力。如果半截而退，我会很不甘心的。

小山：此次活动，海外媒体做不做报道？

答：肯定地说，一定会。美国、日本等国家电视台已经向我们表示出了合作愿望。

笑傲江湖：看你照片，你很瘦弱，你行吗？

答：谢谢你对我的关心。我觉得自己挺行的。哈哈！

木须肉：如果他们登山成功，他们打算在山顶上怎么庆祝？

答：至少是大吼大叫或者是开瓶香槟吧！我们还会设法把峰顶上的雪带回北京，欢迎大家到时来看。

1 月 4 日

黄某：我在美国大自然保护协会云南办事处工作，滇西北地区正好是我们的项目区域，我及我们办事处的中外同事衷心祝愿登山队取得成功。我想这能再次证明人与自然能融洽相处。我的问题是：我们能为您做点什么？

答：我想我首先要代表登山队队员谢谢你和你的同事们。我相信，登山队员们在我们的真诚祝愿中一定可以登顶成功。请将您的联系办法告诉我。

Ei：非常想很快知道登山队的队员们是否已经出发？这次冲顶活动也有日本朋友参加吗？

答：这次活动的全部队员均为中国人，没有外国队员。

刘某：攀登梅里雪山是光荣而艰险的任务，我衷心地祝愿你们成功，并祝所有的登山壮士平安。

答：谢谢！我也祝愿你在新的一年事事如意，恭喜发财啊！

Jj：有时间的话去种些树吧？

答：如果那里天气不太冷，我一定叫他们种。

在热闹的恭喜和祝贺声中，也出现了一些疑问的声音：

祝愿：对大自然和未知世界的探索是人类永恒的主题。我个人认为此次攀登梅里雪山应以探索和认识这一神秘的冰雪世界为主要目的，摒弃人类征服一切的可怕欲望并保持住人类唯一的最后净土。

答：你说（的）没错。我们攀登梅里雪山绝不是要开发它，或是伤害藏族同胞的感情，我们只是希望了解它，去挑战人类极限，与自然更好地相融。

蝴蝶犬：你们有必要这样冒险登山吗？如果像（19）91年那样岂不是太惨烈了吗？

答：人类的任何有关挑战极限、超越自我的行为，都会存在很大冒险性。如果因为有风险，就不去做，我们可能感受不到惨烈，却失去了活着的意义。

Colice：看了前几天的"有问必答"，我有一个问题想请教：西藏有八大神山，为什么对于梅里雪山，大家的看法比较多，当年攀登珠峰的时候也有这样的说法吗？我对于西藏有着特殊的感情，曾独自一人到西藏旅游过，所以很想了解这些问题，谢谢！祝此次活动圆满成功！

答：当年攀登珠峰时是否有如此多的焦点话题，我已经记不清了。但我想，绝对不会有攀登梅里雪山这样多。梅里雪山的特殊在于它是藏族同胞心中的神山之首；而且又从未被征服过，在那里还发生了人类登山史上的悲剧，当然人为的因素也很多。谢谢你的祝愿。没想到有这么多朋友喜欢西藏，关心西藏。谢谢大家！

喵喵：登山成功后，你们会不会为梅里雪山重新命名。比如，以你们某个人的名字。

答：谁出的主意？就算我们愿意，藏族同胞也饶不了我们。

达瓦：在我们西藏爬梅里雪山是会受到神的惩罚的，望你们真诚祈祷，得到神的恩准，切切！祝你们成功！扎西德勒！

答：请你放心，我们内心坦荡，光明磊落，如果真有神灵，她一定会护佑我们的。

在BBS中，也有少数人站出来反对此次行动，并对媒体的一面倒提出异议：

Jy： 据我对藏传佛教的了解，梅里雪山是藏传佛教八大神山之首，当地藏民们认为神山不可侵犯，攀登是对神灵的亵渎。1990年及1996年中日联合登山队攀登该山的时候，山下的藏民们跪满在公路上，齐声祷告神山免受玷污。藏民们对组织攀登梅里雪山有强烈的抵触情绪。出于对藏民族宗教感情与文化传统的尊重，"自然之友"环保组织曾向中央有关领导反映过梅里雪山的特殊情况，希望停止组队攀登该山。这次的所谓世纪攀登，新闻媒体通过互联网造了那么大的宣传声势，我的问题是：媒体为什么不对上述的有关梅里雪山的情况做出应有的传播呢？

答： 我想说的，作为媒体，不论是电视，还是网站，事实上在一开始都对这个问题表示了极大的关注。但经过我们与登山队员的沟通（你知道，大部分登山队员都是藏族人），我们认为：他们不为名，不为利，更不是要去征服雪山，伤害藏族同胞的感情！他们只是希望了解这座神秘的山峰，去挑战人类的极限，与自然保持平衡的关系，与自然和睦相处。而我们的报道也正是要达到这样的目的。

雷风： 我希望他们不要成功。因为它是属于我的。但仍祝愿你们平安归来。

　　答：为什么它是属于你的呢？它是属于所有人类，属于这个地球的。因此，我们所有人都应当珍惜它。你说对吗？

　　网络上这些关于环保、地方信仰的疑问，此前甚为少见，这些声音的出现并非偶然。二十世纪九十年代中期，中国第一代环保运动的先行者已经崭露头角，如 1993 年创建"自然之友"的梁从诫、倡导民族植物学的裴盛基，推动民间环保调查的唐锡阳、沈孝辉，引领西部山地生物多样性考察和保护生物学的吕植，热心滇西北文化与生物多样性保护的杨福泉，专注于金丝猴保护的肖林、钟泰、龙勇诚，开创野生动物拍摄的奚志农和祁云，以及率领野牦牛队打击藏羚羊盗猎者的索南达杰、扎巴多杰。1993 年，唐锡阳和他的妻子马霞（Marcia B. Marks）出版了考察海外国家公园和自然保护区的《环球绿色行》，这本书被誉为中国的绿色圣经。1995 年，奚志农、唐锡阳等人通过直接上书中央，阻止了白马雪山施坝林区的砍伐。1996 年中，唐锡阳发起第一届"大学生绿色营"，赴云南省迪庆藏族自治州德钦县调查原始森林砍伐以及滇金丝猴生存状况。此后绿色营每年组织一次，1997 年考察藏东南，1998 年考察东北三江平原，1999 年考察新疆。1998 年，沈孝辉出版了记录唐锡阳和 1996 年大学生绿色营在德钦调查的著作《雪山寻梦》。这次调查和这本书，成为中国环保史上具有标志意义的事件，它不仅培养了第一批大学生环保志愿者，而且把公众舆论的关注点引到了偏远的滇西北，凸显

滇西北环保运动的主要推动者（从上左）：梁从诚、唐锡阳和
马霞、奚志农、龙勇诚、沈孝辉、吕植、杨福泉，照片来自
网络。

了登山、森林砍伐等外部开发行为对当地自然和人文环境的侵蚀作
用，并依靠民间力量，推动了长江上游天然林保护工程的实施。[1]

1　参见肖林、工蕾：《守山》，北京联合出版公司，2019，134—145 页。

这些讨论受到关注，还有另一个背景。二十世纪九十年代的整个十年，是西藏逐渐成为一种独立精神象征的时期。其"前浪"是二十世纪八十年代围绕汉文版《西藏文学》而活跃起来的三拨文学青年：一是以援藏大学生和援藏干部组成的汉族作家群，如马原、龚巧明、冯良、马丽华等；二是西藏的藏族作家群，如益希单增、扎西达娃、色波等；三是在西藏长大的本地汉族作家群，如金志国等。[1]进入二十世纪九十年代，长居拉萨的年轻作家马丽华发表了她的西藏三部曲《藏北游历》（解放军文艺出版社，1990 年）、《西行阿里》（作家出版社，1992 年）、《灵魂像风》（作家出版社，1994 年），在内地青年知识分子中引起很大反响。1992 年，在成都歌厅演唱的德格男子尼玛泽仁·亚东灌制了他的第一盘磁带《游子的心》（云南音像出版社），发行数十万盒；1995 年，他作为歌手录制的《向往神鹰》获得 CCTV 音乐电视大赛金奖。1994 年，郑钧作词作曲并演唱的《回到拉萨》风靡内地。那些去过藏区，或对雪域抱着向往之情的年轻人，自然而然被搜狐梅里登山的主题吸引，参与到讨论当中。可以说，千禧年梅里登顶活动适逢社会思潮转变的节点，为另一波环保浪潮的兴起做了铺垫。

我注意到，在支持和反对千年登顶活动的网友中，很少有当地

1　郑靖茹：《从西藏作家群的代际转换看西藏当代文学》，《北京化工大学学报（社会科学版）》，2015 年第 4 期。

藏族人的身影。他们大多数人还被蒙在鼓里，丝毫没有察觉别人又要来攀登这座"属于人类""属于地球"的雪山。他们干完一年的活计，正忙着采集牲口过冬的饲料，围着火塘讲笑话，给儿女操办婚事，准备过新年的食品和节目。无论在广播、电视和网站上，公众都听不见他们的声音。

一个显而易见的原因，是德钦那时电视和 VCD 普及不久，街上网吧甚少，也没几个人能在家里上网。何况千禧年的说法出自基督教，与藏传佛教的信仰相抵触，引不起当地人的兴趣。另一个原因则是，千年登顶活动的策划者小心谨慎地改变了进山的路线，在迪庆地区造成了信息传播的盲点[1]：

1999 年 12 月 31 日下午 6 点 30 分

外围路线：梅里雪山登山大队赴大本营的路线

北京—成都—拉萨—八一镇—波密—扎玉—察瓦龙—大本营

大本营—卡（瓦）格博峰路线：

1 号营地 4400 米—2 号营地 5300 米—3 号营地 6145 米—冲顶 6740 米

1　引自搜狐"梅里雪山千年登顶"网站。

不难看出，上述路线完全放弃了以往由云南德钦方向登山的做法，改从西藏察隅县的察瓦龙乡出击，即从卡瓦格博的背后登顶。这在技术上是一个冒险，因为察瓦龙方向的卡瓦格博背面，坡度十分陡峭，且从来没有人做过尝试，也没有任何可靠的登山资料可资利用。策划者选择该路线的主要原因，不是出于技术指标的考虑，或是为了回避德钦藏族和环保人士的阻挠。2000 年 1 月 3 日，一位自称知道内情的网友透露[1]：

> 梅里活动本来是 1999 年 12 月初进山，但由于澳门回归，中央台的记者无法前往（赞助是他们拉的），所以一拖再拖。最新的消息是近日他们将兵分两路进入梅里，由于此次登山从西藏侧攀登，所以不存在云南地区反响的问题。

然而有趣的是，策划者一面想隐蔽出击，一面又想大造声势，不仅在纸质媒体和电视上宣传，还开创了中国登山活动第一次网络实时报道，以日记形式每天介绍准备工作的进展，引起网友的热烈反响。恰恰是这些形式新颖而开放的作秀，带来了意料之外的结果。

1　参见加尔户外运动网载"1991 年梅里雪山山难（三）"中 2000 年 12 月 8 日 "北西南东"的帖子。

　　12 月，正在德钦拍摄滇金丝猴的云南环保工作者奚志农知道了攀登梅里雪山的计划，便在千年登顶的 BBS 中发了一篇帖子，题目是"请留住她的圣洁"，摘要如下[1]：

　　随着新千年的到来，梅里雪山再次成为媒体关注的地方。一支由国内一家公司支持的登山队将又一次挑战梅里雪山。若不是电台、电视台披露了这条消息，远在梅里雪山脚下的藏族群众也许直到要登山队从雪山西侧向主峰发起冲击时才会知道这一"壮举"。

　　……

　　在生态保护者的心中，她又是国内所剩无几、未曾被人类干扰过、千万年来始终保持原始状态的处女峰。其山体地形复杂，气候多变，虽然高不及 7000 米，却从未有人登上去过。本世纪初以来，多少国内外登山队都试图"征服"她，但都一次次在卡瓦格博峰前败下阵来。

　　1990 年，中日联合登山队登顶冲击的时候，山下藏胞跪成一片，默默祈求神山不受玷污。作为一个长期在梅里雪山地区工作的野生动物摄影家，我不仅多次被这片高山和林区圣洁的

1　奚志农的这篇文章于 2000 年 1 月 6 日发表于《中国青年报》第二版。

美丽所震慑，也完全能够体会藏族同胞何以对她怀有如此崇敬之情。然而直到1996年我参加了"大学生绿色营"再次来到雪山脚下，做了深入调查后，我对这座处女雪山的生态价值和她在藏胞情感中的崇高地位才有了更完整、更理性的认识。那次归来，许多环保志愿者向政府发出了保护好梅里雪山生态环境的呼吁，许多媒体热情反应，使这一环保新观念得以传播。

新千年到来之际，环顾我们这个星球，可谓满目疮痍，还能见到几处净土？如果连梅里雪山这样的仅存之地都不放过，那地球上还有什么地方人类不能去践踏？过去的一百年中，越来越多的人已经认识到：人和自然和谐共处应当成为人类的共识，"地理大发现"的时代早已结束了。

过去的一千年已经证明：大自然不曾，也永远不会被人类所征服。在新世纪的门槛上，反省我们对大自然所做过的一切，可能是迎接新世纪最好的方式之一。我们不能，也不该再去蹂躏这最后几片净土了。

留住梅里雪山的圣洁和宁静，应当是理性的人类对新世纪的承诺和告慰。

奚志农比我年轻十多岁，却很早便参与环保运动。1992年，他和生物学家龙勇诚、美国博士生老柯、白马雪山保护站的钟泰、肖林等人进山，开始长期拍摄滇金丝猴。奚志农有云南人的倔劲儿，凡是跟环保有关的事情被他盯上，就非得整出个结果才肯罢休。1996 年白马雪山天然林砍伐的消息，就是他告诉唐锡阳的，后来他参加了第一届大学生绿色营，赴德钦做环境调查。1997 年曝光可可西里藏羚羊盗猎和野牦牛队反盗猎事件，他也是"始作俑者"之一。这次搜狐新千年冲顶的壮举，又被他杠上了，他的一篇长文，招来了很多跟帖，一下子带起了 BBS 讨论的热度。那时，环保还没有成为全民共识，尚带有知识分子先锋运动的鲜明特色，因而不同观点的交锋激烈却不失风度，十分有趣。有人觉得没必要较真：

登山精神与心中神圣的东西同样重要。矛盾么？没法子，本来就充满了矛盾。神圣的信仰受政府／法律保护，手续齐全的登山活动，也受政府／法律的保护，除非政府颁令禁登。能双赢吗？有不想的吗？明儿个听"判决"吧。

有人两边和稀泥：

你们几位的岁数加起来，也 200 来岁了，按理也用不着我来开导你们。来，各位，先来口酒儿。

想来你们也没料到半路杀出个程大侠。想开些。甭管能否出发，都看开些，保持一个平和的心态。我相信，你们把登山看作生命的一部分，你这么想，没准儿卡（瓦）格博也是别人生

	1月2日精彩问答	
昵称	问题	答案
云风	这次登山的成功性有多大？	有80%到90%的把握。
一只小猪	你好！我也是一名登山爱好者，请问，你们要几天时间攀登到山顶？你们冲顶的时候，背包会多重？你们都准备些什么食物？最后，祝你们成功！	你的问题实在让我很难回答。如果天气不出现意外，或是没有遇到雪崩，也许我们四五天就能冲顶成功，所以关键要取决于天气状况。背包嘛，也是因人而异，大概每个人要背10至20公斤的东西吧。这次登山队员的食物主要是糌粑（当地的土特产），因为它热量高而且有营养，以后你可以尝尝，还有就是压缩饼干。
clod	你们对这次登山有信心么？如何在平原锻炼自己以便自己适应高原的情况？请列几种锻炼方法；谢谢；祝你们成功	我们大家当然都有信心，谁也不会拿自己的生命随便开玩笑。至于几种训练方法嘛，我可以介绍你一本书籍——《登山攀岩》，师傅领进门，修行在个人啊！
喵喵	登山成功后，你们会不会为梅里雪山重新命名。比如，以你们某个人的名字。	进出的主意？就算我们愿意，藏族同胞也饶不过我们的。
jy	据我对藏传佛教的了解:梅里雪山是藏传佛教八大神山之首;当地藏民认为神山不可侵犯;攀登是对神灵的亵渎.1990年及1996年中日联合登山队攀登该山的时候;山下的藏民们跪满在公路上;齐声祷告山神使我们免受玷污.藏民们对组织攀登梅里雪山有强烈的抵触情绪.出于对藏民族宗教感情与文化传统的尊重;'自然之友'环保组织向向中央有关领导反映过梅里雪山的特殊情况;希望停止组队攀登该山.这次的所谓'世纪攀登';新闻媒体通过互联网造了那么大的宣传声势;我的问题是:媒体为什么不对上述的有关梅里雪山的情况做出应有的传播呢?	我想说的，作为媒体，不论是电视、还是网络，事实上一开始都对这个问题表示了极大的关注。但经过我们与登山队员的沟通（你知道，大部分登山队员都是藏族人），我们认为：他们不为名，不为利，更不是要去征服雪山，伤害藏族同胞的感情！他们只是希望了解这座神秘的山脉，去挑战人类的极限，与自然保持平衡的关系，与自然和融相处。而我们的报道正是要达到这样的目的。
雷风	我希望他们不要成功。因为她是属于我的。但仍祝愿你们平安归来。	为什么她是属于你们的呢？她是属于所有人类，属于这个地球的。因此，我们所有人都应当珍惜它。你说对吗？
达瓦	在我们西藏爬梅里雪山是会受到神的惩罚的，望你们真诚祈祷，得到神的庇佑，切切！祝你们成功！扎西德勒！	请你放心，我们内心坦荡，光明磊落，如果真有神灵，也一定会护佑我们的。（另外，感谢所有朋友对这次活动的关心和良好祝愿。）

搜狐网站上的问答

命中的一部分呢……

接着说：好事多磨。你们可能着急再拖就错过战机了，还可能很委屈。我们去挑战我们自己，去圆梦，去告慰亡灵，碍着谁了，又是合法登山？是，谁也没碍着。

也有人坚决维护探险的正当性，激昂地喊口号：

人类应该去征服自然，中国人能征服梅里雪山。

更多的人则表达对登顶的期待：

作为一名山野活动的爱好者，我觉得登山运动最大的魅力在于冲破生命的极限，曾经，十七名勇士为了这个目标将灵魂祭给了梅里雪山，现在，我们的登山队仍循着他们的足迹，向梅里雪山迈进。的确，如果我们登顶，（这）将是我们民族的骄傲，但是，这同样将证明人类征服了世界上最后一座处女峰，这更是全人类的骄傲。并不是别人做什么我们就做，而是这一天我们以（已）期待很旧（久）。

我认为在西藏这个神奇的高原，住着神也住着人，人离不开神，神也离不开人。攀登梅里，我觉得是人和神一种亲和的方式，并不存在感情伤害的疑惑，怀着朝圣瞻仰心情的勇士们一定会得到神的庇护，他们会成功的！

值得注意的是，探险与当地文化和信仰的关系，在这里初次受到关注：

> 我可以说西藏才是人与人之间的纯洁圣土。我从来不喜欢"征服"二字。如果拿出达到什末（么）目的不见得非要怎样的道理，那我就要问：藏民信奉的神灵，只要在家里供奉，出来磕长头的人都是哗众取宠？？？我们想领略自然的情趣，在家里看风光片，就不用走出来投入自然的怀抱？？？我觉得民族的感情是大多数藏民的感情，不是少数人的感情。我认为人类的非凡精神才是最高的感情！

对于"征服"大山和自然的观念，也开始有了不同的看法：

> 看了网友的一些帖子，我感觉有一个观点想说一下。我认为登山并非征服山。当他登顶时，他会感到自己与山融为一体，他会感到自己的渺小，他会感到自然的美好。这时，他最想做的是坐下，或躺下，倾听大山心跳——那是"母亲"的心跳。实际上这与学者证明完一个命题时（的感觉），极为类似。谢谢。

尽管我当时还不熟悉 BBS，但还是被这些辩论吸引住了，没有一边倒的谩骂，也没有毫无立场的吹捧，人们从登山说到对自然、对

BBS讨论截图

他人、对生命的尊重，思考的问题越来越深入。这是我国历史上第一次有关登山运动和文化冲突的公众性讨论。我把部分帖子保存了下来，它们比千年冲顶活动本身更具有历史价值。在最近新发现的文件中，有几份帖子是 2000 年 1 月至 2 月发的：

一藏民：梅里雪山是藏族人民的圣山，太伤民族感情，

第五章　千禧年

SOHU 组织该活动必将受到惩罚……

吴清源：人类早晚可以把地球上的每个山头全登临一遍，包括容易的和不容易的，每次再（在）被人类征服后，那个地方便遭受灭顶之灾，我实在看不出登临梅里雪山的山顶能体现出什么东西来，人类的某些精神？算了吧，虽然我没有爬过很高的山，但我去过很多风景区，想当初，九寨沟有"童话世界"美称，可一被开发便面目全非，张家界号称"养在深闺人未识"，可"人"一旦"识"了以后，就开始了大规模的破坏，这样的例子还少吗，还有这次登山据说要搞一下考察，我实在想不通，这些队员本不是干这个的呀。

Yping：其实最大的差距还是人的问题，我希望我们的观点在几十年后被大众认同，结论不同，但出发点是相同的。十几年前有一本（书）叫《晚霞消失的时候》，里（面）有句话一直影响着我，追求真的是科学，追求美的是艺术，追求善的就是宗教（当然李洪志之流不肖（屑）一提）。不同的民族都有追求真善美的方式，我现在同样难以认同藏民那一步一磕头的方式，但我可以理解。

3.
呼吁和回应

　　报刊电视的宣传终于将消息传到当地。在参与网上讨论的同时，环保人士还向德钦县政府和中央有关部门提交紧急报告，汇报情况，建议由政府出面干预，号召社会各界关注这一事件。这一动作，很快在德钦县引起了反响。1999 年 12 月 29 日，德钦县人民政府向省政府请示，建议劝止梅里雪山千禧年登顶活动：

　　　　最近，中央电视台和《中国青年报》（报）社等新闻媒体相继报道了国内一些登山组织准备攀登梅里雪山主峰的消息，全县社会各界对此反应比较强烈。据了解，宗教界和信教群众都强烈反对登山活动，都希望县政府将群众的愿望报告给有关部门和组织，至（直）到有权力有能力干预登山活动的组织和领导出面为止。近几天，政府信访科已接待了两起上访群众，他们主要是打听此次登山的最新动态，并要求县政府出面阻止登山活动。

我们县人民政府对此次登山活动的态度比较明朗，那就是谢绝任何国家、任何组织、任何团队、任何个人以任何理由进行梅里雪山登顶活动。

报告举了四条反对登山的理由：

一是当地群众思想工作难做。前几次登山都遭到广大群众的强烈反对，我县各级党委政府做了大量工作，登山活动才得以顺利进行，但群众的不满情绪却并未消除。如果这次登山活动再次置广大群众的意见而不顾，是否会导致不满情绪转化为对立情绪，从而影响社会稳定，县政府对此十分担忧。

二是担心伤害宗教人士和信教群众的宗教情感。梅里雪山及主峰卡（瓦）格博峰在广大信教群众心中具有至高无上的地位，是被人格化了的至神至圣，登山意味着信教群众心中最美好、最神圣的东西被人践踏，从而对信教群众造成极大的伤害。而且，被伤害的不仅仅是德钦的信教群众，也包括整个藏区的信教群众。因为卡（瓦）格博峰是整个藏区的神山。

三是支持登山活动有悖于我党全心全意为人民服务的宗旨，可能对党的民族政策造成危害。我县是个全民信教的少数民族地区，其中信佛教的约占总人口的 90% 以上，反对登山活动的呼声正是来自这些群众之中，如果忽视这些呼声，那我们将严重脱离群众，违背全心全意为人民服务的宗旨。同时对贯彻落实党的民族宗教政策造成消极的影响。

四是如果梅里雪山是一座普通的雪山，我们应该竭尽全力给予必要的支持。但梅里雪山是一座被一个民族奉为神山的雪山，而且是屈指可数的朝拜圣地之一，对此进行登山活动就不是也不可能是一项单纯的体育活动，如以伤害一个民族作为代价，以满足一些人对自然的挑战欲、征服欲，价值究竟有多大？

据《自然之友通讯》刊载的资料，1999 年年底，梁从诚先生[1] 向国务院领导递交了题为"建议不在藏族奉为神山的梅里雪山开展登山活动"的报告，该报告称[2]：

> 1996 年 12 月，中日联合攀登云南省迪庆藏族自治州德钦县境内梅里雪山再度失败。这是有日方参与攀登该雪山的第四次失败。我国传媒曾对此表示惋惜，并鼓励他们继续努力。
>
> 根据 1996 年 8 月为环保项目曾到当地做过考察的一些专家和大学生提供的信息，当地藏民奉梅里雪山为神山，是藏

---

1 梁从诚（1932 — 2010），祖父梁启超，父亲梁思成，中国环境保护运动的先驱者，中国第一个民间环保组织"自然之友"创始人。
2 见《自然之友通讯》2001 年第 4 期。

传佛教八大神山之首；他们认为，神山不可侵犯，攀登是对神灵的亵渎；对于多次举办中日联合攀登梅里雪山极为反感。1990 年 12 月，就在联合登山队准备登顶时，山下公路上曾跪满了附近村镇藏族群众，齐声祷告神山免受玷污。1996 年 12 月登山队再次试图登顶，滇藏地区又有几十位活佛为"保卫"神山日夜诵经。藏胞对于组织攀登梅里雪山的不满是强烈而明显的。

1996 年 8 月，当登山准备工作正在进行时，我初次知道这种情况，当即向有关领导机关反映，建议重新考虑此事。有关负责同志回话说，中日联合登山是国家体委报上级批准后进行的，计划不可更改。此后，登山虽又告失败，但几次登山活动，特别是该山首登权让给日本，已在当地和广大藏族地区造成严重不良政治影响，对当地政府与群众关系十分不利。我认为，登山固然是一项重要体育项目并有其科学价值，但并非爬遍每一座高峰才算是人类对地球的"胜利"，尤其不应为满足少数外国人对自然的这种"征服欲"而伤害我国少数民族的宗教感情和文化传统，以致影响中华民族大家庭内部的团结与和睦。

为此，我建议：

1.有关部门立即停止任何新的攀登梅里雪山的活动或计划；

2.不再与日本或任何其他外国签定有关攀登梅里雪山和其

他被藏族同胞奉为"神山"的山峰的协议；

3. 中国自己的登山队今后也不再试图攀登上述这些山峰并公开宣布将这些山峰列为禁登区，今后任何中外登山队都不得在禁登区组织登山活动。

我认为，上述措施必能获得藏族及各族同胞的拥护，而我国无论在体育还是科学方面，都并不会因此蒙受任何损失。

2000 年 10 月，迪庆州政府、大自然保护协会（TNC）与民间环保组织"绿色高原"合作，召开了"梅里雪山保护与发展国际研讨会"，"自然之友"的创始人梁从诫先生、TNC 云南项目文化顾问杨福泉教授、著名环保学者吕植等诸多专家和一些本地的藏民代表参加了此次会议。据杨福泉教授回忆，他和藏学家王晓松、民间环保组织"绿色高原"的史立红三人受大会全体代表的委托，起草了一封写给前国务院副总理温家宝的信，全文如下：

尊敬的温家宝副总理：

我们是参加于 10 月 11 日至 14 日在云南省德钦县召开的"梅里雪山保护与发展国际研讨会"的代表。这个会是根据云南省人民政府与美国大自然保护协会合作的"滇西北保护与发展行动计划"项目的进程而召开的。梅里雪山因其独特的以藏文化为核心的多元文化、保存完好的自然生态和丰富的生物和景观多样性的价值而不仅成为中国的，也成为全人类的重要的文化和自然遗产。目前，云南省人民政府正在积极将包括梅里雪山在内的这一区域申报世界与自然遗产。因此，这个研讨会标志着一项以保护梅里雪山的文化与生物多样性和促进当地社会经济的可持续发展为宗旨的示范项目的开始。

在这次会议上，保护梅里雪山成为与会者的共识，禁止攀登梅里雪山也成为所有与会者关注的焦点。梅里雪山是藏族地区著名的神山，在藏族同胞的心目中有崇高的地位。我们不断听到当地群众代表、宗教界人士、政府部门代表和学者的强烈呼声：不希望任何国内外登山者来攀登他们心中这座至高无上的神山。我们也了解到，自1987年以来国内外有关机构多次组织的攀登梅里雪山的活动给当地群众的心灵和情感带来了严重的伤害，也给这一藏区的社会稳定、民族团结和贯彻落实党的民族宗教政策造成了消极的影响。1997年初，国务院有关部门曾经指示：今后此类活动要事先听取各方面的反映，并尊重地方政府的意见。1999年底，德钦县人民政府曾向云南省人民政府和国家民委递交过要求劝止梅里雪山登顶活动的请示。

因此，我们给您写这封信，希望您能在百忙之中关注和过问关于攀登梅里雪山的事情，希望有关部门能按照国务院曾经做出的正确决策来执行，并敦促有关部门尽早公开宣布梅里雪山为中国境内的禁登山之一。

　　此致

　　敬礼

2000 年 10 月 14 日

　　这封信经全体与会代表签名后，请参会的全国政协常委、"自然之友"会长梁从诚先生转交国务院领导。

　　2001 年 9 月，全国政协对梁从诚的提议给予回复[1]：

梁从诚委员，您好！

　　您关于"建议宣布梅里雪山为禁登山"的重要意见，已专报国务院有关领导同志。国务院有关部门就此事进行了专门研究，并与相关省、州、县进行了协调。现在各方面已达成共识：鉴于缺少法律依据和国际先例，不将梅里雪山宣布为禁登山；但考虑到有关情况，将继续暂缓攀登梅里雪山。

　　您可以采用适当形式，将此情况和意见转告当地同志。让我们共同努力，为民族地区的稳定和发展，也为了我国登山运

1　见《自然之友通讯》2001 年第 4 期。

动的健康发展，尽我们的一份绵薄之力。

全国政协信息中心

2001 年 9 月 24 日

梁从诚收到回函，向关心梅里雪山的朋友们致信道[1]：

　　2000 年 10 月，我在德钦县参加"梅里雪山保护与发展国际研讨会"期间，曾受各位的委托，向中央领导反映大家出于对梅里雪山的爱护和对当地藏族同胞宗教感情的尊重，希望有关主管部门能正式宣布梅里雪山为禁登山的建议。回京后，我通过全国政协将各位的签名信呈送给了国务院领导。据我所知，领导十分重视，亲自做了批示。国家体育总局有关主管部门为此也多次派人到云南省和德钦县与地方主管官员就此进行磋商，并曾与西藏自治区有关方面进行过协调。最后形成了一个处理意见，由全国政协信息中心以书面形式正式给了我一个答复。在答复之前，还专门邀请我到国家体育总局，就他们的处理过程和思路与我交换了意见，解释了他们不能完全满足呼吁书中的要求的原因。

　　我个人认为，中央领导对各位的呼吁是重视的，全国政协信

1　见《自然之友通讯》2001 年第 4 期。

息中心和体育总局处理此事的态度是认真、负责的。目前这样的处理办法虽然没有法律上的强制力，但基本上能够达到劝阻继续组织攀登梅里雪山的效果，也许是目前仅有的可行方案了。

我个人为此尽了最大努力，希望没有辜负德钦县各族父老乡亲和关爱梅里雪山的朋友们交给我的使命。

现将全国政协信息中心给我的答复的复印件寄上。请各位一阅。

敬祝我们的梅里雪山永远圣洁无瑕，屹立苍穹！

敬祝各位　吉祥如意　扎西德勒！

全国政协常委

"自然之友"会长　梁从诫

2001 年 10 月 16 日

德钦县政府和环保人士的努力，为阻止新一轮针对卡瓦格博的登山活动起到了重要的作用。还在梁从诫接到全国政协信息中心的回复之前，中央有关领导在 1999 年最后一个工作日下午，指示西藏自治区有关部门暂停此次行动。[1] 2000 年 1 月 7 日，搜狐网站以短信的形式发布消息：准备一年多的梅里雪山千年登顶行动因种种原因

1　奚志农:《请留住她的宁静和圣洁》，载搜狐"梅里千年冲顶"专栏及《自然之友通讯》2000 年第 1 期;《自然之友通讯》2001 年第 4 期。

暂缓实施。

　　至此，攀登卡瓦格博的行动暂告停止。在接到暂停登顶活动的决定后，搜狐网站"千年冲顶"栏目发表了"给网民的一封信"：

　　亲爱的朋友们，各位好！

　　　　在祖国辽阔的版图上，我们的目光常常要越过千山万水，最终停留在一片遥远的曾不为人所知的地域，那个地方众脉横亘，天堑难渡，那个地方就叫——梅里雪山。"梅里"与"美丽"谐音，而她的神秘魅力早已进驻到我们的心目中。

　　　　这些天来，搜狐的员工们似乎都恋上了梅里情结，公司的各个角落都有讨论生命与生存、崇高与平庸、人类与自然、民族与世界等各方面的话题。好像每个人的新世纪激情和感悟都源自这片神奇的土地，源自她的雪的洁白、松柏的沉默和野山菊的芬芳。当然，我们更有期待，我们期待从我们这里启程奔赴雪域前沿的登山勇士们带来顺利、成功的消息，我们甚至把赢得二十世纪第一缕阳光的心愿寄托在他们身上。

　　这封公开信宣布：

　　　　我们怀着非常惋惜的心情要告诉大家：梅里雪山冲顶活动暂缓。这是我们多日来不愿听到的一个事实，这也是以西藏登山队为主体的梅里冲顶队员感到万般遗憾的事实。眼见着雪山冲顶最佳时机已经错过，而他们仍被陷于许多人为的观点冲突的讨论中，他们所有的行程装备已经在雪山底下，蓄势待发，可是也只能望"山"兴叹。基于此，他们不得不延迟这次登山活动，正如国内知名的登山研究专家周正教授所言，登山冲顶是一种科学探险，不是盲目冲动的冒险，我们一定要选择最合理的时间和最理想的地段出击，因此这次活动延期并不是随心而至，而是理性的、负责的抉择，相信他们不久一定会登上梅里雪山的。

由搜狐网站发起的关于梅里冲顶的讨论，其结果为登山组织者始料未及。在此之前，德钦当地人反对登山的态度和行动远在媒体的视野之外，被新闻报道忽视，自然也被公众忽视。然而一个简单的BBS论坛，却把本应该指向登山活动本身的公众兴趣，转移到了环保、本土文化的神山信仰等话题上。登山是全球化精神运动的一部分，神山信仰则是地方性传统知识的一部分。前者被媒体的聚光灯笼罩，后者却被媒体的阴影掩蔽。但千禧年的讨论，把被掩蔽的图像忽然"上载"到刚刚兴起的网络论坛上，"令全球景观的大屏幕略去的画面得以曝光、显影"[1]。借助环保人士的转达，当地人的声音终

1　戴锦华：《副司令马科斯：后现代革命与另类偶像》，《天涯》，2006年第6期。

于传播于光天化日之下，并得到了政府的迅速回应和妥善处理。这次事件，首次显示出网络舆论的力量，也显示出它与现实互动而带来的深刻影响，同时，也表明各种利益群体的相互合作，对于应对危机具有重要的意义。

这次讨论远没有结束。当时我刚学会上网，因操作不当，保存的帖子大多没法打开。可后来一搜索，发现许多讨论延续至今。尽管我们于 2004 年策划了"卡瓦格博"的专题片，在云南电视台《经典人文地理》播出，但那是一次性的，转瞬即逝的"讲述"，没有互动，无人对话，像丢一个石头到深不见底的水潭，没有"旷咚"的回音。而网络截然不同，你来我往，唇枪舌剑，即使一条老旧的信息，也可能在数年后被谁有意无意地捕捉到，引发一场论战。十多年来，我一直充当着电子太空的"捕梦者"，在上万条"梅里雪山"和"卡瓦格博"的信号中聆听有意义的声音。

1998 年，我搜到登过山，也敬重山的探险作者赵牧为登山运动申辩的一篇文章，其中写道[1]：

> 我参加过几次登山活动，面对雪山的雄浑、肃穆、美丽，也有和斯那次里一样的惊叹和想法：雪山是这么美丽，我真的

1　赵牧：《雪山原来是这么美丽——不是为了辩护》，《文汇报》，1998 年 9 月 18 日。

不想回去了！

我采访过许多登山者，我知道在雪线之上，很多人都有过这种真实的体验和情怀。你甚至也可以把它视为一种宗教的体验和情怀。而在我知道的一些西方登山家里，就有一些不置产业、不要婚姻的人。其中有一个曾说："雪山是他唯一的情人。"结果他真的死在"情人"的怀抱里。

如果不知什么是美，怎能产生热爱之情；以世俗的眼光看，今天登山运动无名无利，又很危险，如果不是热爱的支撑，怎么能想象有些人，口袋里有两个钱，就往山里跑？如果不是热爱，又如何想象人们会对某种事物产生保护的念头？

我并非要为那些死去的登山者辩护。为自己真爱而死的人又何需辩护。

……

我毕竟到达过永久雪线以上领略过雪域高原的美丽神奇；毕竟知道今天的登山者已经彻底唾弃了由权力者"出思想"，运动员去玩命卖苦力的历史；毕竟知道很多人登山确是出于热爱；他们（包括藏族登山者）何尝不知道藏族同胞对登山运动抱有的那些看法，他们没有耿耿于怀，恰是因为他们理解这些看法。所以许多登山者在攀登西藏冈底斯山脉最著名的神山——冈仁波齐峰时，会遵守一个不成文的规定，在距离顶峰几米高的地方止步，以示对神山的敬畏和对藏族习俗的尊重。

我又找到他在 1991 年梅里山难过后不久写的一篇文字，反思的韵味非常浓郁[1]：

> 登山，在中国太容易使人联想起这个字眼——"征服"。多少年来，这个被滥用无度的字眼，包藏着浓厚的功利实质。它几乎把探险文化的丰富内涵排斥殆尽。
>
> 高山探险不是战争。当人们用如同战争的方式对待一座座雪山并仅仅期待征服的快意时，雄奇神秘的大自然便成了为"伟大"而设的"玩偶"。登山者也把人对大自然应有的崇敬、对其奥秘的神往之情降低到粗野地从大自然身上掠夺功名的水平了。
>
> 梅里山难引发的心理地震和思考是必然的。当"悲剧是把人生有价值的东西毁灭给人看"时，登山者自然要审视和确定自身与大自然的关系和价值所在，他们自然应该用自己的头脑思考："我为什么要登山？"

2005 年 4 月，我在加尔户外运动网的登山论坛上，看到一位叫 Bince 的网友对登山意义的论辩[2]：

---

1 赵牧：《梅里生死录》，《体育之春》，1991 年第 1 期。
2 原网址 www.jial.com，现已无法访问。

285

　　我相信在一个执著于创造成绩的人眼中，卡瓦格博无疑是最具有诱惑力的目标。作为一座神山和处女峰，一座令无数外国人败下阵来丧失生命的山峰。如果登顶，将无疑会在社会上产生巨大的影响。无论从哪一方面这都会成为一个好听的故事，满足人几乎全部的虚荣。我也相信，在这个地球上已经没有人类登不了的山峰了，只是时间问题。但登山毕竟不像一般的运动没有极限，它的高度和数目是有限的，它的魅力不在数字上。也许有一天，在成就了无数人的传奇和梦想之后，地球将成为一座没有处女峰，没有神山，没有传奇和梦想的星球，而且永久地失去这种光华。个人的经历将很快被淡忘，融于历史，但整个人类文化却为此付出了太多代价。中国的山与众不同，地球上应还有几座山未被涉足，还有几座山露出神迹，还有几座山令人仰望。在中国，作为一个狂热的登山者，我加入祈祷的人群中。

2006 年 12 月，我又穿越电子空间，听到了当月 28 日中国登山队队长、前梅里雪山登山队员及山难救援队员王勇峰在大连海事大学给大学生做的报告，他说，1996 年，他曾经试图攀登梅里雪山，但是失败了。现在，他已不打算再登此山："当地人把梅里雪山当作圣山，不希望有人去攀登它。"他还告诉记者，刚开始登山的时候，他每次登上一座山峰都很有成就感，那种征服的感觉让他很兴奋，可一次次参与救援活动，让他看到身边人遭遇的山难，这让他逐渐改变了对山的感觉：你对山好，山也会回馈你；不要怀着征服者的心态对待山。人们曾经以与大自然斗争为荣，可大自然却以它自己的方式"报复"人类，沙尘暴、气候变暖都是人类不尊重大自然的结果。山也一样，人要学会尊重山，"山曾经是我的对手，但我现在把它当作朋友"。[1]

我还听到登山队随队医生李舒平对死难的登山队员孙维琦的一段追忆[2]：

孙维琦在前三次登梅里时目睹了无数次横扫千军的冰崩、雪崩，亲历了漫天大雪中漫漫长夜的煎熬。他对记者讲过一番话："人在高山前确实太渺小了，但这山本身的确使人产生了一种力量感。"他打算从梅里归来后自己写一篇定名为《四进梅里》的文章，现在我们已无法知道他将如何向世人披露心中的秘密。但我们知道，他爱山，他在登山中对山的庄严和力量产生了共鸣，触到了山魂的律动，实现了人类崇尚力量、勇敢和不屈不

1　陈迪：《登山不为征服，安全是第一位》，《大连晚报》，2006 年 12 月 30 日。参见该报网站。
2　李舒平：《梅里雪山中日登山队员遇难 7 周年纪念》，《光明日报》，1999 年 9 月 9 日。

挠地向艰难险阻和自我挑战的誓言，并使自己在这伟大的锤炼之中得到涅槃。

对有着不同学科背景和不同动机的人来说，梅里山难不仅是一个谜团，更是一个值得探讨的题目，可以从不同角度加以剖析。比如我在某论坛里找到这样一条帖子，有人正在以梅里登山事件为题撰写法学论文，探讨公法与习惯法之间的冲突。[1] 这位研究生已经涉入当今法学研究的一个新领域：本土知识产权。由此起步，"梅里登山"将成为一个重要的案例，引导人们探讨当地社区传统资源权利这一新课题。[2] 梅里山难的发生，也促进了中国登山救援机制的进步，2007 年，中国登山协会开始发布"中国大陆登山户外运动事故年度报告"，之后又创建了及时更新的事故报告网络平台。

时至今日，梅里登山的话题依然在"知乎""搜狗问问"等网络平台上保持着相当的热度，不断有人提问，不断有人回答。2020 年，《户外探险》杂志的公众号甚至为这一事件做了精致的专题连环画。灾难会过去，有关灾难的专业调查和深刻思考却不该停止。尽管山难的故事已讲了很多，人们关于登山运动的思考还是太少。尤其对

---

1 见 sonia 博客 sonia1001.mysmth.net，2006 年 5 月 31 日。
2 关于传统资源权利的论述，参见［加］波赛编著：《超越知识产权 —— 为原住民和当地社区争取传统资源权利》，云南科学技术出版社，2003。

于深陷在政治性登山和商业性登山夹缝中的中国探险运动来说，关于梅里山难较为严肃的追问和调查实在太少，以此如何可以告慰逝者，又如何启发来者？希望梅里山难能成为一个起点，让轰然崩塌的冰雪，把人们从自我陶醉中唤醒。如《西藏度亡经》所言："死亡是一个阈限，一个关口，它可以导向堕落，也可以导向解脱。关键在于你从毁灭的那一瞬间看清了什么。"

《户外探险》公众号 2020 年的梅里山难连环画截图

第六章

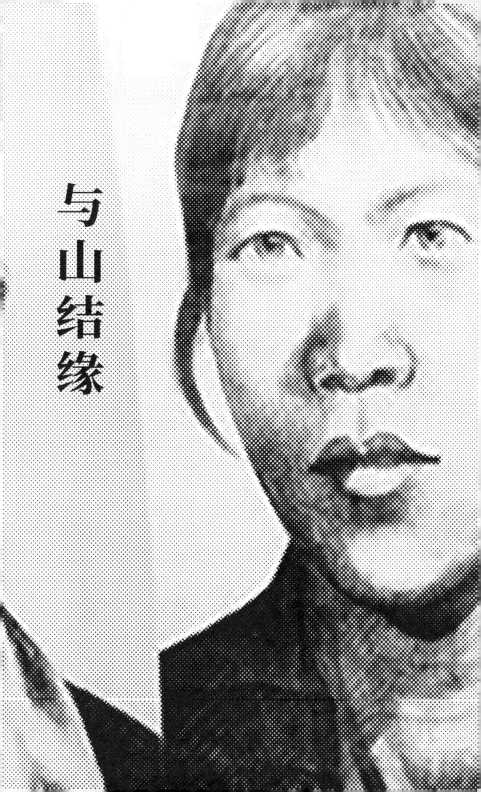

与山结缘

　　梅里登山是一个"非常"的事件，待雪崩雷鸣而过，幸存者又恢复"正常"的生活。然而就像一条湍急的大河，表面的波涛奔腾而去，河床却几乎静止，接纳着所有沉淀的东西。那些经年累月被流水消融的物质，有的会翻腾而出，激起浪花；有的则与江河汇成一体，变得平淡而开阔。从这个意义上讲，梅里山难并没有以山难作为结束，对那些命中注定与山野有缘的人来说，那只是另一段生活的开始。

1.

失踪的野虎

2006年1月9日，我正在人气很高的"天涯论坛"上冲浪，无意间发现一个帖子：

> 梅里雪山登山者云南十五周年回顾
>
> "秀峰大地竞相照　高洁精神在其间"
>
> 这是德钦飞来寺91年梅里山难纪念碑的悼词
>
> 这些年来，我一直想做一件事——研究梅里雪山
>
> 探索她，发现她，朝拜她，然后皈依她
>
> 所以，谨此中日联合登山队遇难十五周年回顾之际，我愿意把我这些年积累下来的点点滴滴真情奉献与大家分享。
>
> ……
>
> 高家虎

我知道这位高家虎，30多岁，自称"野虎"，因痴迷于探险，

高家虎纪念梅里山难十五周年活动的帖子

1998 年辞去工作，成为独往独来的"山友"。他凭着积攒的几千块钱，曾徒步穿越独龙江、雅鲁藏布大峡谷、塔克拉玛干沙漠等地。记得他在纪录片《卡瓦格博》里面讲过这样的话：

> 既然她（梅里）是一座没有人登过的雪山，那对全世界所有的登山者来说，都是一个极大的诱惑。

我听说，高家虎一直在秘密准备孤身攀登梅里雪山，也知道 2004 年 8 月 29 日，他把自己前一年找到的牙齿、指骨等山难遗物交给家属的事情。那些年，好像他心里只有攀登梅里这一个念头。1 月

9日晚上的"野虎2006夏季驼峰客栈幻灯片沙龙",预定在昆明市的驼峰青年客栈举办,持续三小时,活动内容是播放专题片《卡瓦格博》,放映登山队的绝版照片和他自己拍的风光照片,演唱他原创的两首歌曲。重头戏是签名出售他撰写的《我定成为峰》,这本书"基本把梅里山难交代清楚,值得山友们珍藏"。

同年5月22日,这个活动又举办了一次,看当时的海报截图,犹如一个漂流瓶,保留了野虎在人世间的一丝踪迹。

那段时间,梅里山难已经淡出了我的视野,高家虎举办的两次活动,我都没有参加。看到海报帖上那句誓言,甚至觉得有点可笑:

我!野虎,誓将成为站在梅里顶峰的第一人!让我们祝福他吧!

他的书如其人,自称为"愤青探险家",骄狂之气毫无掩饰,封面设计很业余,完全不是出版社惯常的风格,每个字,每幅画都像口号和标语。那书名,疑似改编云南烟草大王的广告词:山高人为峰!把泛指的"人"改成了特指的"我",而且用肯定句"定成为"表达决心。这书我没买,更没读。

时光如梭,很快到了2011年。这年的1月12日,昆明《都市时报》突然刊出一位姓鲍的摄影师发出的"寻人微博",声称:

高家虎的著作

探险家高家虎登梅里雪山已有两个月失去联系，非常着急，请朋友帮忙转转，希望他能安全归来。

不久，原昆明黑风登山队队员王辉闻讯打电话给报社，说 2010 年 12 月 24 日傍晚，高家虎曾用一个陌生的手机号给他发过四条短信，询问他肺水肿的症状。并说自己现在在梅里雪山 5400 米的地方，因为上山速度太快，不能适应高度，自己出现吐黄水、肺部有气泡声、身体乏力、头痛等症状，此后就再也没有联系。[1]

1　林霞：《云南登山独行侠高家虎疑登梅里雪山下落不明》，《都市时报》，2011 年 1 月 13 日。

《都市时报》的记者林霞持续跟踪这一事件，于 13 日打电话给梅里雪山国家公园开发经营有限公司总经理、德钦县文化旅游广播体育电视局副局长扎西吾堆，扎西一听便说，那个人我知道，他一头长发，皮肤黝黑，经常来德钦，有五六年了。大多数时候住在明永冰川附近的支拉村。这人个性不张扬，他知道梅里雪山是禁止攀登的，一直以动物爱好者、摄影爱好者的身份待在村里，从来不说要登山的话。时间长了，支拉村村民都很熟悉他，每次他来，就好像自己的家人回来一样对他。景区的职工见他的登山装备非常简陋，就对他说："许多登山者的装备有几大箱，但最终都没有登上梅里雪山，你这么简陋的设备是不具备登山条件的。"这次高家虎没有以游客身份进山，也没有住宾馆，扎西并不掌握他的行踪，但承诺马上让景区派出所组织村民搜集相关线索。

这一天，有个姓孙的市民看到报道，给报社打电话，说自己是高家虎的朋友，2008 年曾在斯农村跟他碰面，他和两个同伴攀到5400 米，因一人患肺水肿被迫撤回。孙先生感叹说：

> 他们的装备太简单了，每个人就背个大包，里面就装了些穿的和吃的。
>
> 人家登山都有强大的经济实力做后盾，像国内一些著名的登山探险家王石、金飞豹等，都是建立在强大的团队支持之上。要是连自己生活都无法保障，根本就没有办法登山。

孙先生还提起高家虎的老家在云南元谋县的农村，家境贫穷[1]：

> 我知道他有个妹妹在昆明。孙先生回忆说，2007年那一年，他曾去过高家虎和妹妹租住在张官营农贸市场的一间狭小简陋的出租房。里面只有一张床，她妹妹睡，他就睡在地上。从他家里出来时，我塞给了他500元，叫他好好找份工作，先解决了自己的温饱再说。如今出现了这种情况，希望他能平安回来！

另外一个跟高家虎相识多年的朋友也谈到他的境况：

> 六年来他徜徉觊觎在梅里周围，先后制定五条登山方案，由于缺乏9万元资金，至今仰望山顶黯然伤神。每晚他与从山上捡来的遇难者的骨头、相机等遗骸遗物相伴，大概希望这些东西给他加持力量。

这位朋友见他如此艰难，建议他干脆多去赚点钱，再雇两个夏

1　林霞：《独行侠高家虎登梅里雪山失踪20天》，《都市时报》，2011年1月14日。

高家虎画的父母肖像，引自《昆明信息港》2011 年 1 月 24 日

尔巴把他抬上去。[1]

那些天，素昧平生的野虎在他失踪后的日子里，经旁人的描述，反而变得面目清晰起来。云南的山友闻讯，即刻赶到雨崩村和察瓦龙的甲辛村寻找，未得到任何消息。许多朋友表示愿意出钱出力搜寻，或发文表达自己的焦虑。我没料到云南山友们会有如此激烈的反应，受这种气氛感染，我又开始像千禧年那样，在网上关注事态的进展，并着手收集相关的讨论。

2011 年 1 月 20 日，《都市时报》记者林霞和黑风登山队队长孔云峰结伴，到高家虎的元谋老家看望他的父母。他母亲是退休教师，退休金两千出头，68 岁的父亲在帮人看守建筑工地，每月 700 元工资。老两口自知无法改变儿子的心意，便默默为他攒钱，攒够了

1 "求助"，搜狐博客"海藏影像"，2011 年 1 月 25 日。

三四千元，就给他汇去，或乘车给他送去，见面后给了钱掉头就走，不多说半句话。这些年他们省吃俭用，为儿子登山提供了 30 万元的帮助，够在县城买套房了。[1]

为搜寻高家虎的下落，德钦县出动数百村民和干警进山，山友们也四处打探，却毫无结果。次年，中国登山协会发布《2011 年中国大陆山难事故报告》，高家虎失踪事件成为该报告的第一个案例。

1991 年梅里山难发生的时候，中国还没有事故统计制度。直到 2007 年，中国登山协会才开始发布相关的年度报告。上面这份与高家虎有关的文件，是中登协第五个年度的事故报告，前言由登协主任李致新撰写，他是 1991 年梅里山难救援队的成员；主编为罗申，他也是梅里山难救援队的成员；报告的顾问是中国登山医学专家李舒平，他对梅里山难有过深刻的思考。显然，梅里山难后的反思，催生了这份年度报告，高家虎的失踪案例经这几位相关的人士编撰公布，或许真有天意在冥冥中安排吧。

尘埃落定，高家虎失踪引发的议论逐渐沉寂，但有一个云南的山友，对此悲剧久久不能释怀，他是自认跟高家虎同样"孤傲执拗，唯我独尊，敢于丢弃铁饭碗，不甘平庸"的"黑风老妖"孔云峰[2]。多

1　林霞：《高家虎梅里雪山失踪半个月父母期盼其回家过年》，《都市时报》，2011 年 1 月 24 日。
2　孔云峰，云南资深山友，1995 年加入昆明登山队，后创立黑风登山队。

案例1

时 间：2011年1月（本案例计入2010年山难事故报告中）

地 点：云南省迪庆藏族自治州德钦县梅里雪山

活动项目：登山

组织者和领队名称：高家虎

队员人数：1	事故结果：1人死亡	
死（伤）者姓名：高家虎	性 别：男	年 龄：37
职 业：自由职业	户外经历：丰富	其它：

事故过程简述：

2011年1月初，高家虎在攀登梅里雪山过程中失踪，其众好友通过微博发布了高家虎攀登梅里雪山失踪的消息；

2011年1月14日，梅里雪山国家公园及景区派出所组织村民展开搜索工作；

2011年1月17日，德钦县公安局根据高家虎身份证号，在德钦县和香格里拉县的两个宾馆发现了高家虎登山前的住宿登记，并联络高家虎可能登梅里雪山西坡要经过的西藏察隅县警方，请求协助排查；

2011年1月20日，迪庆藏族自治州德钦县警方，几乎出动了所有警力搜索一周末的结果：

相关线索：

2010年12月24日傍晚，高家虎曾用一个陌生的手机号给他发过4条短信，询问他肺水肿的症状，并说自己现在在梅里雪山5400米的地方，因为上山速度太快，不能适应高度，自己有吐黄水、肺部有气泡声、身体乏力、头痛等症状，此后就再也没有联系。

信息来源：云南省内各大媒体

事故原因简析：失踪1、未登记违规登山；2、非法攀登国家明令禁攀山峰；

报告人：云南省登山户外运动协会副秘书长：藏宝

2011年中登协发布的高家虎失踪报告

年间，他一而再，再而三地撰写文章，追问这位"登山界非主流"疯狂举动的价值何在：

> 在上个世纪（二十世纪）末，他与一种不自由的僵化窒息的体制互不见容，他破釜沉舟地选择了放弃这种体制，倡导践行"自由比安全更重要"的人生信条。那种庸庸碌碌、无所作为、混吃等死的"安全"，被他一双自由的双腿和自由飞翔的思想弃如敝屣，他身背行囊怀抱吉他，踏着如歌的行板浪迹天涯，行走于江河湖海三山五岳……

孔云峰的这番话，把高家虎描绘成逃离社会管控，自愿放逐到天涯海角的现代流浪者，对此，我们活在体制内的人并无资格评价。孔云峰与野虎有相似的经历，他一方面激赏这位狂徒的勇气，另一方面，又激愤于他的不识时务[1]：

> 殊不知，我们其实都走向了一条悲剧英雄的宿命之路，犹如无数陨落在山中的前辈登山家，成为"登山先烈"似乎就是我们必然的宿命。那些至今尚存的世界顶尖登山家，侥幸"活着"——成为他们彻悟生命真谛最有说服力的证据。
>
> 当圣山梅里成为万民信仰朝拜的神灵，壮丽的雪峰成了人们精神深层最强大的支撑，价值背景以一种绝对意义的姿态傲然苍穹，那么，站立在卡瓦格博峰巅"山高人为峰"的"壮举"，就成了大胆狂徒热血沸腾的宏伟蓝图和僭越之梦，雄伟无瑕神秘无比的山峰把异想天开胆大妄为之辈引向了疯狂的极致。

孔云峰在仰天长叹之际，还不忘赶赴高家虎老家看望他的父母。夜深人静之时，生者躺在逝者的床上，辗转难眠。回昆后，他在驴

1　孔云峰：《高家虎失踪的沉痛反思》，载"黑风老妖的日志"，2011 年 2 月 7 日。

友论坛著文，用面对高家虎，但实则面对自己的语气，为今后的选择之路激烈申辩：

> 作为愿意在户外领域或登山界为这个国家、为乡土尽其所能的我们，现在，已然到了必须冷静面对现实，为自身量力定位，做点力所能及而又有实际意义事情的时候了。
>
> ……
>
> 在这样一个以"大环保思想"为主旋律的时代，选择做一个环保主义者，成为保护地球、保护家园的义工、志愿者，确要比做一名偷登圣山的"英雄"要更合时宜些，如久负盛名的奚志农，得道多助。要怪就怪自己没有生在地理大发现的宏伟时代，凿空西域、拓荒极边、大漠孤烟、长河落日、翻越葱岭、舍身求法、航海远洋、拓万里波涛、布国威于四方、创造历史、颠覆乾坤，凭一双铁腿丈量山河的"霞客"时代早已尘埃落定，在户外历练人生，做自己的英雄，在平凡的生活中甘之若饴，这才是绚丽之极归于平淡户外老驴最好的归宿。
>
> ……
>
> 高家虎或许正用自己的牺牲，谜一般地敲击着我等苦苦执着追求自我实现的同道中人：放下妄念，量力而行，知足惜福，对死的无畏尚不是大勇，领悟到活着的意义而敢于担待地活下去，方为勇之勇者。我们连一个普通社会人都还没做好，更没

有轻易牺牲小我生命的权利和资格。

同样的思考，促使另一位挚友在高家虎逝世周年之际，提笔给他父母修书一封，劝解道[1]：

高伯父，伯母，您（你）们好！

我是高家虎的山友，对于高家虎我并不熟悉，由于我们对登山都有着同样的兴趣，在这里我只敢说，我对登山有兴趣，我是不可能上升到探索的那个高度了。

他与外界失去联系一年了，现在无论他身在何处，他的思想已经沉淀了吧，他在对登山探索这件事的投入是令人扼腕的。为人子女的，不能对父母行孝道是一生中最大的过错。

当我了解到两位老人为了帮助儿子实现心愿，退了休还出去打工为儿子筹集资金时，我知道他回不来了。百善孝为先，这事倒置了，逆行了，必然要出问题的。高家虎为了满足自己的愿望不顾惜父母，反而让二位老人为之操劳。他对山的痴迷已经障碍住了他的人性。这是一种执着，一种不理性的执着，为家庭和亲人带来的伤害是无法挽回的。

1　江陵郡主：《高家虎周年祭，写给高家虎父母的信》，金碧坊 - 驴友驿站，2012 年 1 月 6 日。

多年来中外登山者对梅里雪山的攀登结果足以证明，梅里雪山，那山是只能看，只能朝拜，那是不可以攀登的。

人类在宇宙中细弱微尘，梅里雪山或其他有形无形的事物，都需要人们以诚敬心来对待，才不至于导致灾难。

两位老人对他登山的支持是令人生敬的。两位老人家就视他依然在远行中吧，只是他不再回家了。他很好，不必牵挂。好好保重身体。

这封信的语气和内容，与其说是安慰失踪者的亲人，不如说是表达作者的心境。或者，是在跟去到另一个平行世界的野虎倾吐胸中的块垒吧。

在两位登山同道者的字里行间，充满痛彻心扉的天问与自问。个体追梦与群体信仰的冲突，个人独立于天地和融入环境的两难，

高家虎在面对卡瓦格博的山坡上，黄建国摄，引自"黑风老妖的日志"

并不是几句安慰和一番心理疏导便能消解的。这冲突和困惑，凝结成历史长河中经久不散的疑云，借助梅里山难的话题，时时引发后人的思索。

2011年12月21日，在高家虎失踪约一周年之际，"黑风老妖"写下这段文字：

真正"敢为天下先"的云南登山界之"布鲁诺"失踪不足一年，至今已鲜有人再提及，2005年他曾撰写的《我定成为峰》一书，偶尔会在旧书摊上被书贩子以5元人民币出售，成为一堆故纸，貌似对登山先驱者凄凉结局的无情反讽。

为他这些话，我特地去"豆瓣读书"查看：

《我定成为峰》仍在榜，云南人民出版社2005年出版，215页，定价39元，印数5000册。

7人读过，16人想读，0人在读。

短评0，评论0。

6人参与评价，5分1人，4分1人，3分3人，2分1人，1分1人。

豆瓣评分："评论人数不足"。

多年来，为寻找类似高家虎这样的失踪者，德钦县的干部心力交瘁，县委宣传部常务副部长韦国栋对记者说[1]：

> 自从 1991 年中日联合登山队的 17 名勇士集体遇难梅里
> 雪山的消息发出以后，往后的 20 多年时间里，一些不甘心的
> 国内外登山勇士，都在不断试图攀登梅里雪山。他们其中不
> 少人以摄影爱好者和游客身份，避开梅里雪山国家公园景区
> 管理局门票点的登记检查，悄悄溜进梅里雪山脚下的藏民家
> 庭，白天手拿相机外出，名义上是拍图片，其实是观察和考
> 察攀登线路。
>
> 2007 年秋，云南省内的一家旅行社悄悄组织了一些业余的
> 登山爱好者，试图攀越白马雪山，后来因集体遭遇大风雪，一
> 行人只好从冰大坂上挖了一个冰洞，才躲过这场灾难。遭遇大
> 雪后，旅行社向德钦县求救，德钦县组织了 100 多名当地群众
> 和武警消防官兵，花了整整 3 天的时间才将这群登山者救出。

野虎之后，依然还有游客和探险者步他的后尘。2007 年 5 月 8
日中午，斯那农布、扎西尼玛和我路过飞来寺，在一间酒吧休息。
雨崩村神瀑突发雪崩，导致游客死亡的事件刚刚过去，我们在这里

---

1 《探险家登梅里雪山失踪 当地官方吁求别再登山》，云南网，2011 年 1 月 25 日。

看到了一些亲历者的留言：

> 终于来到了梅里——传说中的神山。一场雪崩阻挡了我
> 们走近神山的脚步，却让我们看到了卡瓦格博神秘的面孔。眼
> 前庄严而圣洁的雪山仿佛在告诉我们，世界在冥冥之中自有安
> 排……
>
> 为遇难者默哀，为后来者祈祷。
>
> 梅里，我们会再来，请允许我再一次接近你……
>
> 黄晟　黄莹
> 2007.5.5　am　1：00

> 2007 年 5 月 3 日
>
> 幸运之神和我们一行九人在一起。我们与死神擦肩而过，
> 在撤退的路上遇上了伤者和尸体，心痛已不能言语。在拥抱着
> 劫后余生的一对夫妻的时候，我的眼里已含满泪水。庆幸自己
> 还活着的时候，也祝愿所有的驴友珍重！一路平安！
>
> （名字不清晰）

在这些留言条旁边贴着一张打印的启事，上面是一女一男两
个外国人的彩色照片，下面是他们的名字 Christine Boskoff、Charlie

Fowler[1]，以及一段文字：

寻人Missing

　　两个美国登山家在梅里一带失踪，如果有人在中甸、德钦或梅里见过他们，或有相关信息，请通知……

　　非常感谢！

　　每年发布的《中国大陆登山户外运动事故报告》，都有失踪人数的统计。对陌生的看客来说，这些数字并不能扰动他们的情感。出于同样的原因，我没有参加 2006 年 1 月 9 日晚上高家虎在驼峰客栈

飞来寺酒吧寻找外国登山家的寻人启事和游客留言，
2007 年，郭净摄

1　据宋明蔚先生告知，这两位是世界顶级登山家。事实证明，他们没有在梅里失踪，但于 2006 年在四川格聂雪山不幸遇难。

举办的"情系梅里，矢志不渝，五年心血，真情奉献"分享会，也没有参加同年 5 月 27 日在同一地点举办的活动。

除此而外，我还忽略了《卡瓦格博》专题片中有一段高家虎自编自唱的背景音乐。只是在他失踪以后，我才想起那张尘封多年的 DVD，重新打开电视和光碟机，在观看影片的时候，仔细聆听一个失踪者的吟唱：

天很冷
看着家门不能进
爸妈你们熟悉的背影
孩儿永远记在心

雪在飘
爱人窗前弄发梢
宝贝孩子长得比我高
可惜大家再也看不到

命运啊
一个个漂泊的灵魂
多想早日回到故乡的怀抱
采一朵梅里的杜鹃花

就用神山的净土种下

即使远在天涯

也常常把我牵挂

这首歌曲中，没有喊一句口号，也没有狂放不羁的情怀，反倒流露出一种决绝的温柔，一种背离家乡的忏悔，和一缕即将断裂的思念，令人动容。

2.
户外店主

　　梅里山难才过去三十年，人们的生活和心境已完全改变。90后、00后的成熟期逐渐推迟，众多的年轻人甚至甘当御宅族和啃老族，永远拒绝长大。相比之下，出生于二十世纪六十年代末的段建新，却未曾经过一个循序渐进的成长周期。他的人生在瞬息之间便成熟了，成熟的转折点是梅里山难。

　　1991年1月，段建新跟中登协的救援队员以卡瓦格博为背景拍了一张合影，便离开德钦，返回昆明，继续在原单位工作。次年，他考上二级厨师，却意外地辞职下海。一番兜兜转转，他还是绕回成长的原点，利用攀登梅里期间跟日本人和国家登山队员学到的知识，于1996年开了一家户外用品店，取名就叫"梅里"。那时，中国的民间登山运动才刚起步，这样的专业服务十分稀缺。此后的20多年，他把业余时间完全投入到业余探险中，俨然成了国内户外运动的前辈。许多年轻人进入这个危险的领域，都得到过他的指点。此前在访谈他的时候，我并不知道这些，是一次偶然的巧遇，让我

段建新在西南大厦旁的"梅里户外用品店",现已搬到昆明市工人文化宫地下一层

窥见了山难之后段建新的生活世界。

那是 2018 年 12 月 9 日,我正在段建新的店里和他讨论往事的细节,忽然走进一对年轻男女。那小伙子见面就喊着"段哥",随即递上一份大红喜帖,邀请段建新隔几天去参加两位的婚礼。邀请送出,他们并不急于离去,而是坐下来,开启了叙旧模式。他们的交谈持续了一个小时零四十分钟,我被这谈话吸引,全程保持聆听状态。

段建新叫小伙子"小丁"或"丁丁",女的是他的未婚妻。丁丁和段哥一开场就讲起了登山。丁丁说,他和段哥是在新疆认识的。他当时年龄很小,之前登过四川四姑娘山,只是觉得感兴趣,想尝试一下。第一次很幸运,就登上去了。结果一发不可收拾,爱上了登山这个冒险的行当。第二座山他选了新疆的慕士塔格。最幸运的是，他在 2005 年参加的商业登山团里，遇到了另外两个昆明人：段建新和张京川。

这三个人的相遇，看似巧合，却并非偶然。昆明人张京川少年时个子瘦小，常被人欺负。于是发奋锻炼，变得强壮起来。成年后在武警服役四年，1994 年转业，成了工商管理局的公务员。有一次，他到西南大厦附近朋友开的商店玩耍，看见墙上贴着攀登雪山的照片，一下子被吸引住了。这家店正是段建新开张不久的梅里户外用品店。1999 年，张京川带着一群朋友开始登哈巴雪山，去之前的策划、装备器材的准备和培训，都是段建新做的。在去慕士塔格之前，张京川于 2000 年和 2002 年两次登上 5396 米的哈巴雪山，于 2001 年登上西藏 6325 米的姜桑拉姆峰，2004 年登上 5355 米的四姑娘山。此次他与段建新同行来到慕士塔格，两人都是第一次挑战 7000 米以上的山峰。

丁丁和两位前辈相聚在慕士塔格，正逢 17 岁的生日，是团里的小弟弟。他说自己那时状况很糟糕，书不好好读，跟着一帮哥儿们胡混，看不清自我成长的道路在哪里。这次巧遇，对他们三个人，尤其是对丁丁和张京川而言，都是人生的一个转折点。丁丁是这样描述的：

> 登山完全改变了我。我接触的人都是比我年长的，我一个小朋友，自己成熟很困难。对一个 17 岁的孩子来说，登慕士

塔格的难度和花销都是很大的。当时没有抱着任何幻想，说是登顶什么的，只是真的喜欢，去体验一下。段哥和京川哥在整个登山过程中，对我无微不至地照顾，最后我们一起登上顶峰。这是我人生成长的过程中最精彩的一段！现在商业登山的模式越来越成熟，登珠峰的难度和危险性越来越小，更大的难度是下这个决心。锻炼自己的身体，超越自我的意志，可能更难。

丁丁的未婚妻接过话头说：

他经常跟我讲，包括后来去登珠峰，这一次成功登顶慕士塔格，对他以后登山生涯中的坚定和信心有很重要的作用。他经常跟我讲以前这些故事，虽然是第一次带我来拜访您，但您

丁丁在跟段建新回忆登山的经历，旁边是他的未婚妻

的名字已经如雷贯耳了。

听着他们的赞誉，段建新笑笑，随手打开电脑上的照片夹，和丁丁一边看，一边你一言我一语地回忆起登慕士塔格的经历：

段：这是 2005 年的照片。

丁：这个是我。

段：我们队里边还有一个比他小，是江浙一个中学老师的小孩，才 16 岁。

丁：我生日是在慕士塔格山上过的。慕士塔格是一个国际滑雪胜地。

段：团队里有夫妻俩，还有父子俩。南京的那个队员前几年在珠峰雪崩遇难了。

丁：那时行李是用骆驼驮运进去的。（对未婚妻说）我为什么皮肤好呢？登山每年换一层皮肤嘛。我们冲顶的那天，是凌晨 5 点，四周全是黑的，天没亮，特别冷，冷到什么程度？太阳刚刚出来的时候，我们每个人呼出来的气，在身上结成一层冰晶，像穿着一件盔甲一样，闪闪发光。那个时候风景非常漂亮，可我们没有一个人有能力掏出相机拍照片。

段：我有一个相机装在腰包里边，但那天是超低温，天气是好的，风也不大，戴了三层手套，内层是羊毛的，中层一个厚的羽绒，外面一个GORE-TEX的防水套，但手依然冻得大拇指发疼，手指不能伸开，要并到一起才行。

丁： 手要一直动，要不动就没知觉了。

段： 京川在我后面，丁丁在更后面，我们走在一起。太阳刚出来，帕米尔高原在下面，云朵在我们脚下飘着，云团就像出炉的烤面包，光线把上面照亮了，下面还是黑的，一朵一朵飘着，我穿着蓝衣服，他们两个穿着红的，那个景象完全映在我的脑海里。光线照在身上，冰晶是反光的，像灯光一样。我就想要不要拍照，我要脱掉手套，拿出相机来拍，大概要三到四分钟，拍完，我的手可能就完全失去知觉了。我想了两分钟，还是算了。

丁： 那个景象也深深映在我脑海里，真是太美了。下山回到营地，我们两个一聊，世界上最美的风景，不可能留在照片里，只可能留在脑海里面。

段： 他们两个是反光的，就像身上有钻石或亮片，帕米尔高原还没有照到地面，但远处的山已经亮了，云一团一团，上半部分是亮的，下半部分是暗的，人在雪山上面。摄像机拿出来是秒停，一开，嗖，一秒都拍不了。

丁： 我们所有的相机电池都是贴身放。

段： 登顶的照片就是坐在那里，暖了一会儿，起来赶紧拍。

2005 年，攀登慕士塔格的团队，左 2 是丁丁，左 3 是段建
新，段建新供图

　　慕士塔格又称喀什噶尔，海拔 7546 米 [1]，向西俯瞰塔里木盆地，
向东俯瞰帕米尔高原，是昆仑山脉第三高峰。这座雪山呈馒头形状，
看起来不难上去，但由于地处植被稀少的环境当中，空气稀薄，而
且气温很低，登顶路程漫长，并不容易攀登。一般的商业团都要分
阶段，在大本营（BC）和前进营地（ABC），再到 C1 和 C2 之间做多次

1　依据新疆自治区体育局、新疆登山运动管理中心公布的官方数据。

适应性训练。在此过程中，丁丁和张京川没出事，而老鸟段建新却遭遇了惊险一幕：

　　段：是这样，上去的时候，我在队里边应该算是经验比较多一点儿的，我们当年登，上去是要自己背东西的，不像现在（都靠背夫）。头两趟，我背着大包就上去了，还拿着个相机，前后跑来跑去地拍照，累着了。加上之前身体带了一些病菌，感冒引起的，肺就有点啰音，我自己感觉到了，叫杨春风[1]来听，他听了说好像没事。最后一趟上去，到 5600 米的 C1，住一晚，第二天要到 6000 多米的 C2，适应一下再下来。头天上去，快到营地还有几百米，我已经完全走不动了。背着一个包，天旋地转，产生幻觉了，一步都挪不动。看见营地，杨春风下来接过包。我想空着身子肯定跟得上他，但追不上，差不多是爬进他帐篷的。喝了点热茶，我爬回自己的帐篷，睡着休息。第二天起来，天旋地转，当时我就跟杨春风说，今天适应我就不去了，在帐篷里休息。他特别紧张，说他是跟我来的，我都成这个状态，他就没有信心了，叫我一定要坚持。我把鞋子穿起来，才出来几步，腿都发软，便让他们先上去。我一个人躺着，

1　杨春风，出生于新疆，我国民间登山运动的开拓者，成功登顶 11 座 8000 米以上高峰，2013 年在巴基斯坦被塔利班袭击者杀害。

发现啰音加重了，吐痰在纸上，感觉有颜色。中午还不好看，帐篷是黄的，还戴着墨镜，看不清。没办法，只得把墨镜拿掉，到外面吐在雪地上，一看，不行了。我第一个想的就是肺水肿，于是拿起对讲机就跟杨春风说，我得撤，我现在肺水肿，在5600（米处）。呼叫大本营，他们叫我坚持一下，我说不行。我还能动，相机什么都没要，跟京川说你下来帮我收一下东西，然后轻装，拎着洗漱包就往下冲，连滚带爬，尽量降海拔。冲到大本营，降了1000多（米）。到了我说还得撤，要撤到1000多米的喀什，得去医院。他们说找个车，明天再去吧。我说不行，我一个人也得走。侍海峰陪我走路，下到3000多（米）的牧场，找了个摩托车到路边，又堵了一辆过路的货车，90块钱一个人，连夜搭回喀什。第二天去医院拍了个片，医生说还不是肺水肿，有点炎症，问题不大，打了三天针水。

丁：他住在宾馆里，把每天咳的纸在桌子上放一排，挨着看颜色变化。出现这样的情况，不可能在短期内再登山，但他心里面想，是不是有可能再回去。

段：我走的时候实际上是放弃了，很可惜啊，坐在货车上看着那个山，队员都在上面，很遗憾。但我觉得先保住身体嘛，还有机会。但是片子一出来，我也看了，医生告诉我有一点阴影，是肺炎，还没到肺水肿，肺水肿是器质性的伤害，不可逆的。我大剂量的针水打了三天，同时包了一个车，买了慰劳他们的两箱水果、几只鸡，就停在医院等着，等针头一拔，我连夜坐车去到山脚，晚上11点赶到营地，那边时区晚，天还亮着。

丁：段哥回来的时候我在山上，不知道这个消息，当天我从1号营地下大本营，段哥从大本营上1号营地，我们两个在路上遇到，那个地方海拔大约5000米。我看出来是他，狂奔过去，抱了一下，太激动了。

段：到了营地，他们说老段回来啦，就观观战罢。我说不是，我是来登顶的。我原来在1组，我算了时间，三天回来可以跟第2组，我跟丁丁就换在一组了。

丁：京川哥试冲顶失败，调到2组，所以我们三个人是同时登顶。都是最美好的回忆。

这段经历，显示了段建新对登山风险熟练而理性的掌控能力。看来，梅里山难的教训潜移默化地塑造了他的性格。虽然他也是第一次攀登7000米以上高峰，却能在紧急关头沉着冷静地自救，为很多后来者提供了经验，他说：

这个经验很有用的，很多人不懂。有的人身体有反应，却强撑着，要熬下去，这是错误的，因为不回到低海拔，身体恢复不了，只会越来越差。而且中途有问题，上去问题更大。必须先撤，降了海拔以后你恢复了，再上去。强撑着都没有好的结果，最后要么是抬下来，要么是出问题。肺水肿一旦得了，肺的细胞就坏死了，不会恢复和再生的。以后一到缺氧的环境，它会复发。

在高山的极端环境下，即使经验丰富的老手，也可能出事，段建新是自救的例子。而他的老朋友张京川 2000 年却大意失荆州，在登到 7000 多米时得了脑水肿，被直升机救下来，虽然恢复得还可以，但记忆力受了影响：

> **段：**听他说，他们在山上没事干，就拍片，他练武功，翻滚，折腾出来的。走的时候我开车去机场送他，跟他说，京川，到我们现在这个状态，登山应该去玩，你的经验和判断已经没问题了，心里会有数，不必要去冒险，登不登顶，完全无所谓。
>
> **丁：**是啊，在山上可能身体已经出问题了，但自己没有感觉，需要有经验的人判断。

这次登慕士塔格，段建新发现一个有趣的现象：很多外国人上山的时候，都背着滑雪板。打听后才知道，对滑雪的人来说，这座山就是珠峰，因为爬上山顶，可以穿上滑板从最高处滑下来。结果，那些带着滑板的老外登顶后，一声"拜拜"就飞速下山，可他们还要走一天才到营地。于是从 2010 年以后，段建新和丁丁也学会了滑雪，还把眼光瞄向云南境内的哈巴雪山。1995 年，昆明登协的登山队从哈巴雪山的西面登顶，段建新是当时的技术顾问。1999 年，他另辟蹊径，进入虎跳峡，从哈巴雪山东面的哈巴村开始攀登。之后，这条线成了经典的商业攀登线路，哈巴雪山也成了攀登入门级的训练地。他还最早在这座山尝试双板滑雪，只是哈巴山势太陡，能见度也不好，只能从月亮湾 5300 米滑到 4900 米处，远不及慕士塔格那么刺激。2006 年是梅里户外用品店开业十周年，段建新专门为此搞了个哈巴滑雪的纪念活动。如今，哈巴雪山已经变成热门的登山旅游点，商业的登法是直接登顶，段建新和伙伴们更愿意多体验一下雪山上的生活，所以在 4900～5000 米处建了一个营地，可以住一晚上。

丁丁此行一来叙旧，二来是邀请段哥和京川哥赴喜宴的：

丁：我想请在我成长过程中最重要的两位大哥来光临我的婚礼。这几年，想想自己走过来的路，包括我们当时一起登珠峰的队友，都成了职业的登山运动员。但是登慕士塔格的时候，段哥和京川哥一再说，这件事不能成为一个职业，只能是一个爱好。我一直记着他们这个话。毕业时很多次有机会进中国登协，学校开设了这个专业，也想留我，我想把这个当作爱好，是很幸福的，当作职业会很辛苦。我成长那几年遇到两个大哥，对我一辈子影响非常大。

段：当时我们都很吃惊，那么小的一个小朋友要登这个山。

丁：登山带给我各种成长，那时我已经读不成书了，天天逃学，抽烟，喝酒，打架，登山完全改变了我。第一，我接触的人都是比我年长的，我一个小朋友，自己成熟很困难，登山后很快会意识到你到底要哪样；最重要的是，我能超越身体的极限去做到我想做的事。我回来以后苦高考那段，靠登山这种毅力，天天不睡觉，连续有一个月都是 4 到 5 点钟才睡觉，8 点

新梅里户外用品店里，美国驴友给段建新的感谢信，郭净摄

钟起床。最终考上中国地质大学，改变了我的一生。

　　段：去年张京川还带着一个昆明的高中女孩，也是 17 岁，登上慕士塔格，今年她考进北大了。

　　丁：做登山的这些人，很推崇把登山推广，登山能带给一个人的改变，尤其是年轻的时候，真的太大了。

　　原来，丁丁由于在高中时就跟着段哥登顶慕士塔格峰，被评为国家一级运动员，高考又加分，进了中国地质大学。在校期间，碰上中国举办奥运会，丁丁有幸被选为珠峰火炬手，便成了国家登山运动员，被送到怀柔训练了两年，终于在 2007 年和 2008 年两次登顶珠峰。段建新告诉我，在丁丁以后，登上珠峰的昆明人已经有十多个了。

　　从梅里回来后，段建新攀过慕士塔格、雪宝顶和云南除梅里之外的三大雪山（白马雪山、玉龙雪山、哈巴雪山），每次都做到适可而止，不以登顶为目的，甚至只搞穿越（白马雪山）。难道攀登高峰的梦想在他心里熄灭了吗？聊到这里，丁丁把自己的疑问提了出来，结果得到一个出乎意料的回答：

　　丁：大哥这几年基本没爬高山了？

　　段：高山我后来就没爬了。

　　丁：年轻时候就想追求高山，后来想想其实这个过程更有意思。

　　段：从我的角度来说，我一直把它看成是一个业余爱好，不要变成一个职业。可能还有一个情况，是我太太身体不好，先天性心脏病。我去登山，她肯定要承受很大的担心。她1998年做了开胸手术，2006年又冒着生命危险生了小孩。从内心来说，我还是想去登一座高山，京川后来就一直在登8000米，登了五座，珠峰登了两次，他有在珠峰顶上最长时间的纪录，待了两小时，等队友侍海峰。他说你是我的师傅，他登了8000米，认为我也应该去一次。之前我给他的借口是不想商业的登法，因为登珠峰肯定要大量的金钱。我自己去花这个钱没问题，但我觉得不值得。对登山的体验，我已经没有特别的好奇了。我不愿意商业的登法，我可以去拉赞助，我经销了很多品牌，他们可以给这个。我觉得那是去完成工作，不爽。我是找这个借口跟他说的。他已经为我安排好了，组了队，拉了赞助，名额也有了，说你去就行了，不要你登顶的任务，钱也不用出，最后我告诉他，我是考虑家庭问题。

　　我在一旁凝神静听，心里想，虽然段建新没说出来，但他选择业余探险的道路，注意量力而行的审慎态度，和把家人摆在首位的责任感，大概都和第一次探险经历密切相关吧。他没有被山难打趴下，1996年，开了用"梅里"命名的国内第一家户外用品店，为山友们提供安全的装备和知识，同时也给自己和妻儿营造了一个既丰富多彩，又安全舒适的环境。用昆明话来说，他是一个地地道道的大玩友，从 20 出头玩到 50 多岁，在登山以外还尝试过漂流金沙江和澜沧江、横渡抚仙湖、潜水、徒步、自行车越野、滑水、滑雪。年过五旬，他又捡起三十年前玩过但不精通的滑翔伞，成了"天空团队"的一名老兵。[1]与之同时，他也没有丢掉厨师的手艺，不仅做得一手好菜，还成了鉴赏厨刀的专家。[2]

我每次遥看滇西北的干热河谷和峻峭冰峰，内心总会升起两种对比强烈的情感，眼前的景观，既可以称之为壮美，也可以诉之为严酷。灾难是大自然中极具破坏性，也最有创造性的力量，它塑造了高山流水，推动了地质和物种的演化，人生又何尝不是如此？一场飞来的横祸能把人打入地狱，也可以把人抬举到新的高度。段建新此生虽然没有攀上珠峰，但他在尘世确实活得有光彩。而且，他的感悟和行为，给许多后来者指明了"未选之路"，比如丁丁，在效力国家队之后，听从两位大哥的指点，没有把登山当作专业，而是选择到莫斯科攻读博士，现在在他工作的国家，就可以远远眺望慕士塔格峰。又比如张京川，因看到段建新的雪山照而义无反顾地入

1 《他曾见证了梅里山难，如今重回大山，飞滑翔伞再次拥抱天空》，天空团队，2018 年 2 月 9 日。
2 详细内容参见黄菊《段建新：梅里山难劫后余生》，"行李"公众号，2019 年 3 月 18 日。

了行，成为中国民间登山的传奇人物。2013年6月，他参加国际登山队，到巴基斯坦攀登南迦帕尔巴特峰。半夜，登山队的宿营地遭遇恐怖分子袭击，杨春风、饶剑锋等多位山友遇难，而当过武警的张京川却趁着夜色跳崖逃跑，捡回一条性命。生和死的经历，让这些普通人接受千锤百炼，变得坚定和从容，而不是狂躁和自大。丁丁不到20岁就成了一级运动员，进了国家队，好多来采访的记者都问他，你登上顶峰是什么感觉？他说，感觉就是赶紧下去！讲到这里，他颇为感慨：

　　没有那种激动，其实更美的是这个过程。没有人登山是为了登顶的，是为了享受那个过程。

　　段建新平常做得多，说得少，对户外探险的感触，还要借他已故的挚友杨春风的笔记来表达：

　　生活中的很多环节都像是在攀登。领会"攀登"的意义，面对生活。

杨春风

2007年3月28日

　　和杨春风、张京川，甚至丁丁相比，段建新自从梅里山难后再无大起大落，日子过得安稳而平淡。因考虑到妻子的身体状况，他39岁才有了个儿子。从此，他与孩子为伴，5岁教他划艇，6岁让他学游泳，8岁去爬苍山。他骄傲地跟我讲，儿子9岁那年，他们父子相伴，穿越了苍山的七座山峰。回来以后儿子说，他感觉在学习和生活中碰到的困难，好像都不重要了。

段建新与儿子浩浩在哈巴雪山，段建新供图

3.

知青后代

　　遇难队员王建华当年离开重庆，报名到云南当知青，被分配到河口南溪镇 429 农场 11 分厂担任中学教师。1977 年他考进云南师范大学体育系，在同系认识了一个 1 米 75 的高个子女生，叫翁彩琼，入学前是省女子排球队的队员。大学毕业后，王建华到云南省滑翔学校任教，后来到昆明医学院体育教研室，翁彩琼到昆明纺织厂子弟小学，当大队辅导员。他俩结婚，生了个男孩，取名叫王衍。

　　初次见到"衍"字，我在手机上还打不出来。第二天和姓名的主人面谈，才确认了这个生僻字的读音。我找王衍访谈，是听说他父亲留下一批影像资料，其中，除了日本队和国内电视台当年拍摄的三部影片外，还有许多照片。看了王衍带来的几张照片我才知道，王建华和段建新一样，也是那个年代的摄影发烧友，王衍告诉我：

　　　　说起照片，我爹是个摄影爱好者，他们那个年代的好多人都喜欢摄影，由于他经常跟随文化交流代表团去日本，那时日本的摄影技术比我们高得多，他带回来两台傻瓜相机，一台特别先进的相机，带去山上。那台（好的）没有带回来，剩下的两台还在我家。留下来的影像资料就比一般人多，因为他喜欢拍照。我之所以会有出事那次的照片，是因为当时他们人上去一次，物资流转返回一次，随着物资带下来的东西里就有胶卷。家里还有好多他去日本访问的照片，跟京都大学的人访问的照片，有好多。

山难之后，翁彩琼作为革命烈士的家属，受到关照，被调到王建华生前供职的昆明医学院工作，此后又成立了新的家庭。很多年过去了，她心里还是有些放不下的东西，以致曾患过抑郁症，用儿子王衍的说法，是"心理问题引发身体机能出问题，住了几回院，一直查不出来，以为是心血管疾病，后来查才知道，发现是抑郁了"。

为了治病，翁彩琼以业余的方式捡起老本行，开始跑马拉松。跑啊跑，她热爱运动的本能重新被唤醒，不但病痛消失，长跑也成了习惯。五六年下来，身体状况改善，家里也挂满了奖状。2016年她交代家人，从此不过生日，年龄对她不再重要。

相比母亲，年幼的王衍对父亲的离去，感受有些不同。他告诉我：

出事那年我二年级，我5岁半不到6岁的时候去上的小学，

1990 年 12 月 11 日，王建华在德钦县雨崩村的大本营，王
衍供图

因为我从小长得就高，我妈说：你上学晚，会遭人家笑的。确
实，当我二年级的时候，就 1 米 5 了。小学毕业 12 岁，我就 1
米 8 了。

　　由于我父亲平时有很多事情要忙，又要忙着自学日语，所
以我们相处的机会实际上是很少的，特别是记事之后，他又经
常出差，我对他的印象其实很模糊。那天有人来我们家通知我
们人失联之后，家里其他人都天塌地陷了，对我来说，却完全

1994年5月4日，翁彩琼（右1）和儿子王衍（右2）在昆明
机场迎接井上治郎队长的妻子和女儿，王衍供图

意识不到失去了什么；倒也不是接受得快，而是没有意识。

后来到了1998年，体委来消息说，在冰川上发现一些五颜六色的东西，应该是当时的装备，可能是被冰川冲下来的。说是藏民先发现，报告当地政府。我妈跟着大部队出发，我是单独先去的，买了张机票，让我立马先飞大理。刚好赶上遗体运到，所以一般人没有看着的，我看见了。记不得几月了，看当时的穿着，穿短袖，是夏天。

到大理，在一个体育馆，先辨认（遗体）。因为我从小在医学院长大，遗体是哪样我也见过，一般人恐怕看不得，对我来说还好。大家可能误解，说人在冰川里面冰着，多少年还是那个样。但因为是晚上发生的事情，大家都在睡觉，雪崩下来以后人没有防备，根本抵挡不住。睡袋上有名字的还能辨认，辨认出来的只有日本的几个，绝大部分人没辨认出来。当时没有先进的 DNA 技术，辨认不出来哪个是哪个。遗体取出来不能摆着，把分辨不出来的全部在一起火化掉，家属到了大理，就每人分着一坛骨灰。我们家还分到一些遗物，找着一把吃饭的勺，还有个包包，上面写着王建华。还有一小口锅。相机找着了，但是不能用了，已经泡得不行了。有个笔记本，装在一个消毒的袋子里交给我们，当时没有翻开看，我想在雪里面埋了那么久，不会还有字吧。但是非常有可能跟着我爹的骨灰一起埋掉了。当时骨灰是我去下葬的，我们在棋盘山祖坟，按照北京纪念碑的样式做了个缩小版的石碑。

家里好多资料，我妈平时也不会翻出来看。后来说你也差不多（大）了，该传给我了，喊我好好保管。现在有两大箱子东西在我那里。东西特别碎，我得一样一样看。我开始慢慢地翻，看有些什么，前段时间就翻着几盘录像带，三十年了，里面都霉了粘起来，又断掉，我拿去找人修，修了好几千块钱，做成电子版的。我怕这些东西埋没掉，（所以）拿出来给大家看。

长大成人，王衍从长沙航空学院毕业，到云南交通职业技术学院做融媒体中心。工作之余，他心里面老挂着一件事，就是想去看看父亲当知青的地方。2017年，他去河口，找到了父亲教书的小学，小学还在，球场也还在。这趟对前辈人故地的回访，使他平静的生活起了波澜[1]：

> （父亲当知青的地方）在河口南溪镇出去12公里的地方，当地的人他们都认得，也都还记得这个才华出众的老师。当时出了本《红土热血》的书，详细讲了（当地）发生的事情。父亲到那里，不是单单只是像一般那样知青开垦农田，他有文化，有特长，就让他当小学老师。有点像今天支教的，白天上课，上完课种橡胶。有的人天生就有气场，到哪点都能组织起一堆人来。我爹就属于这种人。

访谈不久，王衍发来了一篇纪念文章，作者叫卢延辉，是王建华在云南生产建设兵团四师十六团十一营同甘共苦的知青战友，他回忆说：

1　笔者2021年3月13日对王衍的访谈。

王建华爱打篮球爱游泳爱登山爱唱歌爱弹三弦还爱笑，生活得挺有乐趣。王建华的笑颇有特色。很少见他大笑也很少见他微笑，有点开心的时候和很开心的时候分不大清楚。那时候他就睁圆眼睛，拿右手拇指和食指捻嘴唇上并不太浓密的胡子，捻得两头往上翘，自然成一个笑样。那笑颇感染人，看了立即会感受到朋友相处的真诚和快乐，生活的艰苦烦难就都被丢到脑后去。

建设兵团最苦的不是劳动累天气热没肉吃，而是文化生活奇缺。几个月看不到一场电影，知青们晚上烦得长吁短叹不安神。王建华说，不晓得自己找乐事呀？便串起几个人探亲的时候从城里带回来的一部手风琴、一支笛子、一把二胡、一支小号，他自己买一把三弦，由此建立起知青小乐队。又喊来几个爱唱歌跳舞说快板书的，晚上在刺竹篷下悬一盏马灯，便排演出一台节目。居然在全团调演中拿了奖，知青们回到营里饮酒狂欢，碰杯碰破了一只酒碗。王建华不说话，只拿手指把胡须捻得两头翘成一个笑模样。

在王衍心目中，父亲的身上充满家国情怀和正义感，而且非常勇敢。我仔细查看照片，发现他拍照时永远昂着头。王衍始终有一个疑问：在二十世纪八十年代，他们家算比较富裕的，父母有正式

知识青年王建华在云南河口农场，王衍供图

第六章　与山结缘

王建华在河口农场，王衍供图

工作，父亲去日本访问，会带回很稀罕的物品，是什么原因，让他那样的一群人，离开家庭，外出探险？卢延辉文章里讲到当年的一段往事，或许能给出一点线索：

　　王建华个儿高，篮球打得好，营长便令他到学校当了体育教师。他跟孩子们混得兄弟般亲密，篮球、乒乓、田径、游泳，十八般技艺都教。还讲世乒赛、奥林匹克、珠穆朗玛登顶，把孩子们的胃口吊得比篮球架还高。都嚷，学校操场太小了，兵团公路太短了，南溪河太浅了，体育课没劲了！王建华这次不捻胡子也没有了笑，口哨一吹，立正！他没好气地一阵训。最后说，你们身后除了河还有什么？中学生都转过身看了齐声回答：山。又问登上过山顶的有谁？没人回答。那好，星期六去登山！

好啊！孩子们一阵欢呼过后偷看老师，便见他又把胡子捻得翘成一个笑样。登山回来，知青宿舍便充溢起山林里特有的气息。蘑菇、竹笋、山药、蕨蕨菜、黄皮果、无花果、紫荆花、野山菊，王建华背回来一大堆。又津津乐道登山的妙趣和孩子们的天真可爱聪明勇敢。我问他，带几十个孩子登山都不累不烦？王建华说，累是累，却不烦，怎么会烦？那是一种境界，非亲临山顶不能领略。若不信，哪个休息天你们跟我去。

果然就跟了他去，一行五人都是知青。山峰是另选的一座，更高更陡，峰顶似剑直指云端。王建华说，世上的山不计其数，没必要重复攀登。

这不重复的山登起来却艰难。其为原始森林，大树与粗藤交织成荫蔽日遮天。林间无土径，都是石灰石裸岩，光棱陡峭让人登上去就不敢往下看。就都不看，只管埋了头往上爬。你拉我扶地相互之间无隔无碍，心境便在无言的互助中清纯。登

王建华在跟沙国政老师学习武术，
王衍供图

上山顶，都感叹过风景的高远绝妙后再领会王建华所说的境界，
却都不说话了，只看他又捻翘胡子醉醉地笑。

　　我和王建华生长在同一个年代，1977 年都考上云南师范学院，
他和翁彩琼在体育系，我在史地系，所以我能理解他的性格和情感。
在同辈当中，像王建华这种个性坚毅、不畏险阻的人，无疑抱有当
代佛系青年所缺乏的一种英雄情结。知青时的登山，或许已经铺就

了一条通向险峰的绝路，他沿着这条小径攀登，从未左顾右盼，也从未退缩过。这种情怀虽然不被当下称颂，却深深影响了王衍的思考和选择，他说：

我这个年纪对知青不太了解，为哪样会有那么多人去边疆，讲是为了支援边疆建设。后来我们学校从 2015 年就有人去驻村扶贫，（20）17 年要换届，我就报了名。学校里面男的本来就少，符合年龄条件的，男的共产党员没有别人，就是我了。报了名之后，学校放假，过春节，我到了（父亲当知青）那个农场。家人问我你还格要斟酌一下的？我站在农场，讲我不考虑了，还是去，因为我爹干过这个事情，我也想体验一下。

去到那个村子，我以为只有在电视里面才看见的东西，在那里还活生生的。我们第一时间到小学，看到有很多女娃辍学，后来我们就一家一家去说，书还是要读，把女生全部召集起来，我把城里的图片做成PPT，放给她们看，带她们到我们学校去参观，说你们要走出这个山，就不要忙着回去结婚，男的不要小学一读完就赶紧出去打工挣钱，这样只会就越来越穷。要读书。

王衍在农村干了一年半，遇到不少麻烦事。其中印象最深的，发生在一个夜晚：

有一天晚上我开着车子出村子，回来时，路特别烂，结果就翻在沟沟里，咋个都动不了，山上又没有信号。我吃的没有，水也没带，三更半夜，我讲糟了，搞不好我要"牺牲"在这点咯，以前是有过扶贫队员遇难的。我灯也不敢开，因为开灯引虫子。只好待着，讲等天亮咯会有人过。过了一个多小时，就有人出来找我了。两头都有人出来找，因为发现咋个我没回去，很担心。所以大家骑着摩托，三五个人出来找我，看到情况，又回去喊人来挖，把我救出来送回村子。

当地人的帮助，让王衍颇受触动：

我们到的那个地方，实话说一开始心理落差还是有的嘛，不知道跑来这种地方干什么。但老乡对我们确实太好了，看我们是党员，特别相信党员。

不管我去到哪里都是真挚的笑脸，都要拿出最好的东西招待你。他们也真心地感激我们这些来扶贫的人呢，所以啊，这些老乡可爱，我们还是就真心实意地想帮他们做点事情。开始我们想，要组织捐赠，但捐东西是个无底洞，越捐越穷，不能捐，就鼓励他们劳动去，你只要干活，我想办法给你变成收入。到了 2019 年，就开始大力建新房，政府补贴，我们也补贴。现在你想去拍烂房子都拍不着了。路修起来，房子盖起来，水拉通，教他们讲卫生，娃娃全部去上学，一个都不能漏。今年房子是新的，路也是新的，人也干净多了。电商进去以后，天天出去劳动的，确实也挣着钱了，一家带一家，一家带一片，今年按照硬指标，确实是脱贫了。虽然只能说是脱贫，还不能叫致富。但是你只要愿意干活，就不至于饿着。

今年好了，一个是路我们全部修好了，网络也拓进去了，那时经常会看见一个十分怪异的现象，在烂泥巴房门口蹲着个娃娃拿着手机打游戏。有一天我们在山里面走，有个老大爷愁眉苦脸的，我问咋了？讲家里有筒蜂蜜，摆了两年了，你们格有办法帮我卖卖？我蹲在旁边，发了个朋友圈，问哪个要野生蜂蜜，十分钟就卖完了。他看着我蹲了十分钟就卖了，很神奇，认不得是为哪样。接着我们就一个一个帮他们装微信，教他们用网银，又把物流拉进来，把包装整进来，他们只负责去采集蜂蜜，采了交到中继点来，我们帮你分装，帮你去卖。

离开扶贫点，回到朝九晚五的生活，王衍通过电商，依然跟当地保持着联系：

我人走了，电商不能断，我还在帮他们做着，他们负责生产、包装、发货，我帮他们宣传。我们这种做，抗风险能力太低。上不了那些大的平台去卖，办法就是在我们的朋友圈，用一些小的 APP 出售。一般是在我的朋友圈，大家想要蜂蜜啊，菌儿啊，木耳啊，来找我买。2017、2018、2019 年，我们的销量可以啊，真的致富几个家人，脱贫一小片了。但是疫情开始之后，大家消费能力降得太多了，我们销量又进入困境，唉。

王衍把扶贫的这段经历，直接归结到父亲的影响，他说：

> 想起这个事情来，我受我爹的影响还是大的，因为从小人家就告诉我，你是烈士子女，你是英雄后代，慢慢的，潜移默化的，对性格还是有影响。我 14 岁时放学回家路上，还从大观河里救过一个人，当时没想什么，只想到我爹在的话，一定会下去，于是我也就跳下去了，现在想想挺后怕。这次参与扶贫攻坚，我作为烈士子女，似乎也就没有什么可推辞的，都顺理成章的事情。现在我家里还挂着一个匾，烈属光荣。在建国七十周年，又还发了个新的。我妈说，这个东西就传给你了，你好好摆在家里。

王衍特别提到，父亲在河口农场曾经救过人，并让我看《红土热血》上的记载。我查了卢延辉的文章，事情原来发生在那次登山的时候：

没料到天空转瞬间变了样。下山不到一半，就听到森林上空炸响起霹雳声。大雨随雷电倾盆而至，树干和岩壁都往下淌水。又有泥土和悬石垮塌的声响与雷声竞赛喧嚣。林间的枯树被暴风雨摧倒打断树枝和峭崖。石头呼啦啦从头顶飞过，惊得人猴子样躬身颤抖。王建华大喊一声，不要慌，往岩石下站定不要动！一边把小个（儿）知青伙伴拉到胸膛前护住，自己却高出半截身子探头监视山林动静。顶天立地犹如一尊镇山神。一会儿转过脸来，居然又捻起胡子翘成了一个笑样。于是晓得暴风雨已经过去，便都释然轻松下山。

我感觉，王衍虽然没有探险的经历，但在平凡的生活中，随时在追随父亲的榜样。他的命运，好像在出生不久取名的时候，就打下了印记：

我问了好几次我妈，为什么叫这个名字，说是我爹起的。我因为这个名字遇到好多麻烦，办身份证啦，上学啦，银行银行办不了，飞机飞机坐不了，据说我爹是翻字典，查着这个字，讲这个字代表快乐、勇敢、刚直的意思，就给我取了这个名字。

访谈过后，我花了点功夫，收罗"衍"字在古代的用法，归纳起来，有两种意思：

其一，和乐貌。《易·渐》："鸿渐于磐，饮食衎衎，吉。"尚秉和注："衎衎，和乐也。"《后汉书·樊准传》："每讌会，则论难衎衎，共求政化。"李贤注："衎衎，和乐貌也。"

其二，刚直从容貌。《列子·仲尼》："衎衎然，若专直而在雄者。"《新唐书·李景略传》："论奏衎衎，有大臣风。"（明）何大复《画鹤赋》："意衎衎而欲伸，态昂昂而犹武。"

1990 年 12 月，王建华在梅里雪山 C2 留影，王衍供图

1990 年 11 月 20 日，父亲王建华离家，前去登山。此后王衍曾四次朝拜这座雪山。前两次来，山峰都被云雾遮盖。直到 2017 年那一回，他才见到卡瓦格博的真容。2020 年的 11 月 20 日，王衍再次来到遥望卡瓦格博的观景台，天空一片湛蓝，洁白的雪山高耸在大江对面。此时，他想起母亲在山难后到这里悼念离去的丈夫，一位藏族老人说的话："他们被山神招去做驸马了，你要把孩子好好养大。"

2017 年，土衍在卡瓦格博前留影，土衍供图

4.
寻觅者

同样在山难后过着平淡日子的，还有前日本登山队员小林尚礼。1999 年 8 月 5 日清早 8 点，我跟着村长大扎西、村民达娃和小林尚礼前往冰川，继续寻找遇难者的遗物。小林是这年 6 月辞去工作，来到明永搜寻遗体的。和以往不同，他这次到大理参加遗骸火化仪式后，选择回到明永常住。此后的二十年里，他每年都要到明永住段时间，既为了及时处理发现的遗体和遗物，更为了深入体验藏族人的生活世界。

"小林"这个名字被村民第一次接纳，是在 1999 年 7 月底。7 月中旬，小林从德钦坐班车到明永，独自走路进村，到了大扎西家门口。没有欢迎的寒暄，只有一条双腿细长的黑狗的狂吠声。他怀着忐忑的心情推门进去，见柱子上贴着一张纸条：

小林，你好！……

开初的日子，只是大扎西一家叫这个名字，村里人都叫他"外国人"。半个月以后，从孩子们开始，小林这个名字逐渐为大家所熟悉，村里的大人小孩见了他，都会"小林""小林"地叫唤。这是一种认可的表示，表明他成了村里的一员，他为此惊喜异常。小林每次都住在大扎西家，两人成了老相识，大扎西这样表述他们的关系：

> 刚来时，我心里骂他日本鬼子来到这里。但他的心情我很理解，总的说人是很有义气的。他的所作所为我很满意。我们聊过，平常他住在我家，每晚上他想喝酒，我也喝酒，每晚都聊。第一次他很听不懂我的话，我们像哑巴一样，用动作来互相交流。他很快就学会了中国的汉话，我两个多半可以互相交流经验。他是京都大学登山协会的会员，在这里辛苦工作的就是他。他总的希望是这个梅里雪山，梅里雪山不能喊，要叫卡瓦格博，梅里雪山是以前改的，真正要叫卡瓦格博。冰川上的遗骸遗物对明永人是有害的，他必须在这个地方为明永人做点好事。第二，他感情很深，因为死去的多半都是他的朋友。他做的是排除污染的工作。他住在我家，第一次出现遗物时他来了，第二次他也来了，第四次也来了，必须决定在这里住下三个月，9月上旬撤回去。第一次我两个上去，他安装了气温表，他估计今年一定会出现遗骸，必须出现一个捡一个。第二次他问可不可以他自己去，我说可以。但你住在我家，必须在规定

的时间回来。我两个一人一个对讲机，5 点一过就互相联系。

1999 年 9 月 18 日下午，我去大扎西家玩，顺便用摄像机记录一下小林的生活。大扎西和他的父亲嘎玛次仁、母亲卓玛拉姆、妻子央宗都出去了，只有大扎西的侄女白玛旺姆和大扎西的儿子松吉品初以及侄儿白玛旺加在房子后面的园子里叽叽喳喳地找着什么。不一会儿，他们闹闹嚷嚷地回屋了。跨过一条水沟便是大扎西家的小

1999 年 9 月，小林走进大扎西家门，郭净摄

院，大门总是开着，不上锁，两边门扇贴着汉式的门神画像。一进门就看见一个走廊围合的小天井，从木梯下去，是一层的畜圈。二层几个房间住着一家四口人，有神龛、灶台和中柱的主屋是两位老人住，同时兼做接待来人的客厅。村长夫妻和小林在二层都有单独的房间。两个小孩平日在学校住宿，假期回来住在三楼。

　　小林的房间很大，靠墙摆放着好几个敞口的白色大塑料箱、大塑料袋和一个登山包。迎门的墙上，贴着一张毛主席在庐山的画像，侧面的墙上还有一张，也是在庐山，青松苍劲，云海茫茫，两边有红底黑字的对联：

　　帝皇双手辟天地
　　圣人韬略定乾坤

　　横批：

　　开国元勋

大扎西当兵期间受的教育，在这幅领袖画像上展露无余。

　　我进房间的时候，他们几个已经忙活起来，松吉品初和白玛旺加目不转睛地盯着小林，看他把一个小型煤气灶和一罐便携式煤气放到靠窗的方桌上。另一张方桌摆了两个装黄瓜片和青辣椒的盘子。这明摆着是要过家家嘛。小林打开墙角的登山包，拿出一把平底锅，让松吉品初去外面洗一洗。松吉品初回来，叫小林给黄瓜放点盐腌着。小林说要做番茄炒鸡蛋，松吉品初便吩咐白玛旺加去拿鸡蛋和葱。

　　一切备料装备妥当，三个孩子围着方桌，指挥小林炒菜：

> 先把锅烤干！
>
> 再放点油！
>
> 不要忙着放锅到灶上！
>
> 现在可以放了！
>
> OK！
>
> 少一点儿油！少一点儿！
>
> 够了！
>
> 全部倒吧！
>
> 先热一下！
>
> 哥哥，拿点盐巴来！
>
> 危险哟！
>
> 够了！够了！
>
> 葱不能先放！
>
> 可以放鸡蛋了吧？
>
> 等油热一下！

好了，可以放了！

快放鸡蛋！

哥哥，快拿鸡蛋！

白玛旺加剥鸡蛋的方式真特别，是用嘴吹破蛋壳再剥，因为鸡蛋是煮熟的，使劲儿能把壳吹破。

放进去。

够了。

这是什么？

冷水。

倒完吧！

这是什么？

辣椒。

放吧！

松吉品初奇怪的并非辣椒，而是小林从一管牙膏里挤出的辣椒酱。

一盘红红绿绿的炒番茄鸡蛋新鲜出锅，松吉品初在方桌上摆筷子，一双，两双，三双。见我在拍录像，居然没我的份儿！这一桌，只有三个男人吃饭：小林、松吉品初、白玛旺加，白玛旺姆不知跑哪儿去了。

　　吃吧。

　　盐巴！

　　哥哥放过盐了。

　　好不好吃？

　　小林捻起一块鸡蛋尝尝，笑眯眯地点点头。

　　松吉品初掉头招呼我吃饭，见我专心拍摄，便朝两人使了个眼色，夹起一块鸡蛋"嗖"地伸到我镜头前，又飞快缩回去，然后自以

小林和孩子们做番茄炒鸡蛋，郭净摄

为得计地哈哈大笑。

　　这顿饭三下五除二地吃完了，松吉品初从我胸袋里拿了一支笔，开始假装老师，考察小林的水平：

　　　　晚上以后，放学回家，

　　　　要做作业，一加一等于几。

　　　　晚上要做老师安排的作业，

　　　　你们有吗？

　　　　是还是不是？

小林一脸懵懂。

　　　　Do you？放学回家，老师布置作业，No 还是 Ok，自己选嘛。

小林终于明白了：

　　　　我们也有的。

　　　　老师安排什么作业？

　　　　我们也有作业。

他说有，他听懂了。

不管小林有没有给出答案，松吉品初接着给学生讲起了故事：

    我家曾经出现一条大蛇，我爸爸把它抓了丢到田里。许多人看见都不敢抓，我爸爸抓了，就没事了。OK，关机。

我没有听他的命令，他于是连比带画地问小林：

    你们吃蛇吗？

    不吃。

松吉品初在房间里到处参观，拉开一个大塑料袋，拿起一个白色头盔问："哇，这是帽子吗？"又从塑料箱里抱出一捆绳子：

    这是干什么的，好重。

    是绳子。

    做什么用？

    爬山吗？

    是的。

    好重。

再拿出一条裤子在身上比画：

是衣服吗？

是裤子。

　　他在桌子上发现一张白纸，又跟我借了一支笔，说让我们四个比赛画画，画完以后给我一支新笔，吩咐各人画桌子上的东西：

　　一、二、三、四，我们四个比一下，你画这个，他画这个，我画这个，怎么样？

你来画。

你画。

你先画。

什么？

这样画嘛。

画什么？

画什么都可以。

你第一个画。

我不行。你画，他画吧。

关机。

　　结果还是松吉品初带头，他画好后小林也拿起笔。他们一个画

松吉品初和小林在画画

的是平底锅，一个画的是白玛旺加。

松吉品初很快发现了两幅画之间的联系：画纸上有苍山饭店的徽号，饭店里有炒菜的锅，当然还有炒菜的人。他把"饭店"理解成吃饭的餐馆了。

一家人齐齐整整地吃过晚饭，松吉品初跟小林说拜拜，他明天要到西当行政村的小学住校，继续从四年级读到六年级，只有星期六和星期天可以回家。

就这样，性格沉稳拘谨的小林先是对大扎西一家，继而对明永村民建立了信任感。在二十多年的寻觅中，对卡瓦格博雪山的信念，也慢慢在他心里扎下根来。

5.

梅里家族

梅里山难遇难者的家属结成了一个互助团体，人称"梅里家族"。他们第一次看到这座雪山，是在飞来寺纪念碑落成的仪式上。那天是个阴天，主峰被浓雾遮盖。突然有一瞬间，云雾像幕布一样徐徐拉开，雪白的山峰显露真容，令众人激动落泪。

自从 1998 年以后，明永冰川上每年都会出现登山者的遗体和遗物。到 2005 年，大多数遇难者的遗骸都已经找到。在这期间，小林尚礼每年都要到德钦一段时间，或住在大扎西家，跟他一起上冰川搜寻，或带着日本的遇难队员家属去朝拜雪山。2000 年 10 月，小林尚礼带广濑显和工藤俊二的亲人前往德钦，9 日早晨，我跟随他们到达香格里拉机场。一行人到县城稍事停留，在街上买了几束花，随即乘海华探险公司的中巴车奔赴明永。不料临近金沙江河谷，我被几个急转弯弄得晕车，只好下来步行。我独自沿江走了 10 多公里，在奔子栏巴卡活佛的旅店歇了一晚，第二天下午赶到明永村，直接上山，天黑时在 3000 多米的冰川山庄与梅里家族会了面。12 日，小林到明永村拜访。他们先到村长家，见了大扎西的父母，然后到扎西尼玛开的饭馆，跟村长大扎西、副村长小扎西、会计阿初、马队长尼玛、诗人扎西尼玛等五位村民代表见了面。他们会面的地点在扎西尼玛开的一家小饭馆里，墙上贴着一张中国地图、一张云南地图、一张迪庆州地图，还有布达拉宫和毛主席的图画。

小林先致开场白：

> 非常感谢你们接待我们，这次来了两位家属，他们的儿子都在梅里雪山遇难，一家是広瀬顕的父母，今年9月发现了他们儿子的尸体；这三位是工藤俊二的父母和姐姐，他的尸体是去年发现的。每次来都让你们帮很多忙，这次送一点儿小礼物以表谢意。

头发花白的広瀬容治是広瀬顕的父亲，他先站起来讲话：

> 我虽然身体不太好，也去冰川上看了。每次来让你们很辛苦，表示感谢。我们在上面的冰川烧了从日本带来的香，看到儿子来过的冰川，总算完成了心愿。

说着，他向村民们鞠躬表示感谢。工藤俊二的父亲工藤秀雄也说：

広瀬容治代表家属向村民致谢，郭净摄

　　昨天我们上冰川很不容易，所以感到搜索的人一定也非常辛苦，要得感谢他们。去年发现的东西，数我儿子的最多，深感欣慰。现在还有两个人的遗体没找到，希望各位继续努力。

大扎西代表村民发言，他有些激动地说：

　　其实不消那么感谢，你们的亲人在这里遇难，我们感到很惭愧。你们的困难我们应该要帮助的。这次你们为亲人从很远的地方到来，我们明永的所有村民对你们表示欢迎，欢迎你们往后再来旅游。遇难的也有中方的队员，还没有找到的，我们一定会努力搜寻。祝你们一路顺风，扎西德勒。欢迎你们到老百姓的家里去玩。

他讲完后，家属们送上包装好的礼物，有头灯、防水表，还有送给寻找尸体村民的香烟，送给明永小学孩子们的笔，希望他们好好学习，长大了做大事。大扎西等人也给家属们献了哈达。

会见结束，日本家属围在云南和迪庆地图跟前，寻找明永和卡瓦格博的位置，会计阿初指点着做讲解：

云南？

云南。

明永？

明永。

梅里？

梅里。

这些原来陌生的地名，和一座雪山的名字，经过一场灾难，却变成了心灵沟通的桥梁。広濑顕的母亲不知道该说什么，打开包，拿出他儿子的照片给我看，一边说"明永"（这张是在明永拍的），"雨崩"（这张是在雨崩拍的）。前一张照片上是一个文质彬彬的男孩，戴眼镜，背着沉重的登山背包，后一张是他在雨崩做水样检测。工藤俊二的母亲也让我看他儿子的照片，"ho'kka'i'do'"，他在日本北海道（Hokkaido）登山，又是一个戴眼镜的男孩，开朗地微笑着。

就在这天清晨，我跟着小林和日本家属去看日出。

黎明前，星光渐渐隐没，远山近岭匍匐在深邃的夜空下，如安

工藤俊二的母亲给我看她儿子生前登山的照片，郭净摄

睡的牛群。

三个男人和两个女人各自走出房间，聚到旅馆二楼的走廊上。他们穿着厚厚的羽绒夹克，依着木栏杆，耐心地朝西面仰望着。黝黑的冷杉林沉默不语，寒气从旁边的冰川毫无察觉地上升，弥漫在山谷中。没有风，只有寒冷刺激着神经。此刻，我的指尖麻木，神经却瑟瑟发抖，变得如同摄像机镜头一样清醒和敏锐。

我忘了戴表，估计时间是早晨 6 点多，地点，是在云南省德钦县明永村海拔约 3000 米的冰川山庄。

我小心翼翼地把镜头推上去，用特写从左到右慢慢摇过走廊上的每张脸。

最左边穿蓝色滑雪衫，戴着头灯的男子是小林尚礼，30 来岁，原京都大学学士山岳会登山队员，山岳摄影家，他是此行的领队。

右边穿蓝色滑雪衫，戴眼镜的一男一女，是 60 来岁的广濑容治和他的妻子。

他们旁边一位略微秃顶的男子和两个女人，是工藤秀雄以及他的妻子和女儿。

这两家人来自日本不同的城市。有一个共同的理由，促使他们参加了由小林尚礼带队的旅行团：他们两个家庭，都有一个年轻的孩子被埋葬在卡瓦格博的冰雪下面。

工藤秀雄的儿子叫工藤俊二，是京都大学文学部学生及该校山岳会会员，遇难时 22 岁；

　　広瀬容治的儿子叫広瀬顕，京都大学大学院农学研究科学生及山岳会会员，遇难时 27 岁。

　　日出的帷幕以缓慢的节奏徐徐拉开。家属们看的是正像，而我看的是镜像，那是从一块玻璃上映出的卡瓦格博。在特定挑选的机位，我恰好可以同时观察到两幅图画：家属们的表情，以及他们身后的窗户。窗户的玻璃反射出雪山的影子。随着晨曦吐露，那影子逐渐清晰。藏青色的卡瓦格博主峰先被阳光从顶端点破一处，然后

日本家属在冰川山庄看雪山日出，郭净摄

自上而下，像水彩颜色一般渐渐晕化为曙红，再过渡到越来越强烈的黄，由橘黄、金黄到耀眼的明黄。最后，在瞬间燃烧成刺目的白色，直至完全融化到湛蓝的虚空里。

一片玫瑰红的云朵缠绕着山顶，炫目的色彩和静谧的山野相交融。在颜色层层叠化的过程中，雪山始终寂静无声。仿佛冰湖里浮现的倒影，既变幻莫测，又毫无声息。

日出持续了大约 20 分钟，几个日本人安静地待在各自的位置，始终抬着头，注视着雪山分分秒秒的变化，仅偶尔耳语几句，或比个手势。特写镜头让我能看清每个人的眼神。此刻，他们的眼神正穿越时间的冰河，和自己的孩子分享着同一幅美景。我看见工藤俊二的姐姐用手指轻轻抹去落在脸颊上的一滴泪珠，然后，对着雪山双手合十。是因寒冷做的下意识的动作？是感动时的祈祷，或另有其他含义？图像没有给我答案。

记得在明永村的一天晚上，从外地来了几个大学生，有男有女，说是清华大学学建筑的，其中一个叫井忠杰，一个叫李路珂，一个叫朱育嵩，都是驴友。他们住在活佛开的家庭旅馆里。我、大扎西和小林尚礼跟他们聊天，小林高兴，给大家唱了一首歌曲，"我唱，一首歌"，他比画着说，"京都大学，登山的，歌"，那歌用了"新年好呀"的曲调：

跋涉雪原，

攀登悬崖，

我们的心把山当作家。

远离城市，

远离故土，

我们再也不想回去了。

小林的歌声让我想起広瀬顕和工藤俊二的微笑。这些孩子的笑容天真无邪，也流露出对雪山的无知和热情。尽管他们选择了一种不被当地人认可的方式亲近雪山，但死亡已经消弭了他们与卡瓦格博的距离。七年之后，山神收留了他们的灵魂，把遗体还给了他们的父母。

尾声　神山圣湖

2005 年和 2007 年 10 月，我两度应邀去日本参加"山形国际纪录片电影节"。山形，日语叫"Yamagata"，是日本东北部一个山坳里的小城市。虽然小，却比中国西部的许多县城更带有欧化的风格。近代日本的欧化之风，从根本上改变了山形市的外貌。在江户时代，山形有三种居住地：武家地、町人地（商人町、职人町）、寺社地，前二者在城内，后者在城外。明治二十七年和四十四年，两次大火烧毁了城里的上千座民居，此后的重建，便基本采取了西方城市的布局和建筑形式。穿行在这座城市的大街小巷，本土的风味已保留甚少。

　不但城市，乡村也如此。2007 年电影节期间，策展方安排我们去日本著名纪录片导演小川绅介当年拍片的乡村访问。在牧野村、原口村、古屋敷村，见到的都是老人。在古屋敷村口立着一幅大大的招牌，上面画着本村的旅游地图，可招牌背后的村庄一片死寂。此地人最多时曾有二十五户，一度想借小川的纪录片《日本国古屋敷村》的名气发展旅游业，但没什么人来。结果，剩下的七户人家也陆续搬走，只留下空荡荡的草房、废弃的小学校、一盏路灯，和明治五年立的"千足供养塔"。

　可在这凋敝的风景中，仍有一些本质性的东西顽强地保留了下来。某天中午，我在山形市的街道闲逛，发现欧式风格的文翔馆附

古屋敷村口的旅游广告牌，郭净摄

近，有一处僻静的所在，名叫汤殿山神社。过一会儿就有人安静地进去洗手，祭拜，又安静地离开。神社里供奉的神灵中，多为当地重要的山神。我仔细观看神社外墙上张贴的告示，宣告每月享祭的山神，有大名持神、秋叶山大神、少彦名神、黄金山大神等。这才知道，原来日本人也有信仰山神的传统啊。

在山形跟随小林尚礼的一次郊游，让我又明白了一个事实：日本人拜祭山神，除了寺庙的仪式外，还要登山。

山形县是小林尚礼的老家，2005 年 10 月我们去参加电影节的时候，就跟小林爬过一座神山。

那天早上，小林和女朋友静子、在云南做民族音乐调查的博士生伊藤悟来旅馆接我和曾庆新，小曾是云南香格里拉的藏族人，现在云南民族大学教授影视教育，我们曾一起创办了"云之南纪录影

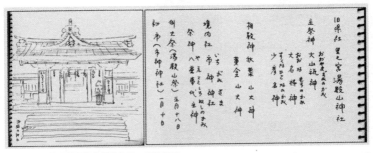

汤殿山神社的神殿和祭山神的告示，郭净记录

像展"，他还担任过乡村影像培训的导师。我们先去小林的爷爷家拜访，然后驱车上山。虽然天气阴沉，但沿途的田园和满山的秋景，令人身心愉悦。汽车沿着盘旋的公路行驶，我忽然瞥见路边有个招牌，上面用汉字写着："藏王山"。惊奇之余，一问小林，才知道这座沉睡的火山名叫"Zao"（扎沃），日本汉字写作"藏王山"。这个"藏王"并不是藏族的王，而是地藏王菩萨的名号。但因为我们几个人都与云南藏区有缘，要放的两个片子都是藏族题材的，小曾本人又是藏族，从字面意思来说，真是巧得不能再巧了。

藏王山是一座死火山。下车后，我们缓步攀登。说老实话，比爬滇西北的高山不知轻松了多少倍。沿途浓雾弥漫，我和小曾说笑，说云南的神山第一次也是看不到的，对登山的人更是不给好脸色。我1993年去看卡瓦格博，从德钦县城到飞来寺走了10公里山路，也只看见无边无际的大雾。体育报记者刘文彪在他的书里说，从1987年到1996年，先后有五支队伍四次攀登梅里雪山，一次营救，一次搜索，全都因恶劣的天气而受挫。[1]

我和小曾用数码相机拍照，镜头里出现一堆一堆的石头，散落在四周，得知是用来祭祀山神的，便觉得好奇，这跟藏族的嘛呢石很相似啊。原来，山形的神山信仰，在一些表现形式上和藏族大同

1　刘文彪：《雪崩：中国登山史上最悲惨的一页》，中国书籍出版社，1994，第64页。

小异。我们沿着这些石堆往上走，石堆中间插着高高的木杆，小林说，下大雪时，山上的路径会被雪覆盖，这些杆子可以作为登山的路标。这又让人想到藏族的嘛呢石和上面插的经幡，它们堆砌在山口和路口，除了标志山神、土地神的存在以外，也有引路的功用。

走了大约半小时，我们到了山顶熊野岳，有个标杆说海拔高度为 1840 米，比昆明的海拔高一点点。山顶别无其他，就一座山神的神龛，石头门楼，石头祭坛，石头的佛像和狮子像。祭拜的方式是：对祭坛鞠躬两次，拍手两次，再鞠躬一次。登到山顶拜祭山神的习俗，是日本人与藏族最大的差异，反倒接近汉族的习惯。

与日本藏王山的相遇，好像是由小曾、小林和我牵线，安排两个山神的会面，一定有某种精神性的东西，成就了我们和山形的缘分。过去，藏王神山就跟德钦的神山一样，是周围乡村的灵魂，"上山市牧野是藏王山脚下的村子，它绝不是一个特别的山村，是和我们生活的其他村镇一样的世界，一样的年代"，小川绅介的影片《牧野村千年物语》是这样拉开序幕的。人工建造的村落，土垒的墙，草盖的顶，几乎就像原野的一部分。它们依托着土地，依托着大山才得以存在。多少年过去，村落如树叶渐渐腐烂，又回归成山的一块石头。山不动，它在风雨的侵蚀下保持着本性。那些依赖大山生存的人们，世世代代都在召唤山的精灵，为神山书写一部史诗。或许正是这种传统的力量，扭转了一场山难的后果，把梅里家族和德钦藏族的记忆牵连在一起，也达成了卡瓦格博与藏王山的遥相呼应。

　　藏王山的火山口里，灰白的雾笼罩着一个静谧的湖。云雾缓缓漂移，偶尔显露出暗黑的湖水。小林尚礼站在我的旁边，沉默地望着下面。在中日联合登山队设立大本营的雨崩牛场，顺着流石滩爬到山根，也有一个同样幽静的高山湖泊，名叫"卡瓦格博玉措"（ཁ་བ་དཀར་པོའི་གཡུ་མཚོ，卡瓦格博松石湖）。人们在圣湖边相遇，没有言语。只有湖畔一块刻着名字的石头，记载着世间世外的悲欣交集。

小林尚礼在攀登藏王山的途中，沿途可见石堆
和引路的标杆，郭净摄

登山者供奉在藏王山顶的祭祀牌，每个木牌的中央
都有一把神剑

山顶石堆中的石佛像，郭净摄

从左到右，静子、小林尚礼、曾庆新、郭净、伊藤悟

参考文献

著作

1) 仁钦多吉、祁继先：《雪山圣地卡瓦格博》，云南民族出版社，1999。

2) 斯那多居、扎西邓珠：《圣地卡瓦格博秘籍》，云南民族出版社，2007。

3) 马建忠、扎西尼玛：《雪山之眼：卡瓦格博神山文化地图》，云南民族出版社，2010。

4) 刘文彪：《雪崩：中国登山史上最悲惨的一页》，中国书籍出版社，1994。

5) 郭净:《雪山之书》，云南人民出版社，2012。

6) 国家体委体育文史工作委员会、国家体育文史委员会编:《中国登山运动史》，武汉出版社，1993。

7) 德钦县人民政府编:《德钦县地名志》，德钦县地名办，1986。

8) 德钦县志编纂委员会编:《德钦县志》，云南民族出版社，1997。

9) 欧晓昆等:《梅里雪山植被研究》，科学出版社，2006。

10) 南格桑花卉有限公司编:《绒赞卡瓦格博》，云南美术出版社，1997。

11) 李吉均主编、中国科学院青藏高原综合科学考察队编:《横断山冰川》，科学出版社，1996。

12) 黄举安:《云南德钦设置局社会调查报告》，1948（民国37）年，德钦县档案馆藏。

13) 乔阳:《在雪山和雪山之间》，北京联合出版公司，2020。

14) 野虎:《我定成为峰》，云南人民出版社，2005。

15) 《格萨尔王传·天界篇》，刘立千译，民族出版社，2000。

16) 章忠云:《藏族志:聆听乡音:云南藏族的生活与文化》，云南大学出版社，2006。

17) 朱靖江:《在野与守望:影视人类学行思录》，九州出版社，2019。

18) ［日］小林尚礼:《梅里雪山——寻找十七位友人》，乌尼尔译，北京联合出版公司，2021。

19) ［日］河口慧海:《西藏秘行》，新疆人民出版社，1998。

20) ［日］京都大学学士山岳会梅里雪山委员会:《日中联合梅里雪山，学术登山队学术调查中间报告》，1990。

21) ［日］京都大学学士山岳会:《梅里雪山事故调查报告书》，1992。

22) ［日］《AACK时报》No.13，1998。

23) ［日］中村保:《喜马拉雅以东·山岳地图册》，日本石竹株式会社，2016。

24) ［英］F.金敦·沃德:《神秘的滇藏河流：横断山脉江河流域的人文与植被》，李金希、尤永弘译，四川民族出版社，2002。

25) ［美］滕华睿:《建构现代中国的藏传佛教》，陈波译，香港大学出版社，2012。

26) ［奥］内贝斯基·沃杰科维茨:《西藏的神灵与鬼怪》，谢继胜译，西藏人民出版社，1993。

27) ［加］波赛编著:《超越知识产权——为原住民和当地社区争取传统资源权利》，云南科技出版社，2003。

文章

1) 周正:《梅里雪山遇难者的发现》，《中国西藏》，1999年第1期。

2) 丁曦林:《奔赴梅里雪山——一次未完成采访的回忆》，《新闻记者》，1991 年 6 月 5 日。

3) 陈永森:《云南第一峰 —— 梅里雪山简介》，《昆明师范学院学报（哲学社会科学)》，1980 年第 2 期。

4) 吕培炎:《云南第一高峯 —— 梅里雪山》，《云南林业调查规划》，1980 年第 4 期。

5) 陈富斌:《"横断山脉"一词的由来》，《山地研究》，1984 年第 1 期。

6) 滕吉文、司芗、王谦身、张永谦、杨辉:《青藏高原地球科学研究中的核心问题与理念的厘定》，《地球物理学报》，2015 年第 1 期。

7) 李炳元:《横断山区地貌区划》，《山地研究》，1989 年第 1 期。

8) 何大勇:《日僧能海宽入滇进藏求法研究》，《中国藏学》，2004 年第 2 期。

9) 李丽、秦永章:《河口慧海的入藏活动及其对日本藏学的贡献》，《西藏大学学报（汉文版)》，2004 年第 2 期。

10) 李式金:《云南阿墩子 —— 一个汉藏贸易要地》，《德钦文史资料》第一辑，2003。

11) 闫京艳等:《三江源区人兽冲突现状分析》，《兽类学报》，2019 年第 4 期。

12) 赵翔:《人兽冲突该如何破解》，《中国绿色时报》，2015 年 1 月 8 日。

13) 程一凡等:《祁连山国家公园青海片区人兽冲突现状与牧民态度认知研究》,《生态学报》,2019 年第 2 期。

14) 达瓦次仁:《羌塘地区人与野生动物冲突的危害以及防范措施》,《中国藏学》,2010 年第 4 期。

15) 杨文忠、和淑光、沈永生:《白马雪山南段野生动物肇事的时空格局》,《山地学报》2009 年第 3 期。

16) 刘时银、姚晓军、郭万钦、许君利、上官冬辉、魏俊锋、鲍伟佳、吴立宗:《基于第二次冰川编目的中国冰川现状》,《地理学报》,2015 年第 70 卷第 1 期。

17) 赵希涛、李铁松:《从登山勇士遗骸的发现看太子雪山明永冰川的运动》,《第四纪研究》,1991 年第 1 期。

18) 郑本兴、赵希涛、李铁松、王存玉:《梅里雪山明永冰川的特征与变化》,《冰川冻土》,1999 年第 2 期。

19) 李治国:《近 50a 气候变化背景下青藏高原冰川和湖泊变化》,《自然资源学报》,2012 年第 27 卷第 8 期。

20) 蓝永如、刘高焕、邵雪梅:《近 40a 来基于树轮年代学的梅里雪山明永冰川变化研究》,《冰川冻土》,2011 年第 33 卷第 6 期。

21) 郑靖茹:《从西藏作家群的代际转换看西藏当代文学》,《北京化工大学学报 (社会科学版)》,2015 年 4 期。

22) 戴锦华:《副司令马科斯:后现代革命与另类偶像》,《天涯》,2006 年第 6 期。

23) 明庆忠:《纵向岭谷北部三江并流区河谷地貌发育及其环境效应研究》,兰州大学博士论文,2006年。

24) 冯欣:《梅里雪山沿海拔梯度植物物种丰富度研究及 Rapoport 法则的检验》,云南大学硕士论文,2013。

25) 左灿:《攀登珠穆朗玛峰的安全管理研究》,成都体育学院硕士论文,2015。

26) 李舒平:《梅里雪山中日登山队员遇难7周年纪念》,《光明日报》,1999年8月9日。

27) 张志雄:《不该发生的梅里山难》,《中国科学探险》,2004年第4期。

28) 马向东、钱兴:《悲壮的登攀——记中日登山队蒙难的藏族队员》,《中国民族》,1991年7月30日。

29) 赵牧:《1991年梅里雪山山难生死录》,载中国登山协会《山野》1999年5月刊。

30) 赵牧:《雪山原来是这么美丽——不是为了辩护》,《文汇报》,1998年9月18日。

31) [日]酒井敏明:《秘境——云南西北部和京都大学学士山岳会》,载京都大学学士山岳会《日中联合梅里雪山,学术登山队学术调查中间报告》,京都大学学士山岳会梅里雪山委员会,1990年6月30日。

32) 黄菊:《段建新:梅里山难劫后余生》,"行李"公众号,2019年

3 月 18 日。

33) 《国内历年登山活动牺牲队员名单》，加尔户外网站"户外资讯"栏目，www.jial.com。

34) 赵彧：《中国登山队 60 年大事记》，载中国登山协会《山野》2016 年 6 月刊。

35) 舒小简：《日本人首登 14 座中国山峰 8 批遇难死亡人数超 30》，腾讯体育 2017 年 12 月 14 日。

36) 奚志农：《请留住她的宁静和圣洁》，搜狐"梅里千年冲顶"专栏、《自然之友通讯》2000 年第 1 期、《中国青年报》2000 年 1 月 6 日第二版。

37) 梁从诫：《给全国政协的报告》，《自然之友通讯》，2001 年第 4 期。

38) 陈迪：《登山不为征服，安全是第一位》，《大连晚报》，2006 年 12 月 30 日，参见该报网站。

39) 史效轩、斯那吾堆：《人类活动致使冰川"缩水"梅里雪山变"瘦"了》，《云南日报》，2007 年 7 月 18 日。

40) 林霞：《云南登山独行侠高家虎疑登梅里雪山下落不明》，《都市时报》2011 年 1 月 13 日。

41) 林霞：《独行侠高家虎登梅里雪山失踪 20 天》，《都市时报》，2011 年 1 月 14 日。

42) 林霞：《高家虎梅里雪山失踪半个月，父母期盼其回家过年》，

《都市时报》，2011 年 1 月 25 日。

43) 《求助》，"海藏影像"搜狐博客，2011 年 1 月 25 日。

44) 中国登山协会：《2011 年中国大陆山难事故报告》，载《中国登山户外运动事故信息平台》。

45) 孔云峰：《高家虎失踪的沉痛反思》，载"黑风老妖的日志"，2011 年 2 月 7 日。

46) 江陵郡主：《高家虎周年祭，写给高家虎父母的信》，金碧坊 - 驴友驿站，2012 年 1 月 6 日。

47) 《探险家登梅里雪山失踪，当地官方哀求别再登山》，云南网，2011 年 1 月 25 日。

48) 姚兵、李亚光：《野生动物"肇事"频现拷问管理机制》，《经济参考报》，2017 年 3 月 16 日。

49) 《他曾见证了梅里山难，如今重回大山，飞滑翔伞再次拥抱天空》，天空团队，2018 年 2 月 9 日。

50) 王林：《梅里雪山明永冰川是我国运动速度最快的冰川》，载网易科学频道，2000 年 10 月 13 日，www.163.com。

51) 耿华军：《时空折叠下的奇观！》，中科院格致论道讲坛，2020 年 6 月 15 日。

52) 周正：《四莽大雪山探险》，中国科学院网站，2003 年 10 月 15 日，www.cashq.ac.cn。

纪录片

1) 郭净:《登山物语》,中国民族志博物馆 2019 年"第三届中国民族志纪录片学术展"展映。

2) 扎西尼玛:《冰川》,载郭净编《我心中的香格里拉 —— 云南藏族拍摄的纪录片》(DVD),云南影像出版社,2006。

3) 日本关西电视台梅里雪山学术考察资料片,1989。

4) 云南体育科学研究所:《雪谊》,1989。

5) 云南省体委、中国登山协会、日本京都大学学士山岳会:《雪魂》,1991。

6) 云南电视台纪录片中心:《卡瓦格博》(DVD),1994。

图书在版编目（CIP）数据

登山物语 / 郭净著. -- 北京 : 北京联合出版公司，
2022.3

ISBN 978-7-5596-5799-2

Ⅰ.①登… Ⅱ.①郭… Ⅲ.①纪实文学－中国－当代
Ⅳ.①I25

中国版本图书馆CIP数据核字（2021）第269009号

登山物语

作　　者：郭净
出 品 人：赵红仕
策　　划：乐府文化
责任编辑：李伟
责任印制：耿云龙
特约编辑：范亚男
营销编辑：盐粒
装帧设计：唐旭

北京联合出版公司出版
（北京市西城区德外大街83号楼9层　　 100088）
北京联合天畅文化传播公司发行
北京美图印务有限公司印制　　新华书店经销
字数240千　787mm×1092mm　1/32　12.5印张
2022年3月第1版　　2022年3月第1次印刷
ISBN 978-7-5596-5799-2
定价：69.00元